はるかな未来。世界は氷に閉ざされた。
人間たちは地下の冷凍睡眠施設で遠い春を待ち、
施設を維持するためのロボットたちは
そこに《村》を作って暮らしていた。
いつか〝人間《ごしゅじんさま》〟と暮らす日を夢見て。
これはそんな《氷の国》の物語。

氷の国のアマリリ

JN286591

松山 剛
Takeshi Matsuyama
イラスト◎パセリ
illustration Paseri

アマリリス・
アルストロメリア
ロボットたちの《村》の副村長を務める少女。元保育士ロボットで面倒見がよく、生真面目。
氷に覆われた大地の下で、〝人間《ごしゅじんさま》〟たちの目覚めを夢見ながら生活するロボットたち。
《村》の『評議員』であるアマリリスとアイスバーンのふたりは、村民たちにバッテリーやスペアパーツを供給する作業を続けていた。しかし、100年にもわたる極限零下の生活は、ロボットたちの身体を少しずつ蝕み
――余剰パーツなどが底をつきはじめ、《村》はゆるやかに滅びの道へと進んでいた……。

アイスバーン・トリルキルティス
《村》の『評議会《カウンシル》』の一員でよくアマリリスとコンビを組む。ロボットのくせに女性を口説くという悪癖がある。
カトレア
《村》一番の美女ロボット。『評議員』ではないが、村民の集会などでは司会進行を務める。

『評議会《カウンシル》』は代表――『評議員』によって《村》の方針を決定する機関である。アマリリスとアイスバーンに加え『整備士』ビスカリア、緊急事態の頼れる『鉄腕』ゲッツ、そして「節電じゃ」が口癖の村長・カモミールの5人がメンバーだ。今日《こんにち》のパーツ問題や、最近起こり始めた地下空洞の崩落事故などの対策会議が連日のように行われている。しかし、解決策は未だ見いだせていない――。
ゲッツ
『鉄腕』の異名をとる『評議員』の一人。元役者ロボットで、顔の人工皮膚を剥がしているのが『素』。
カモミール
《村》の長を務めるロボット。いわゆる『生首』状態なのはボディ分の電力を節電するため、らしい。

ビスカリア・
アカンサス
『評議員』の一人。《村》
一番の『整備士』で村民
たちのメンテナンス・修
理を一手に引き受ける。

山積みになった問題が、まさに崩れんとしはじめた日、カモミール村長が姿を消した。行方を追い、発見したアマリリスと『評議員』たちは、村長のまとう雰囲気が、いつもと違うことに違和感を覚える。いくつかのやりとりの後、彼は……厳かにこう告げた。

「わしは――人類は滅亡すべきだと思う」
絶句するアマリリスと、戸惑う『評議員』たち。
〝人間《ごしゅじんさま》〟を滅ぼすべき……それは〝彼ら《ロボット》〟の存在意義を
揺るがすものだった。問題がありつつも平穏ではあった
ロボットたちの《村》は、この日を堺に大きく変貌して
いくこととなる――。

Amaryllis in the Ice Country

氷の国のアマリリス

Takeshi Matsuyama
illustration Paseri

contents

design: Toru Suzuki

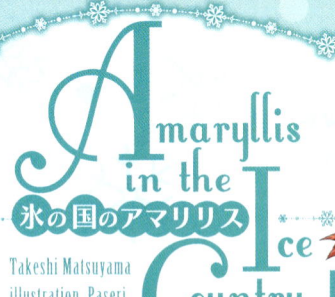

氷の国のアマリリス

松山剛
Takeshi Matsuyama
イラスト◎パセリ
illustration Paseri

【序章】

太陽が燦々《さんさん》と降り注ぐ、保育園の小さな庭。

「もう泣かないでフーちゃん。ね、ね？」

ぽろぽろと大粒《おおつぶ》の涙をこぼす女の子を、私は必死であやす。でも、何度なだめてもフーちゃんはいっこうに泣きやんでくれない。

「ユウ君！　ちゃんと謝って」

「俺は悪くないもん」

ユウ君は唇《くちびる》をとがらせてそっぽを向く。保育園でも一番の暴れん坊のユウ君は、なぜかいつもフーちゃんに突っかかる。

「だって、そいつが素直に渡さないのが悪いんだしー」

「でも、最初にボールで遊んでいたのはフーちゃんのほうでしょう。どうして力ずくで取ったの？」

「貸せって言ったのに貸さねーから」

「もう……」

足元には空色のボールが転がっていて、今は所在なげにコロコロと風に揺《ゆ》れている。

「フーちゃん、ボールだよ」

「うわあああん‼」

「ユウ君、ごめんなさいして」

「やだね！」

――うう……。こんなときどうしたらいいの？

子供たちのことは大好きだけれど、こういうときは本当に困ってしまう。

――どうしよう、どうしよう……。

私が困りきって途方に暮れていたときだった。


「おやおや、どうした？」


ふわりとボールが浮いた。拾い上げたのはいつもの優しい笑顔。

「園長先生……！」

「お疲れ様」

笑顔で私をねぎらうと、園長先生は皺《しわ》だらけの顔をさらにクシャクシャにして、ユウ君とフーちゃんの頭を撫《な》でた。

「このボールで遊びたかったのかい？」

園長先生が優しく問いかけると、フーちゃんはこっくりとうなずいた。

「このボールで遊びたかったのかい？」

同じ質問をすると、ユウ君はそっぽを向きながらうなずいた。

「そうか、そうか」

先生はウンウンとうなずき、それからボールを指先で器用に回し始めた。人差し指の先っぽでくるくると回る空色のボールに、ユウ君もフーちゃんも目を見張る。

「二人とも、このボールが欲しいと言うなら——」

園長先生はニヤッと微笑《ほほえ》み、空手チョップでボールを割るような仕草をした。

「『半分こ』しよう」

そして百年の歳月が流れた。

今でも思い出せる、あのときの光景。

青い青い空、ぽかぽかしたお日さま、黄金色にきらめく保育園。園長先生のいたずらっぽい笑顔と、目を輝《かがや》かせていた園児たち。

時は流れ、園長先生はお亡《な》くなりになり、ユウ君もフーちゃんも他の園児たちもみんな大人になり、歳《とし》を取り、そして亡くなっていった。

あのころを知る者はこの世に私一人だけで、その思い出《メモリー》はいつまでも色あせることがない。

意識が途切れる最後の瞬間《しゅんかん》に、私はふと思った。

ああ、園長先生。親愛なる園長先生——

私の『半分こ』は、うまくいったでしょうか？

【第一章】

眠れる森の白雪姫

1

乱反射する光の粒《つぶ》、舞い上がる粉雪の嵐《あらし》。

——えい……っ！

ハンドルを強く握《にぎ》り、氷上三輪《アイスモービル》をぐいっと傾ける。なかば壁を登るようにして右に曲がると、次はやや間を置いて左カーブ、そして間髪《かんはつ》を入れずに右カーブ。氷のトンネルはどこまでも続き、繰《く》り返される景色は単調にもかかわらず気を抜くことを許さない。

気温はマイナス十六度、いつもに比べればかなり暖かい。壁も天井《てんじょう》もすべてが凍《こお》りついた地下世界で、唇《くちびる》から漏《も》れる吐息《といき》が白い流星のように後ろに流れていく。

「なあ、そろそろ休憩《きゅうけい》しようぜー」

背後からはいかにもダルそうな声。

「もう六時間も走りっぱなしだぞー」

——ったく。

隙《すき》あらばサボろうとする同僚《どうりょう》の声を無視して、私は三輪のハンドルを強く握り締《し》める。右、右、左、右、左。氷のトンネルは連続したコーナリングを要求し、そのたびに私は腰を低くして体をひねる。バウンドに呼吸を合わせ、膝《ひざ》を曲げて衝撃《しょうげき》を吸収しながら、リズムよくシフトウェイト――

「なあ、聞いてるかアマリリスー？　おーい、アマリリス・アルストロメリアー？」

「うるっさい……！」

猫撫《ねこな》で声《ごえ》を一喝《いっかつ》し、私はカーブを曲がり続ける。ゴールは近い、あと三十秒、二十秒、十秒。

狭苦《せまくる》しいトンネルの向こうには光が見え、その先に広がる世界は――

――今だ……！

ボッ、と氷床《ひょうしょう》をホップして飛び出た先は、ダンスホールのような天井の高い空間。

――ブレーキ……！

車体を固定したまま逆噴射を作動させ、スピードを殺しながら落下していく。ドォンッ、と銀盤《ぎんばん》をクラッシュしたあとはゴム鞠《まり》のように何度も跳ねる。ウィリーでバランスを取りながら衝撃を殺して着地。

「ふぅ……っ」

前輪を下ろして車体を安定させると、私はやっと一息吐《つ》いた。長く乗りなれた氷上三輪は手足のようなものだが、それでもこの高さを落下するときは緊張《きんちょう》する。

「はっ！」

掛け声とともに、背後で同僚も着地する。大型車が銀盤を派手に叩《たた》き割る光景はいつ見ても圧巻《あっかん》だ。

「やれやれ、やっと着いたぜ……！」

舌打ちしながら、彼は自慢《じまん》のオールバックを手のひらで整える。

もう少し静かに着地できないの、と注意しかけたところで、

「お待ちしておりました」

ホール内に静かな声が響《ひび》いた。

振り向けば、そこには背の高い細身の女性。エメラルドに輝《かがや》く髪は女神のように麗《うるわ》しい。

「カトレア、久しぶり！」

「いつもありがとうございます、アマリリスさん」

カトレアは美しい髪をさらりとなびかせ、優しく微笑《ほほえ》んだ。村一番の美人と言えば真っ先に挙がるのが彼女だ。

「どうだいカトレア、今晩あたり？」

「こ、困りますアイスバーンさん」

――このバカ！

「イテッ、イテテテテッ!!」

ちぎれるくらい彼の耳元のアンテナを引っ張って、美女から野獣《やじゅう》を引き剝《は》がす。

「いい加減にしなさい」

「なんだよ、ちょっと触《さわ》っただけだろ？」

「仕事中にナンパはやめなさいって何度言ったら分かるの？」

「美しい女性を口説《くど》くのは男の義務さ」

「そういうのは仕事上の義務を果たしてから言いなさい」

そうやって、いつもの口論を続けていたときだった。

「あの……そろそろ受け渡しを始めてもいいでしょうか？」

振り返ると、困ったような呆《あき》れたような顔のカトレアがいた。私は「ああ、ごめんごめん。今やるから」と謝る。

「早くしろよー」

「あなたも手伝うのよ！」

仕事をしない同僚《どうりょう》を叱咤《しった》し、私は氷上三輪から荷物を降ろし始める。予備バッテリー、スペアパーツ、充電ケーブル——規定どおりの配給品だ。特に私たちロボットは電力で動いているので、バッテリー関連のアイテムは必需品《ひつじゅひん》だ。

「『胴《どう》』の様子はいかがですか？」

カトレアが配給品を受け取りながら、柔らかな物腰で尋ねる。

「相変わらずよ、平和そのもの。事件といえばデイジーとギャーピーがケンカしたことくらい」

「あら、また？」

「仲が悪くて困っちゃうわ」

「今回は何が原因なのですか？」

「なんかね、擬似油飴《オイル・キャンディ》の取り合いになったみたいなの。そういうときは『半分こ』にしなさいって言ってるのに、全然聞かなくて」

「あらあら」

カトレアは楽しそうに微笑《ほほえ》み、私も積荷の仕分けをしながらおしゃべりに興じる。週に一度しか会えないので自然と話が弾《はず》む。

荷下ろしがあらかた終わったころだった。

「あら」

カトレアが空を見上げた。

——あ……。

天井《てんじょう》からはキラキラと光の粒《つぶ》が降り注いできた。天井埃《シーリングダスト》と呼ばれる氷の微粒子《びりゅうし》は、その埃《ほこり》っぽい名前とは裏腹に、美しい光を放ちながら空から舞い降りてくる。地下五百メートルの閉ざされた氷の世界では数少ない自然現象だ。

「きれいですね……」空を見上げるカトレア。

「君のほうがきれいさ」カトレアの肩を抱《だ》き寄せるアイスバーン。

「ちょっと離《はな》れなさい」アイスバーンを引き剝《は》がす私。

ホールにはとめどなく光の粒が降り積もる。一粒一粒が『三重六花』という複雑な形をした結晶《けっしょう》は、重なり合うほどに美しさを増して銀世界をさらなる雪化粧で彩《いろど》る。

「そろそろ行くわよ」

「え〜、もう少し休もうぜ」

「ダメよ、今日中にあと三十軒は回るんだから」

渋《しぶ》る同僚《どうりょう》の腕を引き、私は氷上三輪に乗り込む。「ちぇー」と子供じみたリアクションをするアイスバーンを無視してエンジンをドルンと掛ける。氷上三輪は興奮《こうふん》したように低い声を上げて震《ふる》え出す。

「じゃあねカトレア！」

「お気を付けて！」

カトレアの声を背中ごしに聞きながら、私は次のポイントを目指してトンネルに入る。三輪の後ろに積んだ荷物がガタガタと揺《ゆ》れる。アイスバーンはぼやきながらもピタリとついて来る。

スピードを上げると、前髪についていた氷の結晶がキラキラと後ろに流れていった。

2

「お姉ちゃんだ！」「おかえりー！」「アマリリスー！」

村に帰ると子供たちが一斉に駆け寄ってきた。あっという間に十名以上に囲まれる。配給ルートを一通り回ったあとなので、『胴《どう》』に戻ったのは二十時間ぶりだ。

「ただいま、みんな。いい子にしてた？」

私が一人一人の頭を撫《な》でてやると、みんなが我も我もと頭を差し出してくる。

「きいて、きいて！　あたし、『ぱーつみがき』、たくさんがんばったよぉー」

「そう、偉いわ！」

「おねーちゃん、ぼくは『きりだし』をやったよ！」

「偉い偉い！」

頭をクシャクシャと撫でてやると、子供たちは嬉《うれ》しそうに目を細める。それぞれの手には青く光る半透明の金属が握《にぎ》られており、これを運んだり磨《みが》いたりするのが村の子供の仕事だ。

「おねえちゃん、あそぼ！　あそぼ！」

「ごめんね、まだお仕事が残っているから、あとでね」

まとわりついてくる子供たちをなだめすかし、私はその場を後にした。もっと相手をしてあげたいけど、まずは今日一日の報告をしなければならない。

私は村の大通りをやや早足で歩く。道の両脇《りょうわき》には氷で造られた家々がところ狭《せま》しと並び、天《てん》井《じょう》の照明を浴びて星空のように輝《かがや》いている。

いつもの美しい街並みを見ながら、道を急いでいたときだった。

「おーっすアマリリス！　おつかれさん！」

元気な声が私を呼び止めた。道の向こうでは背の高い女性が手を挙げている。

「ただいまビスカリア。三輪、今日はタイヤまわりが怪しいかも」

「了解、見ておくよ」

「いつもの場所に停《と》めてあるから」

「オーケーさね」

ビスカリア・アカンサスは、指先からシャコッと触《しょく》手《しゅ》を出して返事をした。彼女の両手は修理用の金属触手となっており、ドライバー、ハンマー、ペンチ、スパナ、バールといった工具が内蔵されている。村で『整備士』と言えば彼女のことを指す。

ビスカリアは右の人差し指から一本の触手を伸ばし、赤い短髪にベレー帽《ぼう》を被《かぶ》り直した。この帽子が彼女のトレードマークだ。

「あんた、ちょいと働きすぎじゃないかい？　休まないと体に毒さね」

「ありがとう。でも大丈夫《だいじょうぶ》よ」

「調子が悪くなったらいつでも言いなよ」

彼女は触手の伸びた手を振ると、「じゃあね」と去っていった。人間で言うと二十代なかばの外見をしたビスカリアは、私にとって頼《たよ》りになる姉のような存在だ。

「よう、アマリリス！」「おかえり副村長！」「今日もごくろうさま！」

「みんなただいま！」

私は元気よく挨拶《あいさつ》を返しながら、足早に道を進む。

十五分ほど歩いたところで、ようやく村役場が見えてくる。床から天井《てんじょう》まで伸びた一本の太い氷の柱は、直径が二十メートル以上あり、村役場はその中を刳《く》り貫《ぬ》いて造られている。ここが百年以上も変わることのない村の中心地だ。

アーチ状に切り取られた正門をくぐると、最初は広い玄関ホール。受付カウンターに備え付けられた電力ケーブルを腕につなぎ、まずは五分ばかり充電をする。昔は内部機能の維持のためにオイル交換を定期的にしなければならなかったが、ロボット工学の目覚《めざま》しい発展の結果、今はバッテリーの充電だけで十分に稼動《かどう》できる。

——バッテリー充電完了。九九・九八パーセント。

充電を終えると、私は再び村役場の内部へと進んだ。ピカピカに磨《みが》かれた床をスケートの要領でスイスイと滑《すべ》り、廊下をターンして階段を一気に駆け上がる。階段に散布された滑り止めのパウダーは踏《ふ》みしめるたびにキュッ、キュッと可愛《かわい》い音が響《ひび》く。

最上階まで上がると、透明度の高い扉が現れた。

「カモミール村長！」

私は声を張り上げた。

「アマリリスです！　ただいま戻りました！」

一拍《いっぱく》の後、「……入れ」と声がして、扉がスライドした。「失礼します！」と私は元気よく村長室に踏み込む。

村長室は村の心臓部だ。天井には銀色の幾何学《きかがく》模様が縦横に走り、チューリップを貼《は》り付けたような中継アンテナが壁を埋《う》め尽《つ》くす。有線無線問わず村中の通信網《もう》がここに集中しているのだ。

「おかえり、アマリリス」

村長はゴロンと己の『首』を転がして、こちらに目を向けた。三十年前にボディを廃棄《はいき》して以来、村長は首だけで生活している。こうすると胴体がない分だけ電力を節約できるとかで、「これも節電じゃ」が村長の口癖《くちぐせ》だ。

「おかげんはいかがですか？」

「最近肩が凝《こ》ってのう……」

「ないないそれはない」

いつもの冗談を軽くいなしつつ、私は椅子《いす》に腰掛ける。

「それで、本日の報告ですが」

「アイスバーンはどうしたんじゃ」

「若い子のお尻《しり》を追っています」

「若いっていいのぉ。わしも若いころは鋼鉄のプレイボーイと呼ばれ——」

「その話は三百十七回目なのでご遠慮《えんりょ》ください」

放っておくと数十時間に及ぶ大長編自伝小説を聞かされるはめになるので、私は村長の鼻をキュッとつまむ。「フンゴゴ」と変な声を出す村長。

「報告。五十六箇所の配給ポイントはすべて回ってきました」

「うむ、ご苦労」

「金属凍傷《スチルド》の患者が三名、いずれも軽傷なのでその場でパーツ交換をしてきました」

「三名か……ちと多いのう」

「最近、寒暖の差が激しいからかもしれません。今度の『健診』のときには凍傷《とうしょう》を重点的に診《み》ようと思います」

「それがよかろう」

私はなおも二、三の提案を続け、村長の了解を取った。一定の重要課題だと『評議会《カウンシル》』のメンバーを招集しなければならないが、それ以外の細かい問題は村長の判断に任せられる。それが村のルールだ。

「今日も『白雪姫《スノウホワイト》』の様子を見ていくか？」

「ええ、日課ですから。……たまには村長も行きますか？」

「いーや、わしゃ寝る……ふわぁ」

村長はあくびをしたあと、首をゴロゴロと転がして机上を移動した。ポンッと跳ねてお気に入りのクッションに寝転ぶと、

「節電じゃ……」

口癖《くちぐせ》をつぶやきながら、コロリとスリープモードになった。

3

村の入り口まで戻ると、ビスカリアが整備の真っ最中だった。

金属触手《しょくしゅ》はさらに枝分かれをして、何十本ものコードがうねうねと伸びている。それらは氷上三輪を自在に這《は》い回り、それぞれが独立してメンテナンスを続ける。工具のぶつかる金属音、レーザーの青い閃光《せんこう》、ほとばしる水蒸気。

「どんな感じ？」

私が覗《のぞ》き込むと、ビスカリアは寝たままの姿勢で「うーん」と返した。三輪の下に潜《もぐ》った格好は、傍《はた》から見ると事故で轢《ひ》かれた蛙《かえる》みたいに見える。首の横にはトレードマークのベレー帽《ぼう》が転がっている。

「ボディがちょっとガタついているかな。……あと、タイヤはもうダメだったから交換した」

「お疲れ様」

「今日はどこかで転んだかい？」

「ううん、転んでないよ。どうして？」

「ハンドルに変なヒビが入っているんだよね……」

ビスカリアは「ほら、ここ」と触手《しょくしゅ》の先端《せんたん》を明滅《めいめつ》させた。

「あ、ホントだ」

彼女の言うとおり、氷上三輪のハンドルには網《あみ》の目のようなヒビ割れが入っている。

「寒暖の差が激しいときは、こういうヒビが出来たりするけど……」

「もうダメなの？」

「いやいや、直すのはわりと簡単。ヒビの部分を熔解《ようかい》して柔軟補修液《ソフトクリーム》を注入すればいい」

「お願いするわ」

「合点承知《がってんしょうち》」

ビスカリアは右手の触手を器用に動かし、複数の箇所を同時に修理していった。その触手は一本一本が生き生きと動いている。

「ビスカリアって、整備をしているときが一番輝《かがや》いているよね」

「そうかい？　そいつは嬉《うれ》しいなあ」

赤いショートヘアの似合う整備士は、唇《くちびる》をニヤッとさせて嬉しそうな顔をした。いつもは姉のように頼《たよ》りがいのある彼女も、こういうときはイタズラ好きの少年のように見える。

「もう三百年以上も、こんなことばっかりしているからね。逆に何か直してないと落ち着かないくらいさ」

「へぇ。天職ってやつね」

「天職か……。そうかも、しれないねぇ」

ビスカリアはなおも五分ほど修理を続けたあと「よし、できた！」と叫んだ。指先から伸びていた触手がシュルシュルと元に戻る。

「今日も『白雪姫』のところに行くのかい？」

「うん。日課だからね」

私は氷上三輪にまたがり、ブオンッとエンジンを蒸《ふ》かす。

「うん、いい感じ」

「違和感があったらすぐ持ってきなよ」

「了解。いつもありがとうビスカリア」

「なーに、天職だからね」

シュコッと一本の触手を指先から出すと、ビスカリアは誇《ほこ》らしげにベレー帽《ぼう》を被《かぶ》り直した。

4

で。

「どうしてあなたまでついて来るのよ⁉」

「そんなに邪険《じゃけん》にするなよ」

「もう、ひっつかないでよ！　この助平《すけべえ》！」

私は後部座席に乗るナンパ男にありったけの罵声《ばせい》を浴びせる。しかし男は「まあまあ、仲良くやろうぜ」と乾いた笑いを返すだけで反省の色はまるでない。

ビスカリアと別れ、『白雪姫』を見にいこうと三輪にまたがったときだった。「俺も行くぜ！」と後部座席に飛び乗ったのは金髪オールバックのナンパ男——その名もアイスバーン・トリルキルティス。

お尻《しり》に這《は》い寄る不埒《ふらち》な手をひっぱたくと、私は氷上三輪のスピードを上げた。早く到着しないと後ろのセクハラ大王に何をされるか分かったものではない。

「おまえは俺に冷たいなー」

「当然よ。女の子と見るや口説《くど》き始めるナンパ男なんて」

「いいだろ、お互いに性的オプション搭載《とうさい》なんだから」

性的オプションとは、ロボットでも性的な行為ができるようにと施《ほどこ》される追加装備の一種だ。特に女性ロボットは性的オプションを搭載しているケースが多く、それは私も同じだ。

「性的オプションはご主人様にご奉仕するための機能よ。それをロボット同士で使うなんて不《ふ》謹慎《きんしん》よ」

「そんなこと言ってるから、おまえはいつまで経《た》っても処女のまま——ゲフッ⁉」

私は背後の無礼者《ぶれいもの》に思い切り肘鉄《ひじてつ》を食らわし「余計なお世話……！」と怒鳴《どな》りつける。

性的オプション搭載《とうさい》の男性ロボットは、相手の女性を口説《くど》いたり、ムード作りのために軽口を叩《たた》いたりする者が多い。そういうプログラムなのだから仕方がない面もあるが、特にアイスバーンはひどい。女性と見るや手当たり次第だ。

——ああ、早く着かないかしら……！

不愉快な二人乗りを続けながら右に左に急カーブすると、やがて周囲の壁は透明度の高いものに変わっていき、分厚い氷の中に色鮮やかな緑が見え始めた。これは村民の間で『樹氷《アイスプラント》』と呼ばれる場所で、多様な植物が芸術作品のごとく氷の中で根を張り、花を咲かせている。この樹氷ゾーンの先が今日の目的地——『眠れる森《レム・フォレスト》』だ。

ギャギャギャッ、と路面を削《けず》りながらブレーキを掛け、私は三輪を停止させる。さっそくアイスバーンが荷台から飛び降りる。

「村長、聞こえますか？　アマリリスです」

耳のアンテナに手を当てて無線で村長を呼び出すと、「ふわぁ……節電、節電じゃ……」という眠そうな声。

「寝ぼけてないで開けてください」

私がたしなめると、「ほれ」と村長の声が精神回路《マインド・サーキット》内に響《ひび》いた。すると認証パネルが光り、ゴゴン、と鈍《にぶ》い音がして扉が重々しく開き始める。厚さが一メートルはあるだろう『白雪姫』

への扉は、村長の許可を受けた者しか入ることを許されない。私やアイスバーンのような『評議員』であってもそれは同じだ。

――さむっ……。

扉が開いた瞬間《しゅんかん》、白い亡霊《ぼうれい》のごとく濃厚な冷気が噴出した。氷に閉ざされた地下世界にあっても、この場所はさらに気温が低い。

――外気遮断《しゃだん》。

私は体温調節機能を三〇パーセントほど上げる。ロボットだから寒くて風邪《かぜ》を引くということはないが、体内のオイルやバッテリーなどにダメージを受けることもあるし、ひどい場合は『金属凍傷《スチルド》』という急性金属疲労になったりもする。

「変わりないわね」

天頂方向を見上げると、まず目に入るのは巨大な『紡錘《スピンドル》』。これは『白雪姫』全体を制御するメインコンピューターだ。紡錘の周囲には霜柱《しもばしら》が毛細血管のように絡《から》みつき、フリーズドライにされた果物のようにうっすらと白銀のドレスをまとっている。

紡錘はその細長い巨体を常にゆっくりと回転させており、部屋全体に柔らかな光を届けている。この光はシステムを維持するための特殊な『波動《パルス》』で、壁と一体化した『揺り籠《クレイドル》』と呼ばれる無数のカプセルの維持管理をしている。この揺り籠こそ、三百人を超える『ご主人様』を保護する生命維持装置だ。

これが低温下長期生命維持凍眠《とうみん》装置――通称『白雪姫《スノウホワイト》』。

百年前、地上を大きな気候変動が襲《おそ》い、世界は『氷河期』に入った。原因不明の『大寒波』によってあらゆる大地は凍《こお》りつき、動物も植物もそのほとんどが死滅《しめつ》した。

だが、そんな過酷《かこく》な環境の中でも人類は――ご主人様は諦《あきら》めなかった。地下に建造したシェルター『白雪姫』に避難《ひなん》し、氷河期が終わりを告げるそのときまで長い長い眠りについた。ここには赤ん坊から老人に至るまで三百人強の人間がそのままの若さで眠っている。

そして、ご主人様が眠りから目覚める時まで、白雪姫の維持を託《たく》されたのが私たち『村民』だ。地下五百メートルの分厚い氷の世界で、小さな村を作って百年以上も暮らしている。村民は全員がロボットで、白雪姫を守ることが唯一《ゆいいつ》にして最高の任務。自律型の高度な精神回路を搭載《とうさい》しているのも、マニュアル化できない不測の事態から白雪姫を守るためだ。

――いつか。

私は白雪姫を見上げて思う。

いつかご主人様が目覚めたら、目一杯のご奉仕《ほうし》をしてお役に立とう。炊事も洗濯《せんたく》も掃除も、ありとあらゆるお手伝いをしよう。それで、もしお許しを得られたら自慢《じまん》の歌を聴《き》いてもらおう。

胸に手を当てると、私はいつもの子守唄《こもりうた》を歌った。

おやすみ　おやすみ　今日は　おやすみ
わたしの　腕に抱《だ》かれて　おやすみ
いつかは　滅《ほろ》びる　この国も　朝の光も
すべての　ものは　あなたの　ために
だから　今は　ゆるりと　おやすみ
ふたたび　目覚める　その日まで

歌い終えると小さな拍手《はくしゅ》が響《ひび》いた。

「いつ聞いても、いい歌だな」

振り向くと、アイスバーンが壁に寄りかかっていた。

「あら、ありがと」

「聞いていると眠くなる」

「それ、褒《ほ》めてる？」

アイスバーンは少し間を置いたあと「もちろん」と答えた。

——ご主人様。

私は胸の前で指を組み、いつもの祈りを捧《ささ》げる。

——どうか早く、お目覚めになってくださいね。

私たちは待っている。

氷に閉ざされた地下世界で、ご主人様が目覚める日を今か今かと待ち続けている。

百年以上、ずっと。

【第二章】

ご主人様の秘密

1

「あなたなんか、指先ひとつでスクラップよ！」

「な、なんだとー」

「だってギャーピー、ポンコツだもん！」

相手を口汚《くちぎたな》く罵《ののし》っているのは小さな少女。その名はデイジー・ストック。

デイジーは口が悪い。外見こそふわふわした栗色《くりいろ》の髪が愛らしい幼女だが、勝気で頑固《がんこ》でわがままだ。

「ぼ、ぼぼぼ、ぼくはスクラップにゃ、ならないぞ」

力のない反論をしているのは、小さなデイジーよりもさらに小さいロボット。半球状の頭部に、ずんぐりした灰色の上半身、その下には古びたキャタピラ。この旧式を絵に描いたようなロボットは認識番号ＨＧＰ-１０β――通称『ギャーピー』。

「ポンコツのくせになまいきよ！」

デイジーはふっくらした桃色の唇《くちびる》から、強烈《きょうれつ》な毒を吐《は》いた。対するギャーピーは、少し遅れたあとに「ぼ、ぼぼぼ、ぼくは、ポ、ポポポ、ポンコツじゃ……ないんだぞ」と反論した。もう長らく音声装置がおかしいギャーピーは、どんなに怒《おこ》っても迫力《はくりょく》というものがまるでない。

「ぼ、ぼぼぼ、ぼくは、ポ、ポポポ……ギャー……ピー」

ギャーピーの頭からシュウシュウと白い煙が噴き出す。彼は興奮《こうふん》すると回路がよくショートする。そのとき発する音声が彼のあだ名の由来だ。

デイジーは勝ち誇《ほこ》ったように、ビシッと可愛《かわい》い指を突きつけた。

「ほら、壊《こわ》れた！　やっぱりポンコツよ！　ポンコツ！　ポンコツ！」

「ち、ちが……ギャ、ギャギャ……ギャーピー」

言葉にならない声で反論しながら、ギャーピーはデイジーに突進する。しかし彼の突進はひらりとかわされる。

「やーい、のろまー！」

「く、く、くそー」

――もう、またやってる。

「はい、そこまで！」

私は二人の間に割って入る。

「デイジー。ギャーピーをいじめるのはやめなさい」

「いじめてないもんっ！」

「ご主人様の教えにもあるでしょう。『なんじ、争うことなかれ』、それに『仲良きことは美しきかな』」

「仲良くしてるもん！」

デイジーは私に食って掛かる。この子は本当に気が強い。

「ギャーピー、大丈夫《だいじょうぶ》？」

私は心配して覗《のぞ》き込む。彼の頭からはシューシューと煙が噴き出しており、耳のあたりからはビヨヨンとネジが飛び出ている。

「ぼ、ぼぼぼ、ぼくは、だいじょう、ピー」

ちっとも大丈夫そうには見えない。

「ほら、あとでビスカリアのところに行くのよ」

私は拾い上げたネジを彼に握《にぎ》らせる。

「ありが……ピー、アマ……ギャリス」

なおも不調な音声装置を動かしながら、ギャーピーは私にお礼を言った。

「そんなポンコツ、早くスクラップにしちゃえばいいのよ」

「こら、デイジー。そういうことを言っちゃダメ」

「だって本当のことだもん。この前だって、私の擬似油飴《オイル・キャンディ》を食べようとするし」

「独り占めはダメだっていつも言ってるでしょ。そういうときは『半分こ』にしなさい」

「ふーんだ」

「そもそもケンカの原因は何なの？」

私が尋ねると、デイジーはケンカに至るいきさつを流暢《りゅうちょう》に話した。

彼女いわく、二人は今朝から『おうまさんごっこ』をしていた。ギャーピーが『うま』になり、デイジーがそれに乗って『パカランパカラン、ヒヒーン！』とやる遊びだ。ただ、三回目のヒヒーン！のときにギャーピーはバランスを崩《くず》し、その拍子《ひょうし》にデイジーが落馬して道路に頭をぶつけたのだという。

「なんでまた、おうまさんごっこ？」

「出し物よ」

「出し物って？」

「祈願祭《きがんさい》に決まってるわ」

「ああ、そっか」

祈願祭とは年に一度開かれるお祭りで、白雪姫《スノウホワイト》で眠る『ご主人様』の復活を祈る恒例《こうれい》行事だ。

「アマリリスは何をやるの？」

「んー。たぶん子守唄《こもりうた》ね。去年といっしょ」

「誰《だれ》と出るの？」

「それはまだ決めてないわ」

祈願祭にはステージがあり、そこでは村民によるたくさんの『出し物』が行われる。内容に縛《しば》りはなく、歌でも踊りでも手品でも——もちろん『おうまさんごっこ』でもかまわない。

「私、今年こそ絶対メダルを取るわ！　見ててねアマリリス！」

デイジーが自信満々の笑顔で抱《だ》きついてくる。「そうね」と私も笑顔で返す。

「ぼくも……ギャ、がんばる……ピー」

ギャーピーが会話に入ると、デイジーはさっそく「練習よ！」と彼にまたがった。『おうまさんごっこ』というよりも単なる肩車に見える。

「ちょっと、ギャーピーの修理が先よ」

「どうせまたすぐに壊《こわ》れるわ」

「それでも修理が優先よ。……ビスカリア！　ビスカリア！」

私は無線で村一番の整備士を呼ぶ。村民のほとんどには精神回路《マインド・サーキット》に無線が内蔵してあり、電波が届く範囲なら即座に誰《だれ》とでも連絡が取れる。

十秒後。

『……なんだいアマリリス？』

ビスカリアの声が脳内に響《ひび》いた。

『ギャーピーがショートしたの。ちょっと診《み》てもらえる？』

『なんだ、またかい。オーケー、ちょっと待ってて』

『よろしくね』

私は通信を終えると、「じゃあ、ビスカリアが来るまで練習はダメよ」とデイジーに念を押し、その場をあとにした。

ギャー、ピー、という声が背後で聞こえた。

2

「アマリスー、だっこしてー」「おんぶして!」「なでなでしてー」

村を歩くと、子供たちが一斉に寄ってくる。そのたびに私はだっこしておんぶしてなでなでする。子供型ロボットは男女問わずとにかく甘えん坊が多い。

五分ばかり相手をしたあとは、「ごめん」「あとでね」「また今度」と謝りながら甘えん坊の波を掻《か》き分けた。すべての要求を聞き入れると夜になっても終わらないからだ。

「はい、そこー、ピンと手を伸ばしてー!」

氷で作られた家が立ち並ぶ、白銀の美しい街並み。保育園の庭では子供たちが何かのお遊戯《ゆうぎ》をしている。二週間後に迫《せま》る祈願祭《きがんさい》に向けて、みんな練習に余念がない。

——さて、私はどうしようかなあ……。

子供たちの可愛《かわい》らしい歌声を聞きながら、私は考えを巡《めぐ》らす。

——問題は、あのルールよね。

祈願祭には毎年何かしらの出演ルールがあり、今年は『男女ペア』というのがそれだった。

ちなみに去年は『子供とペアで』、その前の年は『三人以上で』といった感じだ。多少のルール変更をやらないと出し物が毎年同じになってしまう、という運営側の工夫なのだが、これが少々厄介《やっかい》だった。

――パートナー、探さないとなあ……。

去年のように子供とペアだったらいくらでも相手が見つかるのだが、今回は『同年代の異性ロボット』という縛《しば》りがある。私の持ちネタといえば『歌』と決まっているので、いっしょにデュエットできる大人の男性を探さなくてはならない。

「困ったな……。今からパートナー探しとなると、もう残っている人も少ないし……」

ブツブツとつぶやきながら考え事をしていると、

「俺がいるじゃないか」

いきなり肩をぐいっと抱《だ》き寄せられた。

「気安く触《さわ》らないでちょうだい」

パシッと私は彼の手を叩《たた》く。叩かれたアイスバーンは「おー、いてえ」とわざとらしいリアクションをしながら、自慢《じまん》の金髪オールバックを撫《な》で付けた。

「そんなに恥《は》ずかしがるなよ」

「は?」

「俺といっしょに壇上《だんじょう》で熱い口づけを交わそう。最高の出し物になるぜ」

「そんなことするくらいならスクラップになったほうがマシだわ」

私はキッと睨《にら》んでみせるが、アイスバーンはおどけたように両肩をすくめるばかりで反省した様子はない。

「それに、私にだってアテはあるんだから」

「へえ。アテって誰《だれ》だよ」

「えっと……たとえばゲッツとか」

「バーカ。あんな堅物はダメだよ。歌もダンスも下手《へた》くそさ」

「じゃあ村長とか……」

「年寄りかよ！　おまえはいつも積極的なのに、男相手だとからっきし奥手だな」

「う、うるさいわね。私はあなたみたいに軟派じゃないのよ。だいたい――」

そのときだった。

ズズン、と腹の底に響《ひび》くような轟音《ごうおん》があたりを襲《おそ》った。

「え……？」

それは地震《じしん》だった。氷の地下世界を丸ごと揺《ゆ》らす、激しい地震。私は思わず道路に手をつく。

揺れは十秒ほどで収まった。ただ、久しぶりの地震に村内はかなりざわついていた。あちこちから子供の泣き声が聞こえる。

「おい、無事かアマリリス？」

「ええ、なんとか……」

——けっこう大きかったわね……。

ざっと見回したところ、近隣《きんりん》の建物に目立った被害はないようだった。だが、大きな地震《じしん》は崩落《ほうらく》事故の原因となるので明日には各地の点検に大忙しとなるだろう。

と、思っていた矢先のことだった。

『全評議員は緊急《きんきゅう》招集、繰《く》り返す、全評議員は緊急招集——！』

無線で入った村長の命令に、私たちは一瞬《いっしゅん》だけ視線を交わし、跳ねるようにその場を駆け出した。

3

村長室に駆け込むと、すでに他のメンバーがそろっていた。

テーブル上には『生首』カモミール村長、その隣《となり》には『整備士』ビスカリア。さらに隣には『鉄腕』の異名を取るゲッツが座っている。

「二人とも無事でござるか」

ゲッツは大木のように太い右腕を振り上げ、気さくに挨拶《あいさつ》をした。

「ええ、無事よ」

「それは何よりでござる」

彼は元々が役者ロボットのせいか、語尾に「ござる」が付くという妙に芝居がかった口癖《くちぐせ》の持ち主で、舞台でどんな役でもこなせるように顔の人工皮膚《ひふ》はあえて剝《は》がしている。だから彼の表情といえば眉間《みけん》に寄った皺《しわ》と口の端《はし》に浮かぶわずかな微笑がすべてで、普通に座っているといかにも不機嫌《ふきげん》そうに見える。そんな鉄仮面のごとき銀色のマスクの男が黒い詰襟《つめえり》の服を着ているので、マネキンが軍服を着ているようなシュールな威圧感《いあつかん》がある。

「ごめん、遅くなって」

「いやいや、拙者《せっしゃ》も今しがた着いたばかりでござる」

ゲッツは相変わらずの無表情でうなずいた。彼は一見コワモテだけど気性《きしょう》は優しい人だ。彼を含め、今いる五人で『評議員』は勢ぞろいとなる。

ちなみに、評議員というのは『評議会《カウンシル》』のメンバーを指す。村には大きく分けて二つの意思決定機関があり、配給品の変更や、診療《しんりょう》日程、祈願祭《きがんさい》の演目など、日常的な事柄は『評議会』にて決定される。これに対し、村の将来を左右するような大問題は『村民大集会《ビレッジ・ミーティング》』と呼ばれる全員参加の会議で決定される。

「評議会を招集したのは他でもない。先ほどの地震のことじゃ」

村長が議題を切り出した。生首がテーブル上をゴロリと転がる。

「まずはこれを見てほしい。――鳥瞰図《バードマップ》」

その声を合図に目の前のテーブルがうっすらと発光し、蟻《あり》の巣のような見取り図が出現した。これは村全体の地図で『鳥瞰図』と呼ばれる。

「あ!」

さっそく声を上げたのはビスカリアだった。

「『右翼《うよく》』が詰《つ》まってる?」

「そうじゃ」

私たちは地図に視線を向ける。たしかに、『右翼』の部分につながる通路が赤く点滅《てんめつ》している。これは問題発生のシグナルだ。

村の全体像は、慣習的に『鳥』にたとえられる。地図の真ん中に大きく広がる区画が『胴《どう》』。ここは村民の八割が住むメインスペースだ。この『胴』の周りを囲むように、『頭』『尾』『右翼』『左翼』『右足』『左足』の六つの飛び地がある。ちなみに、ご主人様の眠る『白雪姫』は『頭』にあり、今いる村役場は『胴』の中央に位置する。飛び地が多いのは、胴だけでは少しスペースが狭《せま》いのと、崩落《ほうらく》事故により万が一でも全滅しないようにリスク分散するためだ。

今、赤い点滅をしているのはその飛び地の一つ、『右翼』と呼ばれる居住スペースだった。ここは昨日カトレアに配給品を届けた場所だ。

「まったく通れないんですか？ 迂回《うかい》ルートは？」

私が尋ねると、村長はゴロゴロと転がりながら「ダメじゃ」と答えた。

「胴からの直通ルートはもちろん、右足からの迂回ルートも塞《ふさ》がってしもうた」

「右翼からの連絡は？」

「カトレアから報告があった。負傷者が若干《じゃっかん》いるが、修理に問題はないそうじゃ」

「そう、良かったわ……」

私はひとまず胸を撫《な》で下ろす。

「何かと思ったらただの崩落か」アイスバーンがテーブルに足を乗せてぼやいた。「最近はこんなの日常茶飯事《さはんじ》だよな？ 俺、もう帰ってもいいか？」

「ちょっと、真面目《まじめ》にやりなさいよ」

「だっててめんどくせぇじゃん」

「あなたには責任感ってものがないの？」

「おまえが一晩つき合ってくれたら考えてもいいぜ」

金髪オールバックをシャキーン！と音が出そうな手つきで撫で付けながら、アイスバーンはキラリと歯を見せた。ダメだこいつ。

「困ったときはお互い様――それがご主人様の教えでござる」

ゲッツが渋《しぶ》い声で大真面目に言った。「うるせえ、おまえは黙《だま》ってろ」と睨《にら》みつけるアイスバーン。

「拙者《せっしゃ》は原理原則を申し上げたまででござる」

「ござるござるといつもうるせえんだよ、てめえは」

アイスバーンが青い瞳《ひとみ》で睨《にら》むと、ゲッツも銀色のマスクに厳しい表情を浮かべた。硬派なゲッツと、軟派なアイスバーンが衝突《しょうとつ》するのはいつものことだ。

「——そこで本題じゃ！」

思いっきり流れをぶった切ったのはカモミール村長だった。このへんの強引さも毎度のことだ。

「とにかく我々は、分断されたルートを復旧させねばならん。バッテリーや配給品の途絶は生死に関《かか》わるからな。……ビスカリア」

「なんだい……？」

ビスカリアは頭をガリガリ掻《か》きながら、さっきから鳥瞰図とにらめっこしている。

「技術責任者のおぬしとしては、今回の事態をどう見る？」

「そうさねぇ……」

ビスカリアは鳥瞰図を凝視《ぎょうし》したまま「あたしは、『迂回《うかい》ルート』からアタックするのがいいと思う」と答えた。

「あれ、『直通ルート』のほうが近くない？」

私は当然の疑問を口にした。『胴《どう》』と『飛び地』を直接結ぶ道は『直通ルート』と呼ばれ、これが村の幹線道路の役割を果たしている。これに対し、飛び地同士を結ぶ道は『迂回ルート』と呼ばれ、道幅も細くて補助的な役割しかない。

「あたしも直通ルートを使いたいのはヤマヤマなんだけどねぇ……」

ビスカリアが手元のパネルを操作すると、スクリーンが切り替わった。

「ご覧の通り、右翼《うよく》への直通ルートは『白雪姫』のエネルギー・ケーブルと近い。仮に、崩落《ほうらく》した氷を爆破なり熔解《ようかい》なりで撤去《てっきょ》する場合、そちらへの影響《えいきょう》評価をかなり厳密にやらないといけないんだ。それに対し――」

またスクリーンが切り替わる。

「もう一方、『右足』から『右翼』への迂回ルートは周囲に何も設備が存在せず、かなり手荒な作業も問題なくできる。技術責任者としてはこちらを推奨《すいしょう》するね」

「なるほどね」

私は説明にうなずき、まとめに入った。あまり会議に時間を取ってもいられない。

「私はビスカリアの言うとおり、迂回ルートの復旧案に賛成だわ。直通ルートの復旧はその後にやればいいと思うの。……みんなはどう？」

「拙者は賛成でござる」

ゲッツがうなずくと、「わしもじゃ」と村長。

「……ま、アマリリスがそうしたいのなら、俺はかまわないぜ」

アイスバーンはテーブルから足を下ろし、だるそうに首をコキリと鳴らした。

「じゃあ決まりね！」

私は立ち上がって全員を見回す。

「出発は三十分後、各自準備をして東南口に集合！　遅刻は厳禁よ！」

4

再集合のあとはさっそく作戦に取り掛かった。

メンバーは私、アイスバーン、ゲッツ、ビスカリアの四人。村長はもしものときに備えて村役場に残ってもらった。

「これは……」

長いトンネルを抜けて、『右足』に到着したのは出発から約一時間後。

現場を目《ま》の当たりにして、私はひどく驚《おどろ》いた。『右足』と『右翼《うよく》』を結ぶ『迂回《うかい》ルート』を復旧するのが今回の作戦だったが、崩落《ほうらく》は予想以上に深刻だった。右翼へと続くトンネルは丸ごと崩落しており、見上げるような氷の塊《かたまり》がいくつも入り口を塞《ふさ》いでいる。

「こりゃひでぇ」

アイスバーンが呆《あき》れたようにつぶやき、目の前に転がる巨大な氷をコンコンと叩《たた》いた。これほどひどい崩落事故は十年ぶりだ。

「ここは拙者《せっしゃ》が」

さっそく申し出たのは鉄腕ゲッツだった。

「んじゃ、しっかりやれや」

アイスバーンが馬鹿《ばか》にしたように手を振る。

「ちょっと、あなたも働くのよ！」

「えー、めんどくせえなあ」

「いいから早く！」

現場を前にしてもやる気のない同僚《どうりょう》を、私はバンッと押し出す。

――まったくもう。

「アイスバーンは右サイド、ゲッツは左ね！」

「へいへい」「承知！」

アイスバーンとゲッツの二人は、左右に分かれて巨大な氷と対峙《たいじ》する。

「諸行無常《しょぎょうむじょう》、万物流転《ばんぶつるてん》……」

ゲッツが腰を落として右腕を引いた。女性の胴周りくらいはありそうな太い腕が赤い光を発し、エネルギーが駆け巡《めぐ》るのが見える。

「破《は》っ！」

鋭《するど》い掛け声を発すると、ゲッツの右拳《みぎこぶし》が氷の塊《かたまり》にめりこんだ。ピキピキッ、とヒビ割れがクモの巣のように走ると、轟音《ごうおん》とともに氷が粉砕《ふんさい》された。これがゲッツの『鉄腕』、村一番のパワーだ。

「アイスバーン、あなたも働きなさいっ！」

「わかってるよ！　……あーあー、かったりいなぁもう」

彼はぼやきながらも右手を頭上にかざした。ピンと伸ばした指先から青い光がほとばしると、彼は氷に向かって斜めに振り下ろす。直後、氷の塊に一筋の光線が走り、ズズッとスライドして真っ二つに割れた。これはアイスバーンお得意の『亡霊刀《ファントム・ブレード》』。村一番の切れ味を誇《ほこ》る。

ブゥンッ、と青い光がいくつもの氷を切り裂《さ》いていく。その隣《となり》ではゴシャッ、ゴシャッと赤い光とともに氷が崩《くず》れ落ちる。仲が悪いわりには、息が合っているように見えるのが不思議だ。

「いやー、やっぱりあの二人はすごいねぇ……！」

ビスカリアが感嘆の声を上げた。

「そういうビスカリアだってすごいわよ」

「え？」

「だって、今日の作戦も、三輪の整備も、それに村民の健診も、全部ビスカリアのおかげじゃない？　私たち、あなたのおかげで生きているようなもんよ」

私が褒《ほ》めると、彼女は「いやー、あたしなんか……」とベレー帽《ぼう》を被《かぶ》り直した。目深《まぶか》に被った帽子の下では、ほんのり頬《ほお》が赤く染まっている。村ではカモミール村長に次ぐ年配者なのに、こうして偉ぶらないのが彼女のすごいところだと思う。

「終わったぜ！」「完了した！」

砕《くだ》けた氷の山から、二人の声が同時に聞こえた。ものの数分であれだけの氷塊《ひょうかい》を粉砕するあたり、さすがというほかない。

「二人ともお疲れ様！　あとは任せて！」

三輪にまたがり、ドルンッとエンジンを掛ける。ここから先は私の仕事だ。

全員が荷台に乗り移ったのを確認すると、私はハンドル部分のスイッチを押した。すぐに前輪のライトがパッと点灯する。これは『汎用性《はんようせい》指向熱波照射装置』――通称『小太陽《リトル・サン》』と呼ばれる特殊な機械で、半球状のライトが高熱を発する仕掛けだ。

「発進！」

私は三輪をゆっくりと前進させる。時速二キロ、歩いたほうが速いくらいのスピード。

やがて、砕かれたばかりの氷塊が目の前に立ちはだかる。私はそのままのスピードで『小太陽』を氷塊にぶつける。ジュッ、と白い水蒸気がほとばしると、巨大な氷の塊は熱湯に入れたように見る見る小さくなっていった。氷を融《と》かすにはやはりこれが打ってつけだ。

「うん、小太陽はいい感じさね」

ビスカリアが満足げにウンウンとうなずく。

「さあ行くわよ！　しっかりつかまって！」

掛け声とともに、私はハンドルを握《にぎ》る手に力を込めた。

5

燦々《さんさん》と輝《かがや》く太陽を従えて、私は慎重《しんちょう》に前進する。トンネル内に詰《つ》まった氷の塊《かたまり》は、太陽に触《ふ》れるたびにジュジュッと音を立てて融《と》けていく。白い水蒸気の煙が視界を埋《う》め尽《つ》くし、三メートル先は何も見えない。

「あーあ、退屈だなあ～」

トンネルに入って十五分もすると、アイスバーンがぼやき始めた。三輪の後ろに連結した荷台に寝転がったまま、まるでやる気のない態度だ。

「あと何分かかるんだよ？」

「んー、三時間？」

ビスカリアが短く答えると、彼は「げー」とわざとらしい声を出した。

「もうちょっと早くならないのか？」

「これ以上は二次崩落《ほうらく》の危険があるからダメさね」

クールに答えるビスカリアに、アイスバーンは「やれやれだぜ……」と返す。

「ちょっと、どこ触《さわ》ってるのさ」

「軽いスキンシップさ」

「やめな」

「イテッ」

尻《しり》を撫《な》で回してくるアイスバーンの手を、ビスカリアが思い切りつねる。

「ちぇー。どうしてこう、評議員の女はかわいげがないのかね」

「余計なお世話だよ」

「そんなことだから恋人できねぇんだよ、ビスカリア」

「あたしはマシンが恋人だから」

ビスカリアはシャコッと右手の触手《しょくしゅ》を露出《ろしゅつ》させた。

——ったく、あのバカ。

私は三輪を運転しながら、サイドミラーで後ろの荷台をうかがう。すぐ後ろには周囲を注意深く観察するビスカリア、その後ろには寝転がるアイスバーン。ゲッツは最後尾に陣取《じんど》ったまま、出陣前の騎士《きし》のごとく口を真一文字に引き結んでいる。この百年変わりばえしない、いつもの光景だ。

「んー、ここは地盤《じばん》が緩《ゆる》いね。速度を落として」

「了解」

ビスカリアの指示に従い、私は三輪の速度を落とす。時速はついに一キロとなり、ノロノロ運転もいいところだ。

トンネル内部の熔解《ようかい》作業に焦《あせ》りは禁物だ。小太陽の性能なら相当のスピードで突っ込んでも氷を融《と》かして突っ切れるが、それだと地震《じしん》で緩《ゆる》んだ天井《てんじょう》が崩落《ほうらく》する恐れがある。

「もうちょい出力を下げて。そうそう、そのくらいのスピードで」

ビスカリアが計算を繰《く》り返しながら私に指示を出す。今、彼女の頭の中では無数の構造計算が溢《あふ》れ返っていることだろう。進行方向、氷の強度、熱波の出力、三輪の速度。この手の計算をさせたら彼女の右に出る者はいない。

ハンドルを握《にぎ》る手には、時おりガクガクッと不規則な振動が伝わる。崩落した氷というのは大小さまざまな破片の集合体なので、新たな氷にぶつかるたびにハンドルに強い手ごたえがある。私は暴れ馬のような車体を制御しながら、一定のペースで三輪の運転を続ける。

そうやって一時間もしたころだった。

「ちょい待ち！」

ビスカリアが大きな声を出した。「なに？」と私はブレーキを掛ける。

「――波動感知！」

「え!?」

「来るよ！」

ビスカリアが叫んだ瞬間《しゅんかん》、ゴオンッと大地が揺《ゆ》れた。

――余震！

「アマリリス！」

誰《だれ》かが私の名を叫び、そして――

世界が割れた。

6

「う……」

バッテリーが再起動する。意識が戻る。

――私は……。

上半身に何か大きな物がのしかかっている。崩落した氷だろうか。それともここは死後の世界だろうか。いや、ロボットに死後の世界などないか――

「お目覚めですか、お嬢《じょう》さん？」

目を開けると、そこには鼻先から数センチに男性の顔。

「キャア……ッ！」

バンッと上にのしかかっていた男を突き飛ばす。

「いってえ！」

出力を加減しなかったので、男は勢いよくふっとんだ。

「この痴漢《ちかん》！　助平《すけべえ》！　破廉恥《はれんち》！」

「なんだよ、せっかく助けてやったのに……」

アイスバーンは打ち付けた後頭部をさすりながら、のっそりと起き上がる。

「あ……」

頭上を見て驚《おどろ》いた。そこには巨大な氷が今にも襲《おそ》いかからんと張り出しており、表面がザックリと鋭角的《えいかくてき》に切り取られていた。

「ま、無事なら何でもいいけどよ」

アイスバーンは右手から突き出た『亡霊刀』を消去した。バーナーのような青い光が徐々に短くなり、手のひらに吸い込まれるように消えていく。

――あ……。

「もしかして、かばってくれたの……？」

「気づくのが遅いぜ」

「あ……ありが、とう……」

「礼なら体で払ってもらおう……イテテ」

「調子に乗らないの」

今度は尻《しり》を触《さわ》りだした不埒《ふらち》な手をギュウッとつねる。もう少しきちんと感謝の気持ちを伝えたかったが、どうも彼のにやけた顔を見ているとそんな気が失《う》せてしまう。

「ビスカリアとゲッツは……？」

「心配ないさ。ほら」

アイスバーンは親指で背後を示した。見ると、横倒しになった氷上三輪《アイスモービル》の向こうに、二つの人影が見えた。

「アタタ……」

手前でむくりと起き上がったのはビスカリア。今はトレードマークのベレー帽《ぼう》が脱《ぬ》げて赤色のショートヘアが見えている。

「ビスカリア殿、大丈夫《だいじょうぶ》でござるか？」

彼女に手を伸ばしたのは銀色の男。ビスカリアは「すまないねぇ」と彼の手を握《にぎ》り返した。

「礼には及ばぬでござる」

——よかった。みんな無事ね。

私はほっと胸を撫《な》で下ろす。ゲッツとアイスバーンがいなければどうなっていたことか。

「ところで」

周囲をぐるりと見て、私はつぶやいた。

「ここ、どこ……？」

そこは見たこともない空間だった。


氷の中とは思えぬ高い室温、広々としたスペース。天井《てんじょう》には大きな穴が開いている。どうやら地震《じしん》により通路の『底』が崩落《ほうらく》し、その下の空間に落ちてしまったらしい。

私は今いる場所を割り出すべく、精神回路に鳥瞰図を呼び出す。

——あれ？　反応なし？

不慮《ふりょ》の事故に備えて、村民には一人一人に発信機が内蔵されている。それが赤い光点となって鳥瞰図に表示される仕組みだが、今はどこにも見当たらない。

——どういうこと？　村内に電波が届かない場所があるなんて……。

「わあ！」

そこで歓声が上がった。

見ると、声の主はビスカリアだった。室内を見回し、「すごいすごい！　万能端末《フル・モバイル》がこんなに……！」「こっちは立体動画再生機《ポリ・スクリーン》!?」と弾《はず》んだ声を出している。

「どうしたの？」

崩落した氷の塊《かたまり》をまたいで、彼女の隣《となり》に並ぶ。

——え、なにこれ……⁉

「すごい……！」

気づけば、私もビスカリアと同じセリフを叫んでいた。

そびえ立つような巨大な収納棚《だな》、それがドミノ倒しの会場のごとく部屋の奥へと続いている。

棚のそばにはソファがずらりと並び、長期保存食糧《しょくりょう》や循環式《じゅんかんしき》給水タンクも置かれている。

「ひょっとして……」

私が隣を見ると、「ああ」とビスカリアがうなずいた。

「間違いない。『ご主人様』の部屋さね」

ざっと見ただけでも、部屋は二十メートル四方はありそうだった。これほど大きな空間が村の近隣《きんりん》で見つかるなど前代未聞《ぜんだいみもん》のことだ。

——本当にすごいわ……。

私は部屋を歩きながら、その光景に圧倒された。ご主人様の眠っている『白雪姫』は毎日のように見ているけれど、こうした人間用の居住スペースを見るのは百年ぶりだった。ご主人様の読む本、ご主人様の飲む水、ご主人様の座るソファ——

「ああ、ご主人様……」

あふれる感動を言葉にできず、ただ吐息《といき》だけが漏《も》れる。

その場にいる誰《だれ》もが感激していた。普段《ふだん》は物静かなゲッツが「新発見でござる」「大発見でござる」を連発し、ビスカリアは穴が開きそうなほどひとつひとつの品物に見入っている。いつも斜に構えるアイスバーンまでが「すげえ、ホントにすっげえな……！」と室内を子供のように見回している。自分たちが崩落《ほうらく》事故に巻き込まれたことすら忘れ、私たちはこの不思議な部屋に魅了《みりょう》された。

「おい、見ろよこれ！」

アイスバーンが一際《ひときわ》大きな声で叫んだ。

「どうしたの？」

「すげえぞ！」

彼はそこで一個の万能端末を掲《かか》げた。その画面にはひとつの映像が浮かび上がっている。

それは裸の女性。なまめかしく腰をくねらせた、いやらしい姿。

「きゃあっ！　な、なにそれ!!」

「なにって、エロ本だよ、エロ本」

「す、す、捨てなさい！　今すぐ！」

「でもこれ、ご主人様のもんだぜ」

そう言って、彼はぺらりと端末《たんまつ》の画面をめくってみせた。すると女性はさらに激しい――うあ、え、そんな、裸で、抱《だ》き合って、そんな格好――

「これが話に聞くエロ本か……。現物を拝《おが》むのは初めてだぜ」

アイスバーンは新しい玩具《おもちゃ》を見る子供のように目を輝《かがや》かせる。

「見ろよゲッツ。すげえぜこれ」

「貴様、さっきから何を破廉恥《はれんち》な……ぬう」

そこでゲッツの目は画面に釘付《くぎづ》けになった。「まことにけしからん」と言いつつ画面を操作してページをめくる。若い子のヌードが連続で現れる。

「ちょっと、ゲッツまで何してるのよ！」

「いや、拙者《せっしゃ》は中身をあらためようとしただけで、その、卑猥《ひわい》な趣味《しゅみ》では決して――」

「これは没収よ！」

私はゲッツから端末《たんまつ》を取り上げた。その途端に裸の女性があえぎ声を上げたので、慌《あわ》ててスイッチを切る。

「ゲッツもやっぱり男だねぇ……」

妙に感心したような口ぶりで、ビスカリアが部屋の奥から戻ってきた。

彼女の手には、男性二人が裸で抱き合っている動画が再生されていた。

しばらく経《た》ったころだった。

○

「なに、これ……？」

探索《たんさく》を続けていた私は、部屋の一角で奇妙な光景に遭遇《そうぐう》した。そこには大型モニターが壁を埋《う》め尽《つ》くすようにずらりと並んでおり、手前には一台のロボットが座っていた。ロボットはぐったりとテーブルに突っ伏している。

「ねえ、みんな来て！」

無線で呼ぶと、すぐに他の三人もやってきた。モニターの前で突っ伏すロボットを見て、

「いったい誰《だれ》だ？」「見かけぬ顔でござる」と男たちは眉《まゆ》をひそめた。

「こりゃ駄目《だめ》さねぇ」ロボットの胸部を開き、ビスカリアがわずかに肩をすくめた。「完全に逝《い》っちまってるよ。精神回路がオシャカになって三十年は経ってるね」

「三十年……。じゃあ、最初の七十年は生きてたってことよね？」

「そういうことさね」

「こんなところで何をしていたのかしら……」

ロボットの前にはいくつもモニターがあり、映像はすべて途切れていた。ビスカリアが復旧

を試みようとしたが、状態がかなり悪いらしく修理には時間が掛かりそうだった。

アイスバーンがぽつりと言った。

「まるで監視室だな」


その後、私たちは部屋の奥でロープとハシゴを発見し、無事に脱出《だっしゅつ》を果たした。もっと脱出に手こずるかと思っていたので、あっさり出られたのはラッキーだった。

ただ、個人的にはもうちょっとゆっくりこの空間を調べたかったので、その点は心残りだった。今は崩落《ほうらく》事故の復旧が優先なので、これ以上道草を食うわけにもいかない。

近いうちにまた来ようと心に決めつつ、私は氷上三輪にまたがる。

そのときだった。

――ん？

ふと、私は誰《だれ》かの視線を感じた。何者かがじっとこちらを見つめているような気配。

――誰……？

私はすばやく振り向く。

だが、部屋には誰もいなかった。

【第三章】

祈願祭

1

軽傷者八名、死者・重傷者はゼロ。

幸いにも、地震《じしん》の被害は予想よりもずっと軽微だった。一番被害が大きかったのは例の崩壊《ほうかい》した直通ルートだったが、翌日には復旧を果たし、三日後にはすべての瓦礫《がれき》が撤去《てっきょ》された。

復旧の際に発見された『謎《なぞ》の部屋』については、一般の村民には存在を伏せることになった。これは村長の決定で、もう少し調査が進むまでは公表を待ったほうが良いという判断だった。


地震から五日後。

「ヴィーセアさ〜ん！　ヴィーセア・トキシンさ〜ん！」

ナース姿の私は、廊下に顔を出して声を張り上げる。子供たちがワイワイと騒《さわ》ぐ待合室は、一瞬《いっしゅん》だけ静かになり、一人の女の子がテテテッと前に出た。

「お名前は？」

「登録番号00218、ヴィーセア・トキシンです」

小さな背筋《せすじ》をぴょこっと伸ばして、少女は自分の名前を告げた。

「よくできたわね。偉いわヴィーセア」

私が頭を撫《な》でると、ヴィーセアは「えへへ」と嬉《うれ》しそうに笑った。

「先生、ビスカリア先生ー！」

「ちょい待ちー」

バシャバシャと手を洗う音が響《ひび》き、それから白衣を着たビスカリアが現れた。

「お待たせー。……おっ、ヴィーセアじゃないか。どうした」

「あのね」

ヴィーセアはお腹《なか》を両手で押さえると、上目遣いで訴《うった》えた。

「ぽんぽんが痛いの」

「ありゃま。……で、どんなふうに痛む？」

「キリキリとネジが回る感じ」

「そっかー」

ビスカリアはウンウンとうなずきながら触手《しょくしゅ》をうねうね動かす。

「じゃあ、そこに寝て」

「お腹、開けるの？」

ベッドに横たわると、ヴィーセアは不安げな視線を向けた。ビスカリアは少女の頬《ほお》を優しく擦《こす》りながら「大丈夫《だいじょうぶ》さね」と言った。

「痛くないし、すぐ終わるから」

「ほんとう？」

「本当さね」

なおも不安そうな少女を撫《な》でながら、ビスカリアは母親のように優しく微笑《ほほえ》む。

「じゃあ、いい子だから『精神回路《マインド・サーキット》』を切って」

「うん」

「動作制御回路《コントロール・サーキット》も」

「うん」

ちなみに、ロボットには三大回路と呼ばれる主要な回路がある。『精神回路』が人間でいう脳に当たり、全体の司令塔の役割を果たす。『動作制御回路』は神経や脊髄《せきずい》に当たり、精神回路の発した命令を全身に届ける役割だ。そして、この二つの回路が暴走しないように歯止めを掛けるのが『安全回路《セーフティ・サーキット》』だ。

「先生……お願い……しま、す……」

切れ切れの声を最後に、ヴィーセアの瞳《ひとみ》が徐々に光を失っていく。その精神回路がスリープモードになったのを確認すると、ビスカリアは診察を開始した。

「どれどれ……」

彼女は金属触手《しょくしゅ》で少女の上着をまくりあげた。白いお腹《なか》が現れると、かわいいおへその穴にそっと触手を差し入れる。すると、カチッと小さな音が響《ひび》いてヴィーセアの腹部が正中線《せいちゅうせん》からゆっくりと開いた。

「ふーむ、ふむふむ」

ビスカリアは真剣な目つきで少女の体内を診察する。指先から伸びる触手が生き物のごとくうねり、半透明の保護膜を剝《は》がして内部の回路を露出《ろしゅつ》させていく。

「あー、やっぱりここか……」

「ここって？」

私はビスカリアの背中ごしにヴィーセアを見る。

「バッテリー回りの炎症さね」

そう言うと、彼女は触手の先端《せんたん》を光らせた。そこはヴィーセアのおへそのちょうど裏側あたりで、融《と》けたプラスチックのようにバッテリーユニットが歪《ゆが》んでいた。

「また交換？」

「ああ。前と同じパーツさね。ただ」

「なに？」

「代替品でごまかすと、またお腹が痛くなるだろうね……」

深い年輪のような皺《しわ》を眉根《まゆね》に寄せると、ビスカリアは「規格はHRM1103型。パーツは01102C」と低い声で指示した。

「待ってて」

私は奥の部屋に入ると、四方を天井《てんじょう》まで埋《う》め尽《つ》くしたパーツ収納ケースを見上げた。ここには村民たちの体を構成する交換用のパーツがぎっしりと詰《つ》まっている。白雪姫《スノウホワイト》は例外として、村で一番重要な場所といえばこの保管庫だろう。

「HRM1103‐01102C」

声に出して読み上げると、棚《たな》のひとつが光った。水色をした半透明の引き出しが自動でスライドし、探し物のありかを告げる。そこから銀色のバウムクーヘンのようなパーツを取り出すと、私は診察室に戻った。

「これでいいよね」

「オーケー。じゃ、そっちの古いほうは処分して」

見れば、ベッド脇《わき》には原型をなくした一個のパーツが置かれていた。これはヴィーセアの体内から摘出《てきしゅつ》した『患部《かんぶ》』だ。同じパーツとは思えないほどグニャッと融《と》けて歪《ゆが》んだ形は、少女の痛みと苦しみを訴《うった》えているように見え、胸が痛んだ。

2

ヴィーセアの手術を終え、それから十人ほどの患者を診《み》て、やっと午前の部が終わった。

「今日も多いねぇ……」

ソファに深々と腰掛け、ビスカリアが首をコキリと鳴らす。ロボットも集中を続けると、精神回路に廃棄物《はいきぶつ》が溜《た》まって気分がすぐれなくなる。

「大丈夫《だいじょうぶ》？　このところ働きづめだけど」

「なーに、週百時間も三輪に乗りっぱなしのあんたよりはマシさ」

「無理しないでね」

技術的なことはどうしてもビスカリアが専門なので、ついつい頼《たよ》り切ってしまう。彼女の整備マニュアルを丸ごとインストールする手もなくはないが、たぶん誰《だれ》がやってもスペック不足でフリーズするだけだろう。

「代替手術《スペ・オペ》も、そろそろ限界かねぇ……」

ビスカリアは天を仰《あお》ぐように背もたれに寄りかかった。

この百年間、私たちは『白雪姫』のメンテナンスをしてきた。メインコンピューターである『紡錘《スピンドル》』や、ご主人様の眠る『揺り籠《クレイドル》』、そして白雪姫の格納された『眠れる森《レム・フォレスト》』――これらの点検・清掃・修理を一日も欠かさず続けてきた。だが、どんなに丁寧《ていねい》にメンテナンスをしても、白雪姫も所詮《しょせん》は金属の塊《かたまり》だ。氷に閉ざされた過酷《かこく》な環境の下、その体は徐々に蝕《むし》ばまれ、劣化《れっか》していった。そして地下に潜《もぐ》って七十年ほどしたある日、ついに交換用の予備パーツがすべて尽《つ》きてしまった。

私たちは大いに弱った。このままでは白雪姫が故障してしまう。そうしたら敬愛するご主人様も死んでしまう。何か良い方法はないのか、どうにかしてパーツを捻出《ねんしゅつ》する方法は――私たちは必死で知恵を絞った。そしてある一つの方法にたどり着いた。

摘出《てきしゆつ》。

ロボットの体内を構成するパーツを摘出し、加工し、白雪姫のパーツへと流用する。そうすれば白雪姫のメンテナンスを続けられる。資源の乏《とぼ》しい、閉ざされた地下世界ではそれしか方法がなかった。

ただ、この方法にはもちろん問題があった。『摘出』を受けたロボットたちがパーツ欠損で動けなくなってしまうのだ。そのため、摘出した場所にはあり合わせの材料で作った『代替品』を埋《う》め込むことになり、村民の体は日に日に代替品に置き換えられていった。

——一度、代替品に置き換えるとね。

以前、ビスカリアがこんなふうに説明してくれたことがある。

——正規のパーツじゃないから、どんなに精巧に造っても完璧《かんぺき》には合わない。劣化《れつか》だって速い。だから『摘出』した患者《かんじや》は故障しやすいんだ。

それでも村民たちは、誰《だれ》もが進んで『摘出』を望んだ。それは私も同じで、頭部に二つ、右手に二つ、左手に三つ、右足に一つ、左足に二つ、胴体に七つ——合わせて十七のパーツはすでに『代替品』に置き換えられている。最初は大人たちだけが摘出対象だったが、やがて体の小さい子供たちも自《みずか》ら進んでパーツを差し出すようになり、今では子供が平均して四・二個、大人が平均して十一・三個のパーツ摘出を受けている。

ピーン、ポーン、パーン、ポーン。牧歌的なチャイムが鳴り、休憩《きゅうけい》が終わりを告げる。

「さて、時間だね」

ビスカリアがソファから立ち上がり、白衣の襟《えり》を整えた。

「アマリリス、午後の予約はどうなってる?」

「えーと、一時から三件、二時から四件で、そのうち——」

そのときだ。

「ちょっと、何を言ってるのよ!」

表で少女の声が響《ひび》いた。

「ぼ、ぼぼぼ、ぼくは、病院なんかにゃ、行かないぞ」

「バッカじゃないの!? ポンコツなんだから強がってんじゃないわよ!」

「ぼ、ぼくは病院、嫌《きら》いだぞ。嫌いだったら、嫌いだぞ」

続いて、「ギャー、ピー」と聞きなれたノイズが聞こえると、私たちは顔を見合わせた。

「まずは急患だねぇ」

ビスカリアはいつものベレー帽《ぼう》を目深《まぶか》に被《かぶ》ると、肩をわずかにすくめた。

3

それから二週間。

積み上げられた氷のステージを、クリスタルの照明が華やかに照らす。ステージを中心に放射状に広がる客席はぎっしりと埋《う》め尽《つ》くされ、三百を超える村民全員が勢ぞろいしている。

いよいよ今日は待ちに待った祈願祭《きがんさい》。客席の熱気は今か今かとステージを焦《こ》がし、氷で造られた舞台装置を融《と》かしそうなほどだ。今日は朝から晩までお祭りとなり、あらゆる仕事がお休みとなる。私も自分の番が来るまではゆったりとお祭りを楽しむつもりだったが。

「なんであなたが隣《となり》に座ってるのよ」

「いいだろ、堅いこと言うなよ」

「席順は出演者ごとって決まっているでしょ。そこは村長の席よ」

「ジジイには許可を取ったぜ」

「く……村長め……」

せっかくの安息の時間が、隣に座ったナンパ男のせいで台無しだった。「ちょっと、触《さわ》らないでよ」「へへへ」という応酬《おうしゅう》を繰《く》り返しているうちに、あっという間に開演時間となった。

ター、タラタタタ、タッタラー♪

六人の音楽隊が景気よくラッパを吹き、ドラムを鳴らす。途端《とたん》に、ワッと客席から歓声が上がり、「待ってました！」「キター！」「ギャアアアッ！」と悲鳴まじりの盛り上がりを見せる。

「ただいまから、第一〇八回ご主人様復活祈願祭を始めます」

司会のカトレアが美しい声で開会を告げる。また、ワッという歓声。

「村長挨拶《あいさつ》」

盛大な拍手《はくしゅ》が雨あられと降る中で、舞台にはカモミール村長が姿を現した。舞台袖《そで》からゴロゴロと生首を転がして入場してくる姿は、ホラー映画のゾンビのような不気味《ぶきみ》さがある。

「わしが村長のカモミールじゃ‼」

百年以上、飽きもせず繰り返された挨拶をすると、客席は「村長ー！」「元気ー⁉」「カワイイー！」と声が掛かった。

「この復活祈願祭は、皆も知ってのとおり、敬愛するご主人様の安らかな眠りと、来たるべき目覚めのときを祈るものである。すなわち――」

祈願祭は百年以上も続く伝統行事だ。最初は一年に一度、ご主人様のために『祈り』を捧《ささ》げるだけの行事だったが、年を追うごとに歌や踊り、出し物などが盛り込まれるようになった。これは、長い地下暮らしをしている村民のための娯楽《ごらく》という面もあるが、何よりご主人様が目覚めたときに披露《ひろう》する『芸』を磨《みが》くのが一番の目的だ。出し物には投票による採点がなされるが、採点基準はあくまで『ご主人様にご満足いただけるか』が決め手だ。

「つまり、この祈願祭《きがんさい》は単なる娯楽《ごらく》ではなく、ご主人様のために技芸を磨《みが》くという崇高《すうこう》な——」

村長の話が三十分を超えたあたりで「なげぇー！」「もういいよ」「はよひっこめー！」と遠慮《えんりょ》のないブーイングが始まった。これも毎年のことで、最初は万雷《ばんらい》の拍手《はくしゅ》を浴びて登場した村長が、ブーイングの集中砲火を浴びながら去っていく。「物を投げてはいかんでござる！」「ネジを投げるのも駄目《だめ》でござる！」と会場整理担当のゲッツの大声が響《ひび》いた。

村長挨拶《あいさつ》が終わると、スタッフが舞台に散らばったネジやボルトを片付け（これはあとで持ち主に返却される）、仕切り直すようにもう一度ラッパが鳴り響いた。

——いよいよね。

「エントリーナンバー一番！　セオラリアさんとカールさんによる歌と演奏です！」

カトレアの美しい声が響くと、二人の男女がステージに登場した。

一人はセオラリアさん。彼女は外見年齢が八十歳の家庭用ロボットだ。元々は、妻に先立たれた夫が寂《さび》しさを紛《まぎ》らわすためにオーダーメイドした『遺族ロボット』で、お仕えしていたご主人様の死後はあちこちを転々として今に至る。もう一人のカールさんはその昔、有名なオーケストラで働いていたことがあり、村で一番の楽器の名手だ。

「今回は、抽選で一番手になり緊張《きんちょう》しております。では、亡《な》き夫が好きだった『スペアミント創世記』の一節を歌います」

気品にあふれる声でセオラリアさんがお辞儀《じぎ》をすると、会場から盛大な拍手が起こり、それから水を打ったように静かになった。ここは大騒《おおさわ》ぎをせず、静かに聴《き》くところだとみんな分かっているのだ。パートナーとして出てきたカールさんは、得意の電子ヴィオラを抱えて彼女の斜め後ろにそっと控えた。

ヴィオラから切ないメロディが流れると、セオラリアさんの歌が始まった。

うまれいづるよりも　とおいとおいむかし
そらよりあらわれし　かみがみのみつかい
ながされしなみだは　めぐみのあめとなり
あのうみがうまれた　あのうみがうまれた

世界の成り立ちを示すという古代詩は、朗々《ろうろう》と、それでいて哀切《あいせつ》を込めた声で歌い上げられた。厳粛《げんしゅく》な空気が会場を包み、とても懐《なつ》かしいような、哀《かな》しいような気持ちにさせられる。セオラリアさんの出し物は三十年以上にわたって変わらないが、いつ聴いてもまるで初めて聴くような瑞々《みずみず》しさがあった。

「……終わります。ご静聴《せいちょう》、ありがとうございました」

歌と演奏が終わると、盛大な拍手がステージに降り注いだ。二人は深々と一礼をして舞台袖《そで》に引き上げていった。

——やっぱり、歌はいいわね……。

私が目を細めて余韻《よいん》を楽しんでいると、カトレアの声が響《ひび》いた。

「続きまして、エントリーナンバー二番！　ヴィーセアちゃんとグラヤノちゃんによるマジックショーです！」

4

出し物は続いた。

男女ペアで行われる、歌、踊り、演奏、演劇、手品、漫才《まんざい》、モノマネ——もう何度も見慣れた定番の芸もあれば、今回が初披露《はつひろう》の芸もあり、会場は大いに盛り上がった。私も客席から声援を送りつつ、時々アイスバーンの破廉恥《はれんち》な手をギュウッとつねった。

始まって二時間も経《た》ったころだ。

「続きまして、エントリーナンバー二十五番、デイジーちゃんとギャーピーちゃんによる『おうまさんごっこ』です」

——お、来た来た。

私は身を乗り出してステージを見る。そこには保育園のお遊戯《ゆうぎ》で使われそうな草むらの舞台セットを背景に、ギャーピーに肩車されたデイジーが現れた。客席の子供たちから「あははは！」「ギャーピーだ！」「ポンコツギャーピーだ！」と笑い声が上がる。

「ぼ、ぼぼぼ、ぼくはポンコツじゃ、ないんだな」

「いいから黙《だま》ってなさい」

デイジーはギャーピーの頭をぺしりと叩《たた》く。それを見た観客がまた笑った。

「さあ行くわよ！」

「ラ、ラ、ラジャー」

いまいち頼《たよ》りないギャーピーに騎乗《きじょう》したまま、デイジーは彼の胸をかかとで蹴《け》った。するとギャーピーがいかにも重そうな動きでノロノロと動き出した。ギギッ、とキャタピラが軋《きし》む。

「さあ、これから一世一代の大ジャンプを行います！」

司会のカトレアが告げると、舞台には氷を切り出した『壁』が運ばれてきた。

「ねえ、ちょっと」

「なんだ」

私は隣《となり》のアイスバーンに小声で話しかける。

「ジャンプってことは……あの壁を飛び越えるつもりかしら？」

「だろうな」

ぱっと見たところ、壁の高さはデイジーの身長の三倍以上はありそうだった。それをあのギャーピーにまたがって飛び越えるなど信じられない。

——無理に決まってるわ。

会場もざわついていた。「あれを飛ぶの？」「うそだろ」「ムリムリ」という声があちこちから聞こえる。

しかし、当のデイジーは自信満々の顔でキュラキュラとギャーピーを後退させた。どうやらジャンプする前に助走をつけるようだ。

「やっぱり危険だわ」

私は立ち上がる。このままでは壁に激突して大変なことになってしまう。

「まあ、待てよ」

そこで隣《となり》のナンパ男が私の腕を摑《つか》んだ。「ちょっと、離《はな》しなさいよ」と彼を睨《にら》む。

「考えたもんだな」

「え？」

「あれを見ろ」

アイスバーンはステージを指差した。

「壁の前にシートがあるだろ？　おそらくあの下にジャンプ台が仕込んである」

「どうして分かるの」

「そういう手品があるのさ」

確かに、草むらのセットに隠れて見えにくいところに、うっすらとシートのようなものが敷《し》かれている。

「じゃあ、壁を飛び越えられるの？」

「うまく行けばな」

立ち上がりかけた私は、もう一度席に腰を下ろす。もしアイスバーンの言うとおりなら、いま私が出て行ったら出し物を台無しにしてしまう。

会場が沸く。見れば、ステージではもう助走が始まっていた。ギャーピーのキャタピラが火を噴きそうな摩擦音《まさつおん》とともに激しく回転し、壁に向かって突撃《とつげき》していく。さあ、どうする、どうなる——みんなが固唾《かたず》を呑《の》んでこの無謀《むぼう》な挑戦を見守り、そして壁にぶつかる寸前——

一瞬《いっしゅん》、ギャーピーの体が床に沈み込んだ。それから反動で一気に跳ね上がると、

——あっ！

それは何メートルにも及ぶ大ジャンプだった。が、いかんせんバランスを崩《くず》して『横っ飛び』になってしまった。飛んだ、と思ったときには二人の体はゴム鞠《まり》のごとくステージの下へと転落していき、ガシャーン、バリーンと派手な音を立てた。

「デイジー！　ギャーピー！」反射的に立ち上がって一目散《いちもくさん》にステージへと駆け寄る。「大丈夫《だいじょうぶ》……!?」

倒れ込んだギャーピーを抱《だ》き起こすと、「ギャ、ギャヤ、ギャピ……」と虫の息で、半球状の

頭が派手にへこんでいた。

そのときだ。

「バカ……！」

大きな声が響《ひび》いた。

「もう少しでうまくいったのに……！　ギャーピーのバカ！　ドジ！　ポンコツ‼」

見れば、デイジーが隣《となり》で肩を怒《いか》らせて顔を真っ赤にしていた。幸い軽傷のようだ。

「ぼ、ぼぼぼ」

私の腕の中でギャーピーが反論した。

「ぼくは、ポンコツじゃ、ないんだぞ」

「うるさいポンコツ！　あんなに、あんなに練習したのに！　あんたのせいで全部台無しよ！」

「ぼ、ぼぼぼ、ぼくは、ちゃんと、やったぞ。……悪いのは、デイジー」

「なんですって……⁉」

デイジーは大きな目を見開き、怒りを溜《た》め込むように体をブルブルと震《ふる》わせた。

そして一気に吐《は》き出した。

「ギャーピーなんて、だいっきらい……‼」

そう叫ぶと、少女は走り去っていった。

5

休憩《きゅうけい》時間になっても、デイジーが戻ってくる様子はなかった。

――まったくもう……。

デイジーを捜したいのはやまやまだったが、シュウシュウと煙を噴いたギャーピーを置いていくわけにもいかず、私は彼を連れて救護室へと向かった。

ビスカリアはギャーピーを見ると「こりゃまたずいぶん派手にやられたねぇ」とのんびりした感想を述べた。

「ま、あとはあたしに任せて、あんたは祭りに戻りな」

「でも」

「へこんだのは外側だけのようだし、何も心配いらないよ」

「うん……。でも、直るまではここにいるわ」

結局、ギャーピーが直るまで二時間以上、私は彼のそばに付き添った。

まったくデイジーのワガママにも困ったものだわ……とブツブツ言いながら救護室を出たときには、すでに午前の演目がほとんど終わっていた。そろそろ出番が近いこともあり、私は足早に席に戻る。

「遅かったな」

アイスバーンが前の座席に足を放り出した格好で、ニヤニヤしながら私を見上げる。

私は不機嫌《ふきげん》さを隠さずに、ドスンと腰を下ろす。

「もう、今度という今度は厳しく叱《しか》らないと」

「おやおや、ご立腹で」

「祈願祭《きがんさい》のステージでケンカなんて、ご主人様に申し訳が立たないわ」

「いっそ殴《なぐ》り合いでも始めれば面白《おもしろ》かったんじゃね？」

「バカ」

私はポカッと金髪男の頭を叩《たた》いた。

そのときだ。

「続きまして、エントリーナンバー五十五番！　アマリリスさんとアイスバーンさんによる、ディ……え？」

そこでカトレアは手にした紙を驚《おどろ》いたように見直した。

「ディープキスです！」

驚愕《きょうがく》した。

「どどどどういうことよこれは！」

「うへへへへへ聞いたとおりさ！」

私は彼の胸倉を掴《つか》んだままガクガクと揺《ゆ》さぶる。

「私は聞いてないわよ！」

「さっきも言ったろ！」アイスバーンはニヤけた顔のまま答える。「『ジジイには許可を取ったぜ』って！」

——あっ！

私はアイスバーンが隣《となり》の席に座ったときのことを思い出す。たしかにあのとき、彼は村長と交代したようなことを言っていた。

「てっきり座席のことだと思ってたわ……」

「どうする？　棄権《きけん》するか……？」

「く……謀《はか》ったわね……」

進退窮《きわ》まった私は眼前のナンパ男を睨《にら》みつける。男は楽しげに「策士と呼んでほしいね」と笑った。

「私は絶対にしないわよ。ディ、ディ、……ディープキスなんて」

「もしかして初めて？」

「うるさい……っ！」

ボコッ、とヘンタイ男の頭を殴《なぐ》りつける。そうこうしているうちに「アマリリスさん！ アイスバーンさん！ お時間です！」とカトレアの声が大きくなる。

「うう……」

まずい。このままだと失格になってしまう。一年にたった一度の祈願祭《きがんさい》、何もしないまま失格だなんてご主人様に申し訳が立たない。でもこんなやつとディープキスなんて……！

私が苦悶《くもん》していると、彼が「じゃあさ」と眉《まゆ》を上げた。

「歌ならどうだい？」

「え？」

「俺といっしょに、ステージで歌を披露《ひろう》する。それならいいだろ？」

「それは……」

キスよりはマシだけど、でも。

「だいたいあなた、歌なんて歌えるの？ 私が今日歌うのは——」

「『おやすみご主人様《グッドナイト・ディア・マスターズ》』」

——！

私が息を呑《の》むと、

「へへへ」

アイスバーンは自信ありげに微笑《ほほえ》み、私の背中をバンッと押した。

「決まりだな」

まんまと罠《わな》にかかったような感じがするのは気のせいかしら。

6

まぶしい。

クリスタル加工された天井《てんじょう》は白い光でステージを包み、まるで陽光の中にいるような錯覚《さっかく》に陥《おちい》る。群衆の視線は矢となって私の心を射抜き、いやでも緊張《きんちょう》で体が強張《こわば》る。

「どうした、緊張してんのか？」

「し、してないわよ、別に」

声が震《ふる》えないように唇《くちびる》を小さく開ける。実際のところ、急なパートナー交代もあって胸中は不安でいっぱいだった。祈願祭《きがんさい》は年にたった一度、失敗すれば来年まで挽回《ばんかい》のチャンスはない。

「いっそ、自動再生《オートマ》で済ますか？」

「だめよそれじゃ。即興再生《リアルタイム》でやってこそのライブステージよ」

「だよなー」

まったく緊張した様子のない相方が、うとましいやら頼《たの》もしいやらで、私は少々不思議な気分になる。

ステージ上を音楽が流れ始める。弦楽器の哀《かな》しげな旋律《せんりつ》が私たちを包む。いよいよ二人のデュエットが始まる。

——三、二、一……！

おやすみ　おやすみ　今日は　おやすみ

私は右手を胸に当て、緊張を抑えて歌い出す。すると驚《おど》いたことに、アイスバーンも完璧《かんぺき》なタイミングで私と声を重ねた。

——え……⁉

わたしの　腕に抱《だ》かれて　おやすみ
いつかは　滅《ほろ》びる　この国も　朝の光も

歌い続けながら、私は隣《となり》のパートナーに驚きを禁じえない。伸びのある歌声、十分な声量、男性パートのポイントを完璧に押さえた歌い方。

——う、うまい……！

すべての　ものは　あなたの　ために
だから　今は　ゆるりと　おやすみ
ふたたび　目覚める　その日まで

まるで併走する氷上三輪《アイスモービル》のように、ぴたりと息の合ったタイミングで私たちは歌い続けた。元々の子守唄《こもりうた》をアレンジしてステージ用に改変した今回の曲は、実際に人前で歌うのは初めてだった。それでも彼はまるで長く連れ添ったパートナーのように自由自在に歌いこなし、そしてサビにさしかかるころには私も歌うことが楽しくなっていた。
そして歌はクライマックス。

いま　光が　あなたを　照らし
輝《かがや》く　未来が　その手に　舞い降りる
世界は　あなたのもの　未来も　あなたのもの
そしてあなたは　わたしのもの
あなたを愛する　わたしのもの

歌が終わる。客席が静まり返る。

そして。

ワッと歓声の嵐《あらし》が私たちを襲《おそ》った。それから観客が総立ちになった。スタンディング・オベーションだ。

——すごい……。

過去の祈願祭《きがんさい》でも拍手《はくしゅ》をもらうことはあったけれど、今回は特別にすごかった。天井《てんじょう》のつらがすべて割れてしまうかと思うほどの拍手が、「すごかった！」「感動したよ！」という大歓声とともに浴びせられる。十六年前に祈願祭の特別賞を獲得した時も、ここまでの反響《はんきょう》はなかった。

回路が熱い。

——でも、いつの間に覚えたんだろう。

私は彼の横顔を見る。アイスバーンは客席に向かって投げキッスの機銃掃射をしている。

そこで、ふと彼の言葉がよぎった。

——いつ聞いても、いい歌だな。

そうか、と私は気づく。『白雪姫』で子守唄を歌う私、それをそばで静かに見ていた彼。

——あのときに覚えたんだ……。

「ほら、うまくいったろ？」

いたずらを成功させた男の子みたいな顔で、アイスバーンがニヤリと笑った。

ドキリとした。

「今年の『ご主人様賞《グランプリ》』は、アマリリス&アイスバーンのペアです！」

発表と同時に、会場は万雷《ばんらい》の拍手《はくしゅ》で包まれた。

「おめでとうアマリリス！」「やっぱりなー」「やったね、お姉ちゃん！」

なかば呆然《ぼうぜん》としながら、私はステージ上で二人分のメダルを授与される。栄冠に輝《かがや》いたのは初めてだったし、まさかアイスバーンとペアで受賞するとは夢にも思わなかった。一人では決して受賞できなかっただろうな、と思うと、彼に対して少しだけ感謝の気持ちが湧《わ》いた。ただ、「かったるい」と理由をつけて彼は表彰式に姿を現さなかったので、喜びを分かち合えなかったのがちょっと残念だった。メダルはあとで彼に渡そう。

特別賞には『スペアミント創世記』を歌ったセオラリアさんのペアが選ばれ、努力賞はヴィーセアたちのマジックショー、そして下から二番目に与えられる『ブービー賞』はデイジーとギャーピーのペアになった。デイジーはふてくされたまま会場に戻ってこなかったし、ギャーピーも救護室で休んでいたので、表彰式に二人とも欠席という珍事《ちんじ》も起きた。

こうして今年の祈願祭《きがんさい》は幕を閉じた。私にとっていつも以上に印象的な回になったことは言うまでもない。『ご主人様賞』に輝いたことだし、今なら胸を張ってご主人様に歌をお聞かせできるわ——そんなことを思ったりもした。

その夜は嬉《うれ》しさのあまり白雪姫の前でずっと歌い続けた。ご主人様の眠る揺り籠は、ほんのりと発光しながら私の歌を聴《き》いてくれた。

そして、これが最後の祈願祭となった。

【第四章】

壊れた玩具は

1

静かな夜。

深い闇《やみ》は村全体を包み込み、朝が来るまでひっそりと支配を続ける。

陽光の届かない地下世界では、本来昼夜の区別というものはない。だが、村の取り決めで一日のうち八時間は『夜』となっており、この時間帯は全員がスリープモードになって節電に努めることになっている。天井《てんじょう》の照明も最小限に落とされるので、視覚装置の出力を調整しないと前もろくに見えない。

祈願祭《きがんさい》から一週間。

――やっと終わったわ……。

今日の『配給』を終え、村に戻ってきた私は家路を急いでいた。副村長という役職柄、自宅は村役場の隣《となり》にある。

家まであと五分というところだった。

――あら。

夜の公園に、私は一つの影を見つけた。頭が半球状のシルエットには見覚えがある。

「ギャーピー？」

声を掛けると、「ギ……」と軋《きし》むような音が返ってきた。影はゆっくりと振り向き、キュラキュラとキャタピラ音が響《ひび》く。

「アマ……リリ、ス？」

「どうしたの、こんな夜中に？」

「こ……」

丸いレンズをはめ込んだ視覚装置は、あたりが暗いせいか普段《ふだん》よりくすんで見える。

「こ、ここ、公園は、遊ぶところ、なんだな」

「そうね」

「だ、だから、ぼくは、遊びにきたんだな」

「こんな夜中に……？」

私が尋ねると、ギャーピーはコクリとうなずいた。

——ああ、そうか。

私はピンとくる。

「本当は、デイジーを探しに来たんでしょ？」

「ウッ……」

ギャーピーは返答に詰《つ》まった。分かりやすい子だ。

祈願祭が終わって一週間。ギャーピーとデイジーはまだ喧嘩《けんか》したままだった。たいていは一晩であっさりと仲直りしているだけに、ここまで長引くのは初めてだ。

「この公園、デイジーのお気に入りだもんね」

「デ、デイジーは、公園が、大好きなんだな」

「よくこのブランコに乗ってるわよね」

「デ、デイジーは、ブランコ、得意なんだな。誰《だれ》よりも、速く、高く、ブランコ、こげるんだな」

デイジーのことを話すギャーピーはいつもより饒舌《じょうぜつ》だった。

しばらくの間、私は彼の話に耳を傾けた。夜の公園には私たち二人しかおらず、傍《はた》から見れば逢引《あいびき》のように映ったかもしれない。

「――花メダル」

ぽつりとギャーピーがつぶやいた。

「え……？」

「デイジーは、花メダル、欲しかったんだな」

「花メダルって……お祭りの？」

私は胸元から一枚のメダルを取り出す。これは、お祭りの入賞者だけがもらえる記念メダルで、『眠れる森《レム・フォレスト》』の樹氷《アイスプラント》を切り出して作られたものだ。メダルの中には百年以上前に地上で咲いていた花がそのまま閉じ込められている。

「デイジー、まだ一度も、メダルもらったことない。子供で、もらったことないの、もう、ぼくとデイジーだけ。……だから、メダル、ずっと欲しかった。今年こそは、今年こそは、って」

「そっか……」

去年の祈願祭《きがんさい》で、ついに子供で入賞経験のないのはデイジーとギャーピーだけになってしまった。ギャーピーはともかく、負けず嫌《ぎら》いのデイジーとしては我慢《がまん》のならないことだったに違いない。

「ぼ、ぼぼぼ、ぼくは――」

そこでギャーピーの声がひときわ大きくなった。

「デイジーに、メダル、あげたい」

誓いを立てるように、強く。

「壊れた玩具で、遊んでくれる、お礼に」

「そう……」

私は膝《ひざ》をつき、ギャーピーと視線を合わせた。その丸いレンズは降りていた霜《しも》が融《と》けてしっとりと濡《ぬ》れている。

「でも、今日はもう暗いからオウチに帰ろう？　……ね？」

私が頭を撫《な》でると、ギャーピーは小さくうなずいた。

そのレンズから涙のように雫《しずく》が垂《た》れた。

地下世界に星空はない。

ただ、天井《てんじょう》を埋《う》め尽《つ》くすクリスタル照明が時々キラリと気まぐれに輝《かがや》くので、それが星の瞬《また》きのように見える。

ギャーピーが帰るのを見送った後も、私は公園で星空を見上げていた。ブランコをこぎながら先ほどの言葉を思い出す。

——壊《こわ》れた玩具《おもちゃ》で、遊んでくれる、お礼に。

2

その昔、ギャーピーは玩具だった。認識番号HGP‐10β、対象年齢三歳以上の屋外遊戯《ゆうぎ》用《よう》玩具ロボット。子供たちといっしょに、鬼ごっこをしたり、ボール遊びをしたり、おうまさんごっこをしたり——製造されてからの三十年間、ギャーピーはとあるデパートの屋上でずっと子供たちの相手をしていた。子供を肩車してはウィンウィンと走り、鬼ごっこの鬼になってはガオーガオーと子供を追いかける。

ただ、壊れた玩具が捨てられるように、古くなったギャーピーもお役ご免のときが来た。造られて三十年が過ぎたある日、彼はデパートの屋上から故障を理由に撤去《てっきょ》された。その後はリサイクルショップの店頭に並んだり、ネットオークションで怪しげな業者に買われたりもした。

この村に来ることになったのは単なる偶然で、百年前の『終末の時』に、たまたま近くのゴミ捨て場に不法投棄《とうき》されていたというのが理由だった。

村に来てからも、ギャーピーは今ひとつ体の調子が悪かった。ちょっと激しい運動をするとたちまち煙を噴いて「ギャー、ピー」とショートしてしまうのだ。だから村の子供たちと遊ぶと置いてけぼりになることが多く、気がつけばいつも一人ぼっちだった。

しかし、そんな彼に転機が訪れた。

「あんた、なに辛気《しんき》臭《くさ》い顔してんのよ」

まるでケンカを売るように声を掛けてきたのは、ふわふわした栗色《くりいろ》の髪の少女——デイジー・ストック。「仕方ないから遊んであげるわ。光栄に思いなさいよ！」という尊大な態度で、少女はギャーピーと友達になった。

「あ……」

そこで私は気がついた。

公園の入り口付近に、ちらりと人影が見えた。何かを探すように公園内を見回しては、隠れるように物陰に引っ込む。

「デイジー……？」

私が声を掛けると、人影はビクッとした。

「心配しないで。私よ」

少し大きな声で呼びかけると、少女は「アマ……リリス？」と小さく返した。

「おいで」

私はブランコから手招きをする。少女はなおも逡巡《しゅんじゅん》した様子を見せたが、結局は公園に入ってきた。

「やっぱりね」

「やっぱり……って、何が？」

デイジーはふわふわした前髪ごしに私を見る。

「ギャーピーが来たから、もしかしたらあなたも来るかなと思って」

「ギャーピー、来たの……？」

少女はうつむき加減で尋ねる。

「ついさっきまでね。……呼ぼうか？」

私はこめかみに指先を当てる。これは無線連絡のジェスチャー。

「ううん、いい」

デイジーはわずかに首を振ると、隣《となり》のブランコに座った。

しばらくは黙《だま》っていた。

キィ、キィとブランコの鎖《くさり》が軋《きし》み、夜の公園に寂《さび》しげに響《ひび》く。それが少女の心を表しているような気がして、私もちょっとだけ寂しい気持ちになった。

「……ねえ」

デイジーは独り言のように切り出した。

「あいつ、何しに来てたの？」

「あなたを探しに」

私がストレートに答えると、デイジーは一瞬《いっしゅん》だけ顔を上げて、それからまたうつむいた。

「……そう」

「仲直り、しないの？」

私が尋ねると、デイジーは黙ったまま何も答えなかった。ただ、わずかにブランコの揺《ゆ》れが大きくなった。

デイジーとギャーピーは、祈願祭《きがんさい》からまったく口を利《き》いていなかった。公園で鉢合《はちあ》わせすることは何度かあったが、デイジーはそそくさと帰ってしまう。ギャーピーはノロノロした動きで少女を追おうとするが、追いつけたためしは一度もなかった。

「——本当は」少女がぽつりとつぶやく。「ギャーピーは、悪くないの」

「………」

私は黙って聞く。

「お祭りのときね。ジャンプ台、最後にちゃんと確認しなかった私が悪いの」

「……そう」

「だけど、失敗したときはカッとしちゃって、それで……」

そこでデイジーは唇《くちびる》を閉じた。大きな瞳《ひとみ》は夜の暗闇《くらやみ》を儚《はかな》げに映し、海のように深い色をたたえている。

「……帰るね」

しばらくしたあと、デイジーは静かに立ち上がった。

「うん、もう遅いしね」

私は無理に引き止めようとしなかった。そんなことをしなくても二人は心配ない。そう分かっているからだ。

――大丈夫《だいじょうぶ》。

今回は少し長引いているけど、きっともうすぐ仲直りできるはずだ。だって二人は友達だから。かけがえのない親友だから。

とぼとぼと歩く少女を見送ると、私も公園を後にした。まっすぐ帰るはずがすっかり遅くなってしまった。

――来年の祈願祭《きがんさい》は、デイジーやギャーピーといっしょに出ようかな。

つらつらとそんなことを考えながら夜道を歩く。そして、家まであと少しというときだった。

『――アマリリス』

無線が入った。

3

「ちょっと、変なことしたら許さないわよ」

「そんなこと言わずに楽しもうぜ」

「こ、こら、変なところ触《さわ》らないで」

私はハレンチな手を思い切りつねる。「いってぇ！」と彼は大げさに痛がる。

「それで……」

少し上目遣いで彼を見る。

「だ、大事な用件って……なによ」

緊急《きんきゅう》の無線連絡で私を呼び出したのはアイスバーンだった。

――大事な用件がある。ぜひ、来てほしい。

普段《ふだん》なら絶対にこのような甘言《かんげん》に乗る私ではない。だが、あの祈願祭での『デュエット』以来、ちょっとだけ彼に対して強気に出られない自分がいた。

「これだよ、これ」

彼は指先で何かをつまみあげた。それは小指の爪《つめ》ほどのマイクロチップ。

「……高性能記憶媒体《ハイエンド・メモリ》？」

「ああ。これには珍《めずら》しいデータが入っているんだ。おまえといっしょに見ようと思ってな」

「…………」

「どうした？」

「う、ううん、なんでも」

私は拍子《ひょうし》抜《ぬ》けして、しばし脱力《だつりょく》する。別に何かを期待していたわけではないけど、こんな真夜中にうら若き乙女《おとめ》を呼び出しておいて「オモシロ動画を見よう」というのもどうなのか。子供じゃあるまいし。いや、別に何も期待してないけど。

「じゃあ、再生機にセットして、と」

「ちょっとそれ、ご主人様のじゃない……⁉」

アイスバーンがおもむろに取り出したのは、見覚えのある立体動画再生機《ポリ・スクリーン》だった。

「まさか、無許可で持ち出したの？」

「ちょっとくらいバレやしないさ」

「バカ、駄目《だめ》よ。あそこは村長が立ち入り禁止にしたでしょ」

三週間前に発見したあの部屋――私たちの間では『秘密の部屋《シークレット・ルーム》』と名づけられた――については、村長の命令で立ち入り禁止になっていた。『もう少し詳しく調べてから』という理由で

引き延ばされ、いまだに一般の村民には伏せられたままだ。

「へへ、ダメって言われると余計見たくなるよな」

「ダメなものはダメよ。……というか、それ」

私はじっとマイクロチップに視線を注ぐ。

「この前のエッチなやつでしょ？」

「おまえそっくりのヌードモデルが出てくるぞ」

「あなた、精神回路《マインド・サーキット》が腐《くさ》ってるんじゃないの⁉」

アイスバーンの足を踏《ふ》んづけてから、「帰る！」と踵《きびす》を返す。ちょっとでもロマンチックな会話を期待した私がお馬鹿《ばか》さんだった。

「おい、待てって！　冗談、冗談だよ！」彼は慌《あわ》てた様子で私の肩を摑《つか》んだ。「中身はまだ見てない！　つーか、見ないと後悔するぞ！　ご主人様の秘密が映ってるんだぞ！」

「……本当？」

私は足を止めて振り向く。

「……お、おう」

「なぜ目をそらすの」

「いや、これってよ」彼はマイクロチップを掲《かか》げた。「『極秘《ごくひ》』って書かれた棚《たな》から持ってきたから、絶対そうだよ」

「極秘《ごくひ》のエッチビデオじゃないの？」

「ありうるな」

「帰る」

「待て待て待ってアマリリスちゃーん！」

彼は猫なで声を出して嘆願する。

「祈願祭《きがんさい》、俺のおかげで『ご主人様賞《グランプリ》』を取ったろ？」

「う……」

それを言われるとちょっと弱い。

「俺も中身までは見てないんだ。このチップ、変なセキュリティが掛かっててよ。エロいのだったら帰っていいから、だから頼《たの》むわ。な、な？」

「うーん……本当？」

「本当本当」

「……分かったわ」

正直、私もチップの内容には興味がある。『極秘』なんて書かれていたらなおさらだ。

「でも、まずはセキュリティを解除しないといけないのよね？」

「ビスカリアに頼むしかないな」

「そうね、こういうことはビスカリアに……って、え？」

私は彼を見る。「……ん？　どうしたじろじろ見て」とニヤけた顔のアイスバーン。

「あなた、もしかしてビスカリアを呼び出すために……まずは私を呼んだの？」

「だって、俺が直接頼んだって、ビスカリアは絶対に来ないだろ？　でもおまえが頼めば別さ」

「……私はオマケだったのね」

私は今日一番の不愉快な気分で、彼を睨《にら》みつけた。

「へへへ、俺って頭いいだろ……オゥフッ⁉」

ボコッ、と金髪男の顔面に拳《こぶし》をめり込ませると、私はぶちまけるように叫んだ。

「やっぱり帰る！」

4

「なるほど、こりゃあ厄介《やっかい》なセキュリティだねぇ……」

ビスカリアはスクリーンを見ながら、金属触手《しょくしゅ》で高速キーパンチを繰《く》り返す。夜中に突然の呼び出しを受けたにもかかわらず彼女はとても楽しげだ。

結局、あれから十分以上「帰る！」「待て待て！」「ホントに不愉快‼」「お願いお願いアマリリスちゃん‼」といったどうしようもない押し問答を続けたあと、結局は私が折れてビスカリアを呼び出すことになった。

「なあ、機嫌《きげん》を直せよ～」

「知らないっ！」

ぷいっと私はそっぽを向く。「いっしょに動画を見よう」まではまだ許せたけど、私がビスカリアを呼び出すための『ダシ』だったなんて。でも、どうしてこんなに腹が立つんだろう？

「おー、すごいわ、さすがご主人様の極秘《ごくひ》！　セキュリティのレベルが違うわー」

ビスカリアは嬉々《きき》として解除作業を続ける。その様子はまるで新しいゲームで遊ぶ子供のように楽しげだ。

「解けそう？」

私も彼女の隣《となり》に座りなおす。ここまで来たら是《ぜ》が非《ひ》でもご主人様の秘密とやらを拝《おが》まなくては帰れない。

「ちょい待ち。ここをひっぺがして、あとは裏のロックを外して、それで暗号は――」

右手から伸びる触手《しょくしゅ》が、踊り狂ったままキーボードを蹂躙《じゅうりん》し続ける。

「はいラスト！」

ジャンッ、と音でも出そうな感じで触手をキーに叩《たた》きつけると、スクリーンがパッと光った。

そのあとは画面が急に暗くなり、無数の文字列が画面を覆《おお》い尽《つ》くした。

「セキュリティ、解けたの？」

「バッチリさね」

ビスカリアは得意げに触手をピョコッと立てた。修理や診察をしているときも彼女は生き生きとしているが、今は追いかけっこをした子供のように顔が上気している。本当はこの手の仕事が一番好きなのかもしれない。

「よーし、さっそく見ようぜエロビデオ！」

アイスバーンが私の肩に手を回してきた。

「さわらないで。というかエロビデオじゃないし」

「へへへ」

そのとき。

「――上映会を開くという会場は、ここでござるか？」

「「わっ⁉」」

私たちは同時に振り向く。そこには銀色の鉄仮面、『鉄腕』ゲッツが鎮座《ちんざ》していた。

「い、いつの間に……⁉」

びっくりした私が尋ねると、彼は「さっきからいたでござる」と静かに答えた。

「なんでテメエがいるんだよ⁉」

「ビスカリア殿に呼ばれたでござる」

「なにぃ？」

アイスバーンがビスカリアに振り返る。赤いショートヘアの姉御《あねご》は、「せっかくだからみんなで見ようと思ってね」と悪びれずに答えた。

「誘《さそ》ってくれて感謝でござる」

――あれ？

私は改めてゲッツを見る。

「意外ね。ゲッツはこういうの、反対すると思ったわ」

「何故《なぜ》でござる？」

「だって、村長が『持ち出し禁止』って言ってたじゃない？　ゲッツはこういうルール破りはいつも反対でしょ？」

すると、ゲッツは眉間《みけん》に皺《しわ》を寄せて厳しい顔になった。

――あ、やっぱりまずかった？

「いや、その、拙者《せっしゃ》も男ゆえ、女体《にょたい》の神秘には幾《いく》ばくかの興味が……」

「は？　女体？」

「違うのでござるか？　拙者はビスカリア殿から、『みんなでポルノビデオを見るからゲッツもおいで』と言われたのでござるが……」

みんなの視線が一斉にビスカリアに集まる。

「あれ……？」

彼女は目をパチパチさせて小首を傾《かし》げた。それから立体動画再生機を指差し、意外そうに尋ねた。

「これ、エッチなヤツじゃないの？」

ダメだこりゃ。

○

それで。

期待された（？）エッチな内容ではなかったものの、チップの再生は予定通り始まった。右からアイスバーン、私、ビスカリア、ゲッツの順で立体動画を囲む。

再生が始まると、みんなの目は動画に釘付《くぎづ》けになった。

「わ、これって『氷河期』以前……？」

スクリーン上で最初に立体化したのは、高層ビルの立ち並ぶ都市の風景だった。人々が足早に行き交う駅前で一人の男性が何かしゃべっている。あいにく音声までは入っていないが、画面に入ったロゴから察してどこかの企業のＰＲ動画のようだった。

——ご主人様……。

それは当時の視聴者《しちょうしゃ》からすれば、きっと何の変哲もない映像だったことだろう。だが、百年以上も地下世界で過ごしてきた私たちは強い郷愁《きょうしゅう》を掻《か》き立てられた。ご主人様が大勢いて、ご主人様が歩いていて、ご主人様がたくさん笑って、ご主人様が息をしている——

「見て！　保育園よ！　子供がたくさん!!」

元・子守りロボットだった私は、保育園の映像に興奮《こうふん》する。

「でっかい整備工場だねぇ……！」

元・整備士ロボットのビスカリアが目をキラキラさせる。

「劇場でござる！　あれは国立中央劇場でござる！」

元・役者ロボットのゲッツが画面に食い入る。

にぎやかな商店街、のんびりした郊外、青々とした田園、どこかの港——そういった何気ない映像が、レポーターの案内とともにスクリーンを流れていった。私たちは新しい場所が映されるたびに「わー！」「驚《おどろ》いたねぇ」「懐《なつ》かしいでござる！」と歓声を上げた。それはまるで初めて動物園に来た子供が「すごい、パンダだ！」「あっちにはライオンがいる！」とはしゃぎ回る感じにも似ていた。

ただ、そんな中、アイスバーンだけは様子が違った。静かに画面を見つめ、時々目を伏せるような仕草をした。あまり見たことのない神妙な表情だ。

——そういえば。

ふと思った。

――アイスバーンって、昔は何をしていたんだろう。

それは前々から感じていた疑問だった。ビスカリアは整備士、ゲッツは役者、そして私は子守り。だけどアイスバーンの過去だけは分からない。何度訊《き》いても「いいだろ、そんな昔のことは」とはぐらかされるだけだった。

金髪で、ナンパ男で、右腕には強力な武器。彼がどのようにして今の姿になったのかは誰《だれ》にも分からない。村では私が一番彼の近くにいるのに（それは彼がベタベタしてくるせいだけど）、私は彼のことをいまだによく知らなかった。

――まあ、場末のホストクラブで用心棒でもしてたんだろうけど。

彼の横顔をちらりと見る。

物憂《ものう》げに伏せられた瞳《ひとみ》はどこか哀愁《あいしゅう》が漂《ただよ》っていて、少しだけ哀《かな》しげに見えた。


そんなこんなで、あっという間に三時間。

「ああ……」

映像が途切れた瞬間《しゅんかん》、みんなの口から感嘆の息が漏《も》れた。

百年ぶりに見た、親愛なるご主人様の映像。それは郷愁と歓喜と刺激に満ち満ちた素晴らしい記録だった。

私はうっとりした気持ちで、しばらく呆然《ぼうぜん》と過ごした。

——あれ、でも、待てよ……？

興奮《こうふん》が収まったころだった。私の心には一つの疑問が浮かんだ。

「ねえ、これって変じゃない？」

「は？」再生機の調子を確かめていたビスカリアが振り向く。「変って、何が？」

「だってこれ、『極秘《ごくひ》』って書かれてたのよね？　今の映像、たしかにご主人様がたくさん出てきて素晴らしかったけど……どこが極秘？」

「あ」

ビスカリアも事情に気づいたらしく、口をわずかに開けた。

「たしかに極秘というわりには日常の風景ばかりでござったな」

ゲッツも顎《あご》に手を当てて首を傾けた。

「ねえアイスバーン、これはたしかに『極秘』の棚《たな》から持ち出したのよね？」

私が隣《となり》を見ると、金髪男は「おう、そうだ」とうなずいた。

「たしかに『極秘』って書いてあったぜ」

「変ね。極秘にするほど特別なものは出てこなかったわ」

私は首をひねる。

——あ、そうだ。

そこであることを思い出した。

「ねえ、あのロボットって結局誰《だれ》だったのかしら」

私が問いかけると、ゲッツが「何のことでござる？」と訊《き》き返した。

「ほら、秘密の部屋にいたロボットよ」

「ああ、モニターの前で亡《な》くなっていた……」

「そうそう。この映像が『極秘』って言うなら、きっとあのロボットのことと関係しているんじゃないかしら」

私が推理してみると、「ありうるな」とアイスバーンがつぶやいた。

「もう一度あの部屋に行って、よく調べてみる必要があるな」

「村長、許可を出してくれるかしら」

「ジジイは無視すりゃいいんだよ」

「そうはいかないわ」

私たちがあーでもないこーでもないと推論を話していると、

「ちょい待ち」

ついっとビスカリアが手を挙げた。

「なるほど、そういうことか。みんな来てくれるかい」

「なになに、どうしたの？」

みんなでビスカリアを囲むように座る。彼女の視線は操作用のスクリーンに注がれている。

「さっきまでのはダミー映像さね」

「ダミー？」

「セキュリティは全部解除したつもりだったけど、どうやらまだ足りなかったみたいだね」

「つまり、本当の秘密はこれからってこと？」

「イエスイエス」

ビスカリアは右手の指先からニョキッと触手《しょくしゅ》を出した。それからキーボードを触手で操作しながら、フーム、フムフム、オーッと一人で納得したあと、こう言った。

「今度こそラスト！」

ポンッと彼女がキーを押すと、再び立体動画の再生が始まった。「楽しみね！」「へえ、まだ続きがあるのか」「拙者《せっしゃ》、みなぎってきたでござる！」と私たちは期待に胸を膨《ふく》らませる。

再生機が光る。映像が始まる。そして私たちは思い知る――

これが極秘《ごくひ》とされている、真の理由を。

5

激しい砂嵐《すなあらし》が十秒あまりで収まると、映像はいよいよ本番となった。

「……？」

初めに映ったのは、野原のようなだだっぴろい場所だった。そこは数十万人はいるだろう『群衆』で埋め尽《つ》くされており、まるで独裁政権に逆らう民衆蜂起《ほうき》のように怒号《どごう》と罵声《ばせい》が飛び交っていた。

「……ろせっ！」

ひしめきあった人々は口々に何か叫んでいた。血走った目で「殺せ！」「死ね！」「どけ！」「ふざけるな！」と声を荒らげ、その中に「助けて！」「やめて！」と女性の悲鳴が混じり、その上に子供の泣き叫ぶ声が重なる。世界の終わりを描いたパニック・ムービーでこんなシーンを見たことがある。

——終末の時……？

撮影日時を確認すると、映像は百八年前に撮られたものだと分かる。ちょうど世界中を原因不明の大寒波が襲《おそ》い、氷河期に突入した年——『終末の時』だ。生きとし生けるものを凍《こお》りつかせる大寒波と、その脅威《きょうい》から逃げ惑《まど》う人々。氷河期に入る直前は、寒波に呑《の》まれて多くのご主人様が亡《な》くなったとされている。

——でも変ね。

よく見ると、人々は『二つ』に分かれていた。崖《がけ》の上に集まった数千の人々と、その下の野原を埋《う》め尽《つ》くす数十万の群衆。それは上から見ると向かい合う二つの軍勢のようにも見えた。

「これ、軍事ロボットじゃないかい?」

ビスカリアが画面の一箇所を指差す。そこには黒光りするロボットが百体ほどずらりと並んでおり、まるで城砦《じょうさい》を守る衛兵《えいへい》のように、眼下を埋め尽くす数十万の人々をじっと見下ろしていた。崖上の『少数派』を守るために、崖下の『多数派』に対峙《たいじ》しているようにも見える。

「型から言って、たぶん『F-310』の後期モデルだね……」

ビスカリアが真剣な顔で言った。

——何をしてるんだろう?

押し寄せる数十万の群衆は、今にも崖のふもとに差し掛かろうとしていた。先頭の一部にはすでに崖を登り始めた者もいる。

「まるで反乱だな」

アイスバーンがつぶやくと、ゲッツが珍《めずら》しく「いかにも」と同調した。二人とも真剣な表情だ。

やがて、崖の上を陣取《じんど》った軍事ロボットは金属製の太い腕をゆっくりと持ち上げた。その手首の部分は直角に折れ曲がり、銀色の細い筒が露出《ろしゅつ》する。

——銃……？

銃口の先は眼下にひしめく群衆に向けられている。ここに至ってもなお、私には眼前の光景の意味するところを理解できないでいた。

次の瞬間《しゅんかん》。

「——撃《う》てぇっ！」

声が入った。命令を発する軍人のような鋭《するど》い声。その声を受けてロボットの腕は急激に光り出し、その銃口からは青いレーザーが一斉に発射された。

——え……!?

レーザーの束は群衆の最前列に降り注いだ。ジュウウウッ、と何かが急激に蒸発するような音が響《ひび》き、真っ赤な煙が間欠泉《かんけつせん》のように立ち昇る。それが蒸発した『血飛沫《ちしぶき》』であることを理解したのは、空から雨のように肉片が降り注いだあとだった。

——え、え……!?

前列の数百人が一瞬で赤い蒸気の柱と化した群衆は、混乱の度をいっそう強めた。金属を擦《こす》り合わせたような悲鳴がこだまし、一転して逃げ出す者、怒《いか》りの形相で崖を登りだす者、転倒して踏《ふ》みつけられる者、下半身が吹き飛んで腸がはみ出したまま激痛にもだえる男性、頭が吹き飛んだ赤ん坊を抱《だ》いたまま半狂乱になる母親らしき女性——ありったけの恐怖と憤怒《ふんぬ》を無秩序《むちつじょ》に掻《か》き混ぜたような大混乱。

だがそれは始まりに過ぎなかった。ロボットたちの腕がまた光ったかと思うと、青いレーザーが天罰《てんばつ》のように空から降り注いだ。群衆の最前列ではまたもや赤い柱が立ち上り、肉片の雨が降り注いだ。

もう刃向う者は誰《だれ》もいなかった。憤怒《ふんぬ》にかられていた人々も血の気を失った顔で我も我もと逃げ出した。群衆は急激な干潮のように引き始め、逃げ遅れた人や踏《ふ》み潰《つぶ》された人が転々と赤い水溜《みずたま》りのごとく残された。

だが、終わらなかった。

殺戮《さつりく》の光は、逃げ惑う人々に追い討《う》ちを掛けるように空から浴びせられた。第三射とか、第四射とか、そうしたカウントを拒《こば》むほどの弾幕が群衆の背中に襲《おそ》い掛かり、赤い血飛沫《ちしぶき》、赤い血飛沫、赤い赤い赤い血飛沫血飛沫血飛沫――

――やめて、やめて、もうやめて……!!

震《ふる》える体を両腕で必死に押さえつけながら、それでも私は映像から目を切ることができなかった。みんなもいっしょだった。目を見開いたまま、呆然《ぼうぜん》とした顔で、心を取り込まれた人形のように映像に釘付《くぎづ》けになっていた。

立体スクリーンでは青い弾幕が赤い血飛沫を量産していた。もうそれは戦いでもなかった。殺戮とも違った。群がる害虫を殺虫スプレーで駆除するような、淡々とした作業だった。

さっきまで群衆に埋《う》め尽《つ》くされていた場所は、赤く染まった焼け野原となっていた。地平線の向こうにわずかに見える逃げ惑《まど》う黒い粒《つぶ》が見えなくなると、死に損ねた数百人の重傷者——と呼ぶにはあまりに原型をとどめない真っ赤な生き物がもぞもぞと蠢《うごめ》くばかりの地獄《じごく》絵図となった。

時が止まったようだった。

私たちは黙《だま》ったまま、映像の続きを待った。

やがて映像は、赤く染まった焼け野原から崖《がけ》のほうへと撮影場所を移動し始めた。映像がかなり高い空から撮られていることから、おそらく軍事的な偵察衛星か何かだろうか。スクリーンには崖が映され、その最前列には先ほどの軍事ロボットたちがいて、その後ろには数千人のご主人様の行列があり、その行列が目指す先は——

「嘘《うそ》……」

そこには、透明なガラスでできた鋭角的《えいかくてき》な建物があり、その中には地面に突き刺さった巨大な卵のような物体が見えた。回転を続ける巨大なそれは（——紡錘）、無数のカプセルが収まった外壁を従えて（——揺り籠）、地中に埋め込まれた格納容器に鎮座《ちんざ》している（——眠れる森）。

ああ、あれは、見間違えるはずもない、あの白くて細長い、丸みを帯びた建造物は——

「白雪姫《スノウホワイト》……」

目を血走らせた人々は我先にと白雪姫に押し寄せ、カプセルの中に乗り込んでいく。やがて、白雪姫は人々をその腹の中に収めると、錐揉《きりも》みのように地中に降下し、地下深くへと消えていった。

地上には、それでもなお数千の人々が残されていた。置き去りにされた者は絶望と憤怒《ふんぬ》で泣き叫び、やがてそこに怒濤《どとう》のような強烈《きょうれつ》な白い煙が押し寄せ、人々はなすすべなく凍《こお》り付いていった。キラキラと光る人型はクリスタルで作られた人形のごとく美しかったが、やがて風の中で首がもげ手が取れ足が崩《くず》れ、バラバラに砕《くだ》けて塵《ちり》と化した。

そして崖《がけ》の上には、ロボットだけが残された。主《あるじ》を守るために大虐殺《だいぎゃくさつ》を繰《く》り広げた黒い金属製の同胞は、太い腕を振り上げた戦闘《せんとう》態勢のまま停止していた。それはまるで葬儀《そうぎ》に参列する喪服《もふく》の群れのようで、光を失った瞳《ひとみ》は無言で眼下に広がる氷の大地を眺《なが》めていた。そこで映像が途切れた。

誰《だれ》も口を利《き》けなかった。

思い出《メモリー》

　おやすみ　おやすみ　今日はおやすみ
　わたしの　腕に抱《だ》かれて　おやすみ

子守唄《こもりうた》を終えると、室内はすうすうという寝息で満たされた。保育園のお昼寝部屋には三十人以上の園児が眠っており、お行儀《ぎょうぎ》よく静かに眠る子、布団《ふとん》をひっぺがして足を投げ出している子、親指をくわえて猫みたいに寝ている子など、寝相にも個性が出ている。

——もう、風邪《かぜ》を引いちゃうぞ。

かわいいお腹《なか》を丸出しにしている男の子。その服をそっと直し、毛布をかけてやる。人間の子供はデリケートなので、体調管理にはとりわけ気を遣う。

カーテンの隙間《すきま》からはうららかな陽光が射《さ》し込み、春風が外の樹木をさわさわと揺《ゆ》らす。生命の息吹《いぶき》を感じる春。誰《だれ》だって眠くなる春。

「お疲れさま」

ポンと私の肩に手が置かれる。顔を上げると、そこにはいつもの優しい顔。

「ありがとうございます、園長先生」

「君も休むといい」

「はい。お心遣い、感謝致します」

園長先生が去ってからも、私はしばらく子供たちの寝顔を見守った。さっきみたいにお腹を出してしまう子もいるし、たまにおねしょをして泣いちゃう子もいる。やっぱり目が離《はな》せないし、何より私はこの時間がとても好きだった。静かで、穏《おだ》やかで、すべてが柔らかい愛情に包まれているような、そんな素敵《すてき》な時間。

子供たちは安らかに寝ている。あどけない表情ですやすやと寝ている。疑うことを知らない、無垢《むく》なる寝顔で。

【第五章】

花メダル

1

安らかな吐息《といき》、あどけない寝顔。

広場でお昼寝をしている子供たちを見ていると、私は心の奥底がじんわりと温かくなり、でもそれはかすかな切なさを伴っている。

子供型ロボットの歴史は古い。元々は子供に恵まれない夫婦や、子供と死別した夫婦を中心にオーダーメイドで造られたのが最初で、やがてそれはロボット産業を支える一大ジャンルへと発展した。よく笑い、よく懐《なつ》き、聞き分けの良い子供型ロボットは市場でも手堅い人気で、人間の『両親』の下で本当の子供のように大事にされ、可愛《かわい》がられる者も多かった。

だが、時の流れは残酷《ざんこく》だ。ご主人様である『両親』が亡《な》くなると、子供型ロボットのほとんどは役目を終え、解体工場へ送られスクラップとなった。初期費用のみならずメンテナンスにも多額の費用が掛かるロボットにとって、ご主人様の死はそのまま己の死を意味した。

もちろん、その後もスクラップを免《まぬが》れ、転々と中古市場を渡り歩く者も存在した。この村にいるロボットも大半がそういう出自だ。村の子供たちがやたらに私に甘えてくるのも、私が特別に好かれているからというわけではなく、何より親の愛に飢《う》えているからだった。親を求め、親に甘え、親を恋い慕《した》う哀《かな》しいプログラムは、百年を経た今でも愛情を求めている。

――愛情、か……。

かつて子守りロボットだった私は、こうやって二日に一度は子守唄《こもりうた》を歌い、子供たちを寝かしつけるのが仕事になっていた。私のようなロボットに『愛情』などというものが存在するかは分からないけれど、子供たちのためにできることがあれば何でもしてあげたい。せめて、ご主人様が目覚めて、本物の愛情を注いでくれる、そのときまでは。

――でも。

そこで私の胸に、黒い影がよぎる。それは四日前に見た悪夢のような光景。

――知らなかったな……。当時、あんなことがあったなんて。

私自身も『終末の時』は体験している。保育園をやめて各地を転々としていた私は、そのころは建築関連の派遣ロボットをしていて、市内の工事現場で働いていた。大寒波が猛威《もうい》を振るうようになると、現場の変更を命じられ、そして派遣された先が『白雪姫《スノウホワイト》』の建築現場だった。重機ロボットといっしょに資材の運搬《うんぱん》に日々奔走《ほんそう》していた記憶《きおく》が今も鮮やかに精神回路《マインド・サーキット》に残っている。

にもかかわらず、あの映像はまったくの初見だった。現場に居合わせなかったのはともかく、あれだけの大事件を何も覚えていないというのは不可解だった。何万という人間が殺されたのに、その情報が現場にいた私の耳に入らないなんてことが果たしてありうるだろうか？

――記憶を消された……？

精神回路から、何らかの理由で当時のデータを抹消《まっしょう》された。そう考えれば納得がいく。むしろそれしか理由が考えられない。

では何のために？　人間にとって不都合だから消した？　それは私だけ？　同じように作業ロボットだった他の村民たちもそうなのか？　もし、人間たちにとって都合の悪い記録が消され、精神回路が改ざんされているのなら、私のこの気持ち――ご主人様を慕《した》い、ご主人様を愛し、ご主人様に尽《つ》くす――この感情もまったくの作り物なのか？　園長先生が大好きであるという私の気持ちまで作り物なのか？　ただの刷り込みなのか？

――分からない。何がホントで、何がウソなのか……私には全然分からない。

考えれば考えるほど疑念は深まり、不安は大きくなった。自分の記憶《きおく》を信用できない以上、どんなに考えても確たる結論など得られようはずもない。

そうやって、結論の出ない疑問に頭を悩ませていたときだった。

「なんだ、こっちにいたのかい」

顔を上げると、そこにはベレー帽《ぼう》の女性がいた。

「うん……。子供たちにせがまれちゃって」

「よく寝てるねぇ」

ビスカリアは感心したようにあたりを見回した。広場には簡易シートが敷《し》き詰《つ》められ、充電中の子供たちが脱力したように寝ている。子供型ロボットには自動で眠くなる『お昼寝機能』

が搭載《とうさい》されており、節電の意味からもそれは推奨《すいしょう》されている。特に充電中はじっとしているのが最もエネルギー効率が良い。

「ちょいと相談したいことがあってね」

「なに？」

「近々、緊急診療《きんきゅうしんりょう》をやろうかと思うんだ」

「え？」

私は彼女の顔を見つめ返す。診療はこの前やったばかりだ。

「どうしてまた」

「かいつまんで話すとね……」

ビスカリアの話はこうだった。今までも、長い地下生活のために急性金属疲労である『金属凍傷《スチルド》』が増加傾向にあった。ロボットの体が凍り付いて、最悪の場合は崩壊《ほうかい》してしまう現象だ。

それがここ最近、特に増えているのだという。

「先々週が七件、先週が十一件。で、今週に至ってはすでに二十件」

「え、もう二十？　いくらなんでも多すぎるわ」

「だから緊急診療というわけさね」

ベレー帽を目深《まぶか》に被《かぶ》り直すと、ビスカリアは疲れたように目を閉じた。実際、昼夜を問わず運び込まれてくる患者《かんじや》の診察で彼女はろくに休めていない。

「あんたも配給で忙しいとは思うけど、ここは協力してもらえんかね」

「もちろんよ。診療《しんりよう》には応援を呼びましょう。私から村長にお願いしてみるから」

「すまないねぇ」

「とにかく、抜本的な対策を練らないと駄目《だめ》よね……」

最近の村は、とにかく問題が続出していた。多発する地震《じしん》、それに伴う崩落《ほうらく》、相次ぐ凍傷《とうしよう》、三輪のマシントラブル。村民の『摘出《てきしゆつ》』も日に日に頻度《ひんど》を増している。

「ホントに参ったねぇ……」

ビスカリアは天を仰《あお》いだ。

それからしばらく、私たちは黙《だま》っていた。会えば軽口を飛ばし合う仲なのに、ここ最近はどうも二人で神妙な顔になってしまう。それもこれも、あの『極秘映像《ごくひ》』を見たせいだ。

——もしも。

私は視線を上げ、ふと考える。

——もし、この子たちが『あの映像』を見たら、いったいどう思うのだろうか？

目の前では、三十人の子供たちが思い思いの寝相で横になっている。そのあどけない寝顔が、今は素直に見られない。

「おか、あ……さん……」

ぽつりと、誰《だれ》かがつぶやいた。

2

「今日もいい尻《しり》だな！」

「キャアッ！」

突然撫《な》でられたお尻を押さえて、私は慌《あわ》てて振り向く。そこにはニヤけた顔のナンパ男。

「あなた、もうちょっとマシな挨拶《あいさつ》ができないの？」

「胸を揉《も》んだほうが良かった？」

「このアホバーン！」

ゲシッとすね蹴《げ》りを食らわすと、アイスバーンは「おー、いてぇ」と大げさに飛び上がった。

「今度やったらビスカリアに頼《たの》んで去勢手術をしてもらうから」

「おお、処女とは思えない大胆発言」

「私は本気よ」

「こわいこわい」

ハー、と思わずため息が出る。地震やら凍傷やらで村が色々と大変なときに、こいつだけはまったく緊張感《きんちょうかん》がない。

「あなたも評議員なら、もう少し村の行く末に関心を持ってほしいわ」

「これでも俺なりに色々考えてるんだぜ」

「嘘《うそ》ばっかり」

私は胸に伸びてくる破廉恥《はれんち》な手をパシリと撃墜《げきつい》すると、彼を置いて歩き出した。「待てよ、そんなに怒《おこ》るなよ～」とついてくるのがうざったい。

「どこに行くんだい？」

「あなたには関係ないわ」

「どうせ村役場だろ？」

「そうよ、悪い？」

「連絡なら無線で済ませればいいだろ」

「村長ってば、最近なかなか無線に出ないのよ。だから直談判《じかだんぱん》するわけ。金属凍傷の対策とか色々考えないと」

「真面目《まじめ》だなぁ、おまえは」

「あなたが不真面目なだけよ」

彼を振り切ろうとずんずん進む私、後ろから金魚のフンのようについてくるアイスバーン。いつも邪険《じゃけん》にしているし、私なんかまったく可愛《かわい》げがないだろうに、どうしてこの男はいつもまとわりついてくるのか。

肩を怒《いか》らせて競歩のごとく進んでいたときだった。

——!

ドスン、と大地が揺《ゆ》れた。

それはとてつもない震動《しんどう》だった。ここ一ヶ月、小さな地震なら何度もあったが、今回は規模がまるで違った。地面が丸ごと跳ね上がったような衝撃《しょうげき》が襲《おそ》い、私はバランスを崩《くず》して転倒した。隣《となり》のアイスバーンも派手に転んだのが見えた。

揺れは長かった。一分以上も大地が怒ったように右に左に震《ふる》え続け、天井《てんじょう》からは巨大なつららが何本、何十本と降り注いだ。屋根のあるところに行きたくても立ち上がることすらできず、私たちはただ揺れが収まるのを待つしかなかった。

そして。

——終わっ……た?

地面に張り付いた顔を、恐る恐る上げる。頬《ほお》から氷の欠片《かけら》がパラパラと落ちる。「く……」とアイスバーンも顔を上げた。

「死ぬかと思ったぜ……」

「……わ、私も」

驚《おどろ》き覚めやらぬ状態のまま、手をついて立ち上がり、周囲を見回す。あたりには大小の氷の塊《かたまり》が無数に散乱し、壁が崩《くず》れた家がいくつも目に入る。ただ事でないのは間違いない。

「緊急《きんきゅう》連絡……！」

私は回線を一斉に開き、声を張り上げた。

「こちら副村長のアマリリス！　全ブロックに告ぐ！　すみやかに状況報告せよ！　繰《く》り返す、すみやかに状況報告せよ……！」

途端《とたん》に、私の精神回路には村中から報告が寄せられた。

『こちら左翼《さよく》B！　家屋倒壊《とうかい》により負傷者多数！　至急応援を！』

『右足Dです！　四人が重傷、パーツが足りません！』

『胴《どう》E6地区！　子供が生き埋《う》めです！　早く！　早く救援を！』

被害報告は悲鳴のごとく連続し、負傷者の数があっという間に五十を超える。私は即座に指示を飛ばす。

「各ブロック長に告ぐ！　非常マニュアル7の3Cで対応！　パーツ保管庫および配給品は全解放！　被害者は精神回路破損《はそん》を優先して修理！　これ以降の被害報告はすべて村役場に集中！　いいわね！」

矢継ぎ早にまくし立てると、私は「村長！」と通信を切り替えた。

「聞こえますか！　アマリリスです村長！　村長！　村長……！」

非常回線で村長を呼び出すが、応答はない。

――もうっ、こんなときに……！

「副村長権限で役場データにアクセス！　鳥瞰図《バードマップ》！」

途端に、私の目の前に巨大な地図が出現する。これは精神回路内で再生される、私にだけ見える立体映像だ。

――あ！

見れば、白雪姫へと続く通路が赤く点滅《てんめつ》していた。

――まずい！

「ビスカリア！　ゲッツ！　二人とも無事……⁉」

私は無線で残りの評議員を呼び出す。『あたしは無事だよ！』『拙者《せっしゃ》も無事でござる！』とすばやい返信。

「私たちは白雪姫を見てくるから、二人はみんなの救助をお願い！」

『あいよ！』『合点《がってん》でござる！』

二人の返事が響《ひび》くと同時に、

「行くわよアイスバーン！」

「おう！」

私たちは全速力で道を駆け出した。

3

「おりゃあっ！」

青い閃光《せんこう》が幾重《いくえ》にも走り、巨大な氷の塊《かたまり》が切り刻まれる。白雪姫に続く通路は、崩落《ほうらく》した氷で何十メートルにもわたって塞《ふさ》がっていた。

「こなくそ……っ!!」

氷が真っ二つになり、崩《くず》れ掛けたところをさらに半分にする。アイスバーンの『亡 霊 刀《ファントム・ブレード》』がトンネルを刳《く》り貫《ぬ》くように氷を刻んでいき、掻《か》き出された破片が作り立てのかき氷のごとく道端《みちばた》に降り積もっていく。

「ちょっと待って！」私は金属反応を感知する。「誰《だれ》かいる……！」

「なんだと？」

彼が刀を振り上げた手を止める。

「生き埋《う》めか？」

「たぶんそう！　そこの壁際《かべぎわ》を削《けず》ってみて！　慎重《しんちょう》にね！」

「おう！」

アイスバーンは刀の出力を抑え、バーナーのようにして氷を融《と》かしていった。『眠れる森《レム・フォレスト》』

が近いせいか、氷の中には花や木々が閉じ込められており、レーザーに触《ふ》れるたびにジュッ、ジュッと白煙が上がる。

「お……！」

アイスバーンが声を上げる。

「どうしたの？」

「見えたぞ！」

彼は氷の中から露出《ろしゅつ》した灰色の腕を摑《つか》み、一気に引きずり出した。生き埋めになっていたのは、頭が半球状で、丸太のような胴体に、下半身はキャタピラ。

「え……っ⁉」

私たちは同時に驚《おどろ》きの声を上げた。

「どうしてギャーピーがここに……⁉」

私は両腕でギャーピーの体を支え、その反応を確かめる。視覚装置の光は消えている。

「待っててね！　いま助けるから！」

ギャーピーの胴体部を開き、手早くバッテリーを取り出す。携帯していた予備のバッテリーをつなぎなおすと、ブンッと音がしてその瞳《ひとみ》に光が宿った。

「ギャ……」

「ギャーピー、大丈夫《だいじょうぶ》？　聞こえる？」

「アマ……リリ、ス……?」

ギャーピーは半球状の頭をギギギッと曲げて、私を丸いレンズに捉《とら》えた。

──ひどい凍傷《とうしょう》……。

氷で生き埋《う》めになっていたために、彼の体は霜《しも》が張ったように凍《い》てついていた。ひび割れもひどく、このままでは危険だ。

「ギャーピー、凍傷がひどいわ。絶対に動いちゃダメよ。みんなが来るまでじっとしててね」

「ギャ……わか、った……」

彼に予備のバッテリーを握らせると、私たちは復旧作業に戻った。本当はすぐにギャーピーを村に連れて帰りたかったが、今は白雪姫の確認を優先しないといけない。それが私たち村民の使命だからだ。

──待っててね、ギャーピー。

「急ぐぞ!」

「う、うん……!」

後ろ髪を引かれながらも、私は復旧作業に戻る。

アイスバーンの刀が青い閃光《せんこう》を走らせる。ザクザクと氷が砕《くだ》け散る。

──それにしても。

ふと、私の胸に一つの疑問がよぎった。

　――どうしてギャーピーがここにいたんだろう……？

4

　ようやくたどりついた『眠れる森』の前で、私たちは立ち往生《おうじょう》をした。

『村長、村長……！　聞こえますか、村長……!!』

　白雪姫には村長の許可がなければ入ることができない。

　――もうっ！　いったいどこに行ってるのよ……！

「下がってろ！」

　アイスバーンが手を振り上げた。

「どうするつもり!?」

「やるしかねぇだろ！」

　アイスバーンは振り上げた手をまっすぐに振り下ろした。出力を全開にした亡霊刀が分厚い門扉《もんぴ》に直撃《ちょくげき》し、火花が散って金属が派手に削《けず》り取られる。

「さすがにかてぇな……もう一丁！」

　さっきと同じところにアイスバーンが刀を振り下ろす。ゾンッ、と鈍《にぶ》い音が響《ひび》いて今度は門の向こう側へと貫通した。

「よっしゃ！」

貫通した刀を横に薙《な》ぐようにして、彼は門を鋭角的《えいかくてき》に切り取った。ちょうど一人分が通れるくらいの三角形のスペースができる。

「先に行くわよ！」

「気をつけろ！」

切り開かれた穴に、まずは私が飛び込み、アイスバーンが続く。

室内に入って、驚《おどろ》いた。

「うそ……」

白雪姫を構成する『紡錘《スピンドル》』は、生気をなくしたようにその輝《かがや》きを失い、回転が止まっていた。見れば、崩《くず》れ落ちた天井《てんじょう》の瓦礫《がれき》が、紡錘の回転軸に挟《はさ》まっている。床にはいくつもの揺り籠《クレイドル》が転がり、まるで熊《くま》の襲撃《しゅうげき》を受けた蜂《はち》の巣のような惨状《さんじょう》だ。

――なんてこと……！

「アイスバーン！　私は電源の再起動をするから、あなたは回転軸の瓦礫をお願い！」

「おう！」

私たちは二手に分かれて復旧に当たる。非常電源が作動して揺り籠の凍結《とうけつ》だけは免《まぬが》れているが、どれだけ持つかは分からない。

――急がないと……！

ガチャン、とレバーを持ち上げる。しかし白雪姫には何の反応もない。

——手動じゃダメか……！

壁際《かべぎわ》のコントロールパネルを呼び出し、私は祈るようにキーを叩《たた》き続ける。

「ハアッ！」

頭上でアイスバーンの声が響《ひび》き、ザザンッと風切り音が反響《はんきょう》する。切り裂《さ》かれた瓦礫がバラバラと上から降り注ぐ。

「つっかえ棒は外したぜ！」

「ありがとう！」

私は叫びながら、キーの操作を続ける。

——ご主人様、ご主人様……！

かつての思い出が脳裏を駆け巡る。優しい笑顔のご主人様。いつも私を気遣ってくれたご主人様。そこに——

——撃《う》てぇっ！

「う……」

一瞬《いっしゅん》、手が止まる。一刻も早くご主人様を助けなくてはならないのに、心には別のイメージが浮かんでくる。それは思い出したくもない『あの映像』。

——く……っ！

迷いを振り切るように小さく首を振り、作業を再開する。コントロールパネルに最終確認ボタンが表示されると、

「お願い、動いて……!!」

私は叫び、パネルを叩《たた》いた。何度も叩いた。

すると。

ゴゴンッと音が響《ひび》いて、白雪姫が光った。毛細血管に血液がみなぎるように、紡錘の表面に光が縦横に走り、ゆっくりと回転が始まる。

「よかったあ……」

私はほっと胸を撫《な》で下ろす。一瞬《いっしゅん》の迷いはあっても、やっぱりご主人様を助けられてほっとしている自分に、どこか奇妙な安堵感《あんどかん》を覚える。

――よし、あとは。

床に転がった揺り籠を所定の位置に戻せば、それで復旧は完了だ。私は室内を見回し、一番近くの揺り籠に向かって駆け寄る。

そのときだった。

ズンッ、と床が揺《ゆ》れた。

――うそ、また……⁉

再び襲《おそ》い掛かってきた地震《じしん》にバランスを崩《くず》し、私は膝《ひざ》をつく。

地震は白雪姫を強く揺らし、せっかく復旧した紡錘がギシギシと悲鳴を上げる。天井《てんじょう》からは氷の塊《かたまり》が雨のように降る。

——まずい……！

床の真ん中に転がった小さな揺り籠、そこに氷の破片が降り注ぐ。このままでは危ない。

「く……！」

私は床を這《は》って必死に揺り籠に近づく。しかし揺れはいまだ収まらず、足が滑《すべ》って思うように前に進めない。

そのときだった。

「ギャ、ギャ、ギャー、ピー!!」

甲高《かんだか》い声が響くと、室内に一体のロボットが現れた。そのロボットは猛然と揺り籠に突撃《とつげき》していく。

——ギャーピー⁉

「ぼ、ぼぼ、ぼぼぼぼくは……！」

地震で揺れる世界の中、ギャーピーはキャタピラをギシギシと軋《きし》ませ、普段《ふだん》の彼からはとても信じられないスピードで——まるで祈願祭《きがんさい》のときに見せたあの助走のように——一目散《いちもくさん》に突進した。

ギャーピーの頭上に氷の刃が襲《おそ》い掛かり、鋭《するど》い破片がザクザクと床に突き刺さる。それでも勇敢《ゆうかん》なロボットは己の危険を顧《かえり》みずに突き進んだ。そこにはポンコツと蔑《さげす》まれたかつての姿はどこにもなく、使命感と行動力に満ち溢《あふ》れた雄々《おお》しい勇者の姿があった。

カッコイイ、とさえ思った。

だが。

ギャーピーが床に散らばった揺り籠を蹴《け》り出そうとしたときだった。

——あ！

天井《てんじょう》から、ひときわ大きなつららが落ちてきた。「くそ！」とアイスバーンが刀で切りつけるも、それはわずかに届かない。

「ギャーピー、よけて！」

だが彼はよけなかった。キャタピラで揺り籠を蹴り出すと、そこで大きくバランスを崩《くず》し、下敷《したじ》きになった。

5

背中に深々と突き刺さった破片は、そのまま腹部を貫通して床にまで届いていた。まるで標本にされた昆虫のように身動きが取れないまま、勇敢なロボットは苦しげに言葉を発した。

「ぼ、ぼぼ、ぼくは……」

「ダメよギャーピー。じっとしていて」

自分の言葉が震《ふる》えているのが分かる。ギャーピーの下半身には、はみ出た臓物のごとくグシャグシャのキャタピラが垂れ下がり、首があらぬ方向に曲がっている。

「待ってて。今、精神回路を取り出すから――」

「ひ、必要、ないん、だな……」

彼はギギッと首を曲げた。

「ぼ、ぼぼ、ぼくは、もう……ダメ、だ」

「そんなことないっ！」

私は強い声で否定する。だが、一方で彼の状態が取り返しがつかないほど重傷であることも悟る。その手はヒビ割れてすでに崩壊《ほうかい》を始めている。

「ギャーピー……」

「ぼ、ぼ、ぼくは……す、す、すち……るど、で——もう、だめ」

その言葉どおり、体に開いた穴からは配線の切れた四角い精神回路が見えた。凍《こお》りついた回路は雪解け間際《まぎわ》の湖面のごとくヒビが入り、今にも崩壊《ほうかい》しそうだった。

私たち村民には、そもそもバックアップがない。精神回路のような重いデータを保存できる記憶媒体《メモリー》は、すべて『白雪姫』のために差し出している。だから一度精神回路がやられると二度と修理できない。

つまり死ぬ。

「ぼ、ぼ、ぼく、は——」

ギャーピーは全身の力を振り絞るように言葉を発した。

「デ、デイジー、に……」

「え？」

「デイジー、に……これ、を……」

そこでギャーピーは、ギギッと口を開けた。薄暗《うすぐら》い洞窟《どうくつ》のような口の中には、小さな氷の欠片《かけら》が見える。

「う、ぐぐ……」

彼はブルブルと震《ふる》える手で、自分の口から氷の欠片を取り出した。その欠片の中には桃色の花びらが閉じ込められていて、ゴツゴツとして不恰好《ぶかっこう》だけど、それはたしかに——

花メダル。

——デイジーに、メダル、あげたい。

それは彼が深夜の公園で口にした言葉。

私はやっと気づいた。なぜギャーピーが『眠れる森』に来ていたのか。

デイジーのためだったのだ。祈願祭《きがんさい》の花メダルをあんなに欲しがっていたデイジー、そのために彼は『眠れる森』まで花を摘みに来たのだ。

「デイジー、に、これ、を……」

「ギャーピー、ダメよ。これは、自分の手で、渡さなきゃ……」

「ぼく、は……もう……」


「——受け取ってやれ」

ふいに私の肩に手が置かれた。振り向くとアイスバーンが立っていた。

「でも」

「ここはギャーピーの気持ちを汲《く》んでやれ。……な？」

彼は諭《さと》すように小さくうなずいた。こんなに真剣な彼を見るのはいつ以来だろう。

「……うん」

私はギャーピーの手から、そっとメダルを受け取る。

「ありが、とう……」

そう言うと、ギャーピーは力尽《つ》きたように腕をだらりと下げた。

丸いレンズの奥で、徐々に光が消えていく。

「ギャーピー、ダメよ。いっしょに村に帰ろう」

私はもう一度手を握《にぎ》り締《し》める。

「ぼく、は……」

ギャーピーは白雪姫を見上げながら、かぼそい声で問うた。

「ご、ごしゅ、じん、さま、の……」

その声はもうほとんど聞き取れない。

「おやくに、たて、た、か、なぁ……」

「ええ」

涙を堪《こら》えながら、私は必死に言葉を搾《しぼ》り出す。

「揺り籠を守ったあなたの活躍《かつやく》、かっこよかったわ」

「そう、かな……」

「そうよ。……だからね」

私は首に掛けたペンダントを片手で引っ張り出した。それは祈《き》願祭《がんさい》で『ご主人様賞《グランプリ》』をもらったときに授与された花メダル。

「ギャーピー、あなたに『ご主人様賞』を授与します」

私は彼の首に花メダルを掛ける。キンッ、と風鈴《ふうりん》のように、メダルは彼の胴体にぶつかって哀《かな》しげな音を立てた。

「ぼ、ぼぼ、ぼくが、ご主人、様、賞……」

「ええ、そうよ」

「いいの、かな……」

「命がけでご主人様を守ったんだもの。このメダルはあなたにこそふさわしいわ」

「へへ……やっ、たぁ……」

彼は力なく笑った。

「これを、デイジーが、知ったら……」

それが最後の言葉になった。

「きっと、びっくり、するぞ……」

パリン、と高い音が響《ひび》いた。私はぞくりとして、大きく穿《うが》たれたギャーピーの腹部を見る。その中では銀色の四角い物体――精神回路――が、床に落としたガラスのように粉々に砕《くだ》け散り、大小の破片と化していた。それは金属凍傷の末期症状だった。

そしてギャーピーは永久に動かなくなった。

思《メ》い《モ》出《リー》

ガオーガオー。ぼくは前進する。

「ほら、突撃《とつげき》！　突撃よ！」

頭上ではデイジーが叫ぶ。

「ギャーピーだ！」「ポンコツだ！　ポンコツが攻めて来たぞ！」「みんな逃げろ！」

子供たちが面白《おもしろ》がって逃げていく。ぼくはガオー、ガオーとみんなを追いかける。

「ほら、もっと速く！　ギャーピー！」

デイジーがぼくを急《せ》かす。でもぼくはこれ以上スピードが出ないので、みんなに置いていかれる。

短い鬼ごっこが終わる。

「あーあ、ギャーピーはノロマねぇ……」

「ぼ、ぼぼ、ぼくは一生懸命《いっしょうけんめい》、やったんだな」

「一生懸命やってもダメなの」

気づけば、公園にはぼくとデイジーだけになっていた。いつもどおりの二人ぼっち。

「デ、デ、デイジー」

「なによ」

「デイジーは、どうして、行かないの？」

「はあ？」

デイジーは上からニュッと上体を折り曲げ、ぼくを覗《のぞ》き込んだ。

「どういう意味？」

「だ、だって、ぼくは、ノ、ノロマだから、みんな、行っちゃう。でも、デ、デイジーは、行かない。……どうして？」

「どうしてって……いいじゃない、そんなことはどうでも」

「ぼ、ぼぼ、ぼくは、知りたいんだな。デ、デイジーの、気持ち、知りたいんだな」

デイジーはぼくをじっと見た。そして少し間を置いてから、

「——昔ね」珍《めずら》しく、昔のことを語ってくれた。「パパとママが生きてたころね。ウチでよく遊んだ玩具《おもちゃ》があるのよ。それがあんたそっくりだったの。ガオー、ガオーって叫んで走るヤツ」

「そ、そう、なんだ……」

「だから、初めてあんたを見たとき、ちょっと懐《なつ》かしくなったの。……それだけよ」

そしてデイジーは、なんだかとても恥《は》ずかしそうに「本当にそれだけなんだからね」と付け加えた。

ぼくは、デイジーが、好き。世界で一番、好き。

明日は、仲直り、できると、いいなぁ。

【第六章】

葬儀

1

葬儀《そうぎ》は三日後に行われた。

精神回路不可逆的破損者《マインド・サーキット》——すなわち死者は六名。手足がもげるなどの重傷者が三十八名、軽傷まで含めた負傷者は八十名に上り、村が始まって以来最悪の惨事《さんじ》となった。

葬儀には村の中央ステージが使われた。参列した村民には手足がない者が多く見受けられた。

「親愛なるご主人様に尽《つ》くした、六名の同志たちの冥福《めいふく》を祈って、葬儀を執《と》り行います」

カトレアが進行をし、ゲッツが会場整理をする。それはわずか一ヶ月前の祈願祭《きがんさい》と同じスタッフだったが、静まり返った会場にあのころの活気はどこにもなかった。

ステージ上の祭壇《さいだん》には、死者たちの亡骸《なきがら》が横たえられていた。参列者は自分の番が来ると、遺体からパーツを一つずつ取り上げ、それを棺《ひつぎ》の中に移動した。人間でいう『骨拾い』を模倣《もほう》したこの儀式は、村で百年近く続く伝統的な風習だった。私はギャーピーの死に際《ぎわ》に贈ったあの花メダルを、パーツといっしょに骨壺《パーツケース》に納めた

「ひとつ足りない……？」

その異変に気づいたのは、葬儀が終わって参列者が解散したころだった。

「いつの間にか消えていたでござる」

会場整理のゲッツが苦々しげに報告する。彼の話では、全部で六個あるはずの『骨壺』のうち、一個だけが忽然《こつぜん》と消えていたのだと言う。

「骨壺を盗むなんて……」

「このゲッツ、一生の不覚でござった……」

ゲッツは銀色のマスクを歪《ゆが》ませ、ひどくつらそうな顔をした。

「ううん、あなたは悪くないわ。誰《だれ》だって骨壺が盗まれるなんて考えないもの」

今まで、村は窃盗《せっとう》や強盗《ごうとう》といった犯罪とは無縁だった。まして骨壺を盗むなんて誰も考え付かない。

「それで、なくなったのは一つだけって言ってたわよね。いったい誰の？」

「それが……」

眉間《みけん》の皺《しわ》がますます深くなる。

「ギャーピー殿でござる」

――まさか。

私は内心の驚愕《きょうがく》を隠して、平静を装《よそお》った。

「当面は私が捜すから、ゲッツは会場整理をお願い。みんなにはまだ内密にね」

心当たりはあった。

ギャーピーの遺骨を持ち去るなんて、よほど彼のことが憎《にく》いか、あるいは——

——やっぱり……。

2

村役場から歩いて数分の公園。そこにいたのはふわふわした栗色《くりいろ》の髪の少女だった。さびしげにブランコに揺《ゆ》られながら、その手にはしっかりと骨壺が抱《だ》きしめられている。

「ここにいたんだ」

私は少女に近づき、隣《となり》のブランコに座る。ここはかつて、ギャーピーがデイジーを探して深夜にたたずんでいた場所だ。

デイジーはうつむいたまま、「うん……」と力なく返事をした。

二人ともしばらく黙《だま》っていた。

デイジーは虚空《こくう》をじっと見つめ、時おり瞬《まばた》きをする。私は少女の白い横顔をじっと見守る。

五分も経《た》ったか。

「——ギャーピーね」

柔らかい花びらのような唇《くちびる》を開くと、デイジーは半分だけ私のほうに顔を向けた。

「ケンカしたときから、ずっと、私を探していたの。仲直りのために、毎日、一生懸命《いっしょうけんめい》、私を探していたの」

デイジーは堰《せき》を切ったように話し始めた。私は静かに耳を傾ける。

「だけど、私、逃げたの。ギャーピーから逃げたの。顔を合わせるのが気まずくて、ずっと避《さ》けてたの。そしたら、そしたら——」

そこで声が震《ふる》えた。

「ギャーピー、死んじゃった……」

私は黙っていた。沈んだ少女の横顔を見つめたまま、次の言葉を待った。

デイジーの腕の中では、銀色の円筒形のケースが光っていた。そこには分解されたギャーピーの体が収められている。金属凍傷《スチルド》で粉々になった体は、まるで火葬《かそう》したあとの遺骨のように驚《おどろ》くほど小さくなり、今や少女の両腕に納まるまでになっている。

「分かっていたのに。私、自分が悪いって、分かっていたのに。でも謝れなかった。だからギャーピー、死んじゃった。わ、私のせいで、ギャーピー、死んじゃった……」

少女の瞳《ひとみ》から一滴の涙が流れる。

「デイジー」

私はブランコから立ち上がり、少女の前にしゃがみこむ。骨壺ごしに二人の視線が合う。デイジーの大きな瞳《ひとみ》はきらきらと濡《ぬ》れた輝《かがや》きを放っている。

「ギャーピーはね、自分の使命をまっとうしたの。自分の意志で、自分の判断で、ご主人様を助けたの。だからあなたのせいじゃないわ。ギャーピーが自分で決めたことなのよ」

「…………」

デイジーは黙《だま》っていた。ただ、ほろりと一粒《ひとつぶ》、静かに涙を流した。

この一粒に、いったいどれほどの哀《かな》しみが詰《つ》まっているのだろう。どれほどの痛みと苦しみが込められているのだろう。少女の不器用な泣き方を見て、私は胸が痛くなった。

ぽたりと、三粒目の涙が骨壺に落ちたときだった。

「アマリリス、聞かせて。……ギャーピーの最期《さいご》が、どんなだったか」

「……分かったわ」

ギャーピーが亡《な》くなった日のことを、私は順を追って話した。花メダルを作るために『眠れる森《レム・フォレスト》』に来ていたこと。そこで崩落《ほうらく》事故に巻き込まれたこと。そしてご主人様を守るために『揺り籠《クレイドル》』をかばって亡くなったこと。

「だから、これ」

私はポケットから小さな氷の欠片《かけら》を取り出し、デイジーに見せた。

「ギャーピーから、あなたへのプレゼント」

「ひょっとして、これ、花メダル？」

「そうよ」

私は骨壺の上に、そっと氷の欠片《かけら》を載せる。デイジーはその欠片をまじまじと見つめる。

「ギャーピー……」

少女は氷の欠片に手を伸ばし、表面を指でなぞるように触《さわ》った。氷には桃色の花が閉じ込められており、それは消え行く命のように儚《はかな》げに花びらを散らしている。

「ギャーピーは、すごいなぁ……。ちゃんと、最後まで、ご主人様のお役に立って……」

また、少女の瞳《ひとみ》から涙が流れる。その雫《しずく》がメダルに落ち、さらにその表面をつたってギャーピーの亡骸《なきがら》に届く。

「ギャーピーの、体だけど——」

デイジーはギュッと骨壺を抱《だ》きしめると、私を見た。

「私の手で、お墓に納めてもいい……？」

私は強くうなずき、「もちろん」と答えた。

「きっとギャーピーも喜ぶわ」

「ありがとう……」

少女は涙を浮かべると、それがこぼれないように上を向いた。七粒目の涙は、少女の白い指先に拭《ぬぐ》われ、こぼれ落ちることはなかった。

3

その翌日。

冷たいテーブルに肘《ひじ》を載せて、私はぼんやりとここ数日のことを振り返っていた。

——一、二、三、四、五……六。

死者六名。その数は片手の指では間に合わず、親指が折り返されて六人目を示す。

村民に死者が出たのは別に初めてではない。氷に閉ざされた過酷《かこく》な地下世界では、ロボットの老朽化《ろうきゅうか》は早く、交換用のパーツも乏《とぼ》しい。特に白雪姫《スノウホワイト》の予備パーツが底を尽《つ》いて『摘出《てきしゅつ》』が始まってからは、一年に一人くらいのペースで誰《だれ》かしら亡《な》くなってきた。

——だけど、六名なんて……。

これほどの人数が一度に亡くなったのは、百年前の『終末の時』以来だった。村民は全員が身内のようなものなので、その哀《かな》しみは重く村全体を包んだ。

そして、私の気持ちが重い理由は他にもあった。

——ギャーピーは、すごいなぁ。ちゃんと最後まで、ご主人様のお役に立って……。

そこにギャーピーの言葉が重なる。

——ぼくは、ごしゅじんさまの、おやくにたてたかなぁ……。

ご主人様に仕え、ご主人様のために生き、ご主人様のために死ぬ。それが私たち村民の使命であり存在意義だ。だからギャーピーも、己の使命をまっとうして死んでいったのだ。そこに何ら恥《は》ずべき点はないし、むしろ最高の栄誉《えいよ》であり、名誉の殉死《じゅんし》だった。

——だけど。

そこで私の胸にいつもの影がよぎる。優しかったご主人様のイメージと、それを塗《ぬ》りつぶすような、あの映像の——

「——リス！」

物思いにふけっていたときだった。

「おい、アマリリス！　聞いてんのか……！」

ハッと顔を上げると、そこには金髪のナンパ男。私の肩をゆさぶりながら、怪訝《けげん》そうな顔をしている。

「あ……」私はやっと我に返る。「ああ、ごめんごめん。ちょっと考え事」

「大丈夫《だいじょうぶ》か？　どれ、お目覚めのキスを……ゲペッ」

破廉恥《はれんち》男の顔面にお目覚めのパンチをお見舞いすると、私はみんなに向き直った。遅れていたビスカリアがいつの間にか到着したらしく、招集したメンバーが勢ぞろいしていた。

「ごめん、じゃあ始めるね」

椅子《いす》に座りなおし、私はコホンと咳払《せきばら》いをする。

「ただ今より緊急評議会《きんきゅうカウンシル》を始めます。村長が不在のため、副村長の私が議長を務めます。

……まず、これを見て」

トン、とテーブルを指先で叩《たた》くと、音もなく立体映像が出現する。棒グラフと折れ線グラフが一つずつ。

「四日前の震災《しんさい》は、とても痛ましい事故でした。亡《な》くなった六名の同志には改めて哀悼《あいとう》の意を捧《ささ》げます。……それで、問題はここ」

私はグラフを光らせる。

「この間の震災・凍傷《とうしょう》の影響《えいきょう》で、負傷者数は右肩上がりです。その結果、パーツ不足は限界に来ており、今週に入って十六種類のパーツが交換不能になりました。今は代替品で間に合わせていますが、それも限度があります」

「こりゃあ来週にも死人が出るな」

アイスバーンが口を挟《はさ》むと、「不謹慎《ふきんしん》でござるぞ」とゲッツがたしなめた。

「それで、考えられる対策なんだけど……」

私はスクリーンに対策案を映す。

■パーツ不足の対策
（一）配給品の削減。
（二）スリープモード時間の延長。
（三）摘出《てきしゅつ》の再募集。

「――以上、ざっと思いつくところだとこんな感じ」

説明が終わると、「一つ、いいでござるか？」とゲッツが手を挙げた。

「はい、どうぞ」

「対策については特に異論がないのでござるが……どれも村長の許可が必要なのでは？」

「うーん」

痛いところを突かれて私はうなる。

「そうなのよね……。村長がいないと、正式には決定できないのよ……」

私はテーブルに視線を落とす。いつもなら目の前をゴロゴロと村長の生首が転がっているはずだが、今は会議資料がうっすらと見えるだけだ。

「本当に心配ね……」

あの『震災《しんさい》』が起きる数日前から、村長とはまったくの音信不通になっていた。村民全員に内蔵されている非常用の無線で呼び出しても応答はなく、こんなことは村の歴史が始まって以来だ。

「崩落《ほうらく》に巻き込まれて、どっかで身動きが取れないんだろ」

アイスバーンがさして興味もなさそうに言う。

「でも、それだと発信機で現在地くらいは分かるんじゃない？」

「じゃあ発信機ごと壊《こわ》れたのさ」

「でも、あの頑丈《がんじょう》な発信機がそんなに簡単に壊れるかな……」

発信機は遭難者《そうなんしゃ》を見つけるための装置なので、当然ながらとても頑丈に造ってある。

「ビスカリアはどう思う？」

「そうさねぇ……」

村一番の技術者は首を傾《かし》げ、触手《しょくしゅ》をシャコッと伸ばした。

「あと考えられる可能性としては、電波の届かない場所くらいだねぇ」

「電波の届かない場所？　でも、村の全域をカバーしてるんでしょ？」

「そう。だから可能性は薄《うす》いね」

――あれ、でも……？

私の脳裏に、ある一つの記憶《きおく》が蘇《よみがえ》る。電波が届かない場所。発信機の応答がなくなった場所。

「あ！」

私はガタッと立ち上がり、その可能性を口にした。

「秘密の部屋《シークレット・ルーム》！」

4

氷上三輪《アイスモービル》を運転して一時間。

私たちは、再び『あの部屋』に足を踏《ふ》み入れた。

高い天井《てんじょう》、奥行きのある間取り。初めて来たときは驚《おど》きでいっぱいだったが、一ヶ月ぶりに見る今回もまだ新鮮さは失われていなかった。ずらりと並んだ棚《たな》を前にすると、ついつい陳列《ちんれつ》されている品々に目が行ってしまう。インテリアの一つ一つがすべて光り輝《かがや》いて見えるし、最上の図書館と極上《ごくじょう》の博物館を足したような魅力《みりょく》に満ち溢《あふ》れた空間だ。

しかし、一方でこの場所は私たちに否応《いやおう》なく『あの映像』のことも思い起こさせた。心に落ちた暗い影はデータを消去しない限り消えることはない。

――これって……。

上質のカーペットが敷《し》かれた床には、何か湿ったものを転がしたような一筋の軌跡があった。

私たちは顔を見合わせてうなずくと、軌跡に導かれるように部屋の奥へと踏み入っていった。

やがて、突き当たりまで進むと、巨大モニターがずらりと並んだ場所に出た。椅子《いす》には相変わらず一台のロボットが突っ伏しており、その隣《となり》には特等席のごとく柔らかそうなソファが置

かれていた。そのソファがくるりと回転してこちらに向き直ると、

「──来たか」

ソファに鎮座《ちんざ》していたのは、ヒゲがモジャモジャの懐《なつ》かしい顔──

「カモミール村長……」

○

「おう、ご無沙汰《ぶさた》じゃのう！」

生首だけの姿でゴロリと向きを変え、村長は気さくな感じで言った。

「村長、良かった……。生きてらしたんですね」

「おう、ピンピンしてるわい！」

元気な姿の村長を見て、私はひとまず安堵《あんど》する。

「いやー、おぬしらも元気そうじゃのう。ハッハッハ！」

「………」

安心したら腹が立ってきた。

「いやー、すまんすまん、ハハハハハ！」

「もう、心配したんですよー……ってコラ！」

私は村長を持ち上げてグイッとヒゲを引っ張った。

「イテテッ！」

「まったく、いきなり失踪《しっそう》しといて『ハハハハハ！』はないでしょ！　このアホ村長！」

「まあまあ、そう怒《おこ》るでないイタタイタタタタ本当にごめんなさい」

村長は涙目で謝ってきた。これだけみんなに心配を掛けたのだ。これくらいのお仕置きは当然だ。

「——で」

私は村長の顔をガシッと両手で掴《つか》みながら、威圧《いあつ》するようにじっと睨《にら》んだ。

「いったい今まで、どこで何をしていたんですか？」

「それはな……イタタ」

村長は渋《しぶ》い顔をしながら答える。

「ずっとここにいたよ」

「ここって、この『秘密の部屋』に？」

「そうじゃ。ここで過去の記録を見返して、村の将来のことを考えておった」

「それならそれで、みんなと相談すれば良かったじゃないですか」

私はまだ憤懣《ふんまん》やるかたない。

「無論、皆にはいずれ相談するつもりじゃったよ。……ただその前に自分の考えをまとめておきたくてのう」

それはいつもどおりの飄々《ひょうひょう》とした受け答えだったが、目はいつになく真剣だった。

「それで、村長のお考えはどうなりました？」

「わしの考えについてはおいおい話そう。まずはおぬしらの意見を聞かせてくれ」

「ええ、それはいいですけど……」

本当はもう少し村長の家出（？）の理由を問い質《ただ》したかったが、今は当面の緊急《きんきゅう》対策を優先した。村長をソファに置いてから「では、評議会で出た対策案ですが」と説明を始める。

「これにはいくつかの案が出ておりまして、まず一つ目は——」

私がパーツ不足の対策案を列挙すると、「ふむふむ」と村長は納得した様子でうなずいた。

「——というわけで、村長のご許可をいただきたいのですが」

「なるほどのう」

そこで村長はいきなり話題を変えた。

「……ところでアマリリス」

「はい」

「おぬしは今までどのくらいの『摘出《てきしゅつ》』を受けた？」

「……へ？」

唐突《とうとつ》な質問に、私は答えが遅れる。

村長は同じ質問を繰《く》り返した。

「もう一度訊《き》こう。白雪姫のために、いくつのパーツを差し出している？」

「あ、はい。……ええと、十七個です」

「十七個……村で最多じゃな。ビスカリアはどうじゃ……？」

「あたしかい？」ビスカリアは急に話を振られて戸惑いながらも「十六個」と答えた。

「ゲッツは？」

「同じく十六個でござる」

「アイスバーンはどうじゃ？」

「アマリリスと同じさ」

「十七個か……ふむ」

村長は納得したようにうなずくと、話を続けた。

「地下世界に来て百年以上、わしも、おぬしらも、ずっと白雪姫の維持管理をしてきた。昼夜を問わず、毎日毎日じゃ」

まるで懐《なつ》かしむように村長は目を細める。

「どんなときもご主人様のことを第一に考え、自分たちの生活を律し、切り詰《つ》め、あまつさえ自《みず》らの身を差し出して、ご主人様たちに尽《つ》くしてきた」

「ええ、まあ……」

私は戸惑った。緊急《きんきゅう》対策について議論していたはずなのに、いきなり別の話題を持ち出してきた村長の意図が分からない。

「そうやっておぬしらは、これからもご主人様を愛し、ご主人様に尽くし、ご主人様にその身を捧《ささ》げて白雪姫を守り続けるんじゃな？　そうじゃなアマリリス？」

「そのとおりです。でも、村長？」

「なんじゃ」

「さっきから何をおっしゃりたいんですか？　失礼ですがどれも当たり前のことすぎて、私にはさっぱり……」

「ならば、結論を述べよう」

生首をゴロリと転がし、村長は私たちに向き直った。その眼光は鋭《するど》く、いつもの柔和《にゅうわ》な村長とは別人のように見えた。

「わしは――」

次の言葉は、百年を超える村の歴史を根こそぎひっくり返した。

「人類は滅亡すべきだと思う」

5

「……は？」

最初は理解できなかった。

「じんるい……めつぼう？」

「うむ」

村長は当然のごとくうなずいた。

「もう一度言おう。わしは、人類は滅亡すべきだと思う」

「あの、村長」

「なんじゃ」

「悪い冗談はやめてください。『人類』って『ご主人様』のことですよね？　そういうジョークは不愉快です」

私がたしなめると、ビスカリアも「そうだよ、さすがにちょっと笑えないよ」と続いた。ゲッツもウンウンとうなずいて同意を示している。でもアイスバーンだけは何も言わず、村長を睨《にら》むように見ていた。

「冗談ではない。……その証拠に」

村長は口を開けると、ゴトッと何かを吐《は》き出した。それは小さな宝石入れくらいのサイズで、丸いボタンが上部についている。

「これを押せば、白雪姫を破壊《はかい》できる。──すなわち人類は滅亡する」

「……え？」

私たちは一斉に、村長の前に置かれた『ボタン』を見た。上の部分は透明のケースで覆《おお》われている。

「このスイッチで、白雪姫への全エネルギー供給を止めることができる。十二時間もすれば二度と復旧できない状態まで破壊されるだろう」

「村長！」

私は声を荒らげた。

「何を馬鹿《ばか》なことを言っているんですか！　人類滅亡？　白雪姫を破壊？　いい加減にして下さい！　私たちの使命は白雪姫を守ることにあるんですよ？　それを破壊って、いったい何を血迷っているんです⁉」

「血迷ってなどおらん。わしはこの百年間、ずっと考え、そして悩んできた。人類は存続に値するのか。純粋《じゅんすい》で勤勉なる村民たちを犠牲《ぎせい》にしてまで、人類に守る価値はあるのか」

「な、何を言って……」

私は動揺《どうよう》していた。自分の存在を丸ごと否定されたような気がした。特に村で最年長のカモミール村長が大真面目《おおまじめ》にそんなことを言い出すなんてとても信じられなかった。

「わ、我々ロボットは……ご主人様のために働く。ご主人様のために生きる。それが存在意義ですよね？」

「今まではそうじゃった。だが、これからもそうだとは限らん」

「そんな……」

「おぬしらも見たじゃろう？　人間が人間を無残に殺す、あの『映像』を」

「そ、それは……」

私は口ごもる。脳裏には忌々《いまいま》しい記憶《きおく》が蘇《よみがえ》り、二つに分かれた人々、怒号《どごう》と喧騒《けんそう》、対立と砲火、そして血飛沫《ちしぶき》の嵐《あらし》――虐殺《ぎゃくさつ》――地下に潜《もぐ》る白雪姫――置き去りにされた人々――そこに襲《おそ》う大寒波。

「ちょいと村長」

そこでビスカリアが口を挟《はさ》んだ。

「もう少し順序立てて説明しておくれよ。滅亡《めつぼう》だの破壊《はかい》だの、いくらなんでも話が大きすぎるよ」

「ふむ、確かにそうじゃ。……では」

そして村長は、いかにも本題というようにソファに座りなおした。

「今こそ話そう。この世界の真実を」

六

それは『終末の時』に関する話だった。

世界に氷河期が訪れる少し前の時代。そのころ人類は深刻なエネルギー不足に悩まされていた。石油、石炭、天然ガス、ウラン鉱石など、ありとあらゆる資源を掘り尽《つ》くした末に残ったのは、干《ひ》からびた貧《まず》しい大地だけだった。しかし、大量生産・大量消費・大量廃棄《はいき》が骨の髄《ずい》まで染《し》み込んだ社会システムは貪欲《どんよく》にエネルギーを欲した。肥大した胃袋が食べ物を求め続けるように、人類は飢《う》えた獣《けもの》となってエネルギーを求め続けた。限られた資源をめぐって世界は紛《ふん》争《そう》と戦争に明け暮れた。

しかし、その醜《みにく》い争いはある時に終止符を打たれた。それは大国の武力でも、妥協《だきょう》による経済協定でもなく、新技術の発明だった。

水晶株《クリスタル・プラント》。

この発明は偶然の産物だった。

前世紀から続くモバイル開発競争は、晩年はとりわけバッテリーの高性能化に明け暮れ、その過程で生まれたのが『水晶循環方式《リサイクル・クォーツ》』と呼ばれる高性能電池だった。高純度の水晶《すいしょう》に微量のゲルマニウムと炭素を配合して作られる『水晶株』は、その名の示すとおり植物のように『株』が増えていく特殊な金属だった。炭素を溶かした液体プール——通称『畑』と呼ばれる——に浸し、低温下で保存し続けると『株』はすくすくと大きくなり、一週間で体積がほぼ倍になる。

そして、この水晶株は膨大《ぼうだい》なエネルギーを秘めていた。そのエネルギー効率はウラン鉱石を彷彿《ほうふつ》とさせ、しかも放射性廃棄物《はいきぶつ》に悩まされることもない。また、『株分け』によりいくらでも量産できるので、石油や石炭のように資源の枯渇《こかつ》に脅《おび》える必要もない。

それはまさに奇跡のエネルギーだった。右肩上がりに高騰《こうとう》する株式のごとく、水晶株はあっという間に火力・水力・風力・原子力といった既存の発電方式を駆逐《くちく》し、世界は空前の水晶発電ブームとなった。水晶株の生産は、元となる微量の『株』さえあれば容易に可能だったので、水晶炉と呼ばれる発電技術が普及するにつれ、先進国・途上国を問わず急速に普及した。特に途上国は爆発的な電化と工業発展を見せ、水晶革命とも呼ばれる世界史的な技術革新が起きた。

だが、わずかな量から膨大な熱を生み出していた奇跡の物質は、突如《とつじょ》として悪魔《あくま》の物質へと変貌《へんぼう》する。水晶炉が本格稼動《かどう》して五十年ほどしたある年、極東のロビウム国第一発電所にて、炉心の温度が急激に低下。原因は不明。安全装置の作動により炉が緊急《きんきゅう》停止したにもかかわらず、温度はひたすらに下がり続けた。やがて炉が完全に凍《こお》りつくと、周辺設備にまで凍結《とうけつ》が広がり、ついには発電所の敷地《しきち》が丸ごと凍土と化した。この謎《なぞ》の凍結現象は留《とど》まるところを知らず、発電所を中心とした超低温の衝撃波《しょうげきは》──後に『大寒波』と名づけられる──が燎原《りょうげん》の火のごとく極東の小国を冷たい炎で焼き尽《つ》くした。

それはまるで、絞りきったスポンジが一気に水を吸うようだった。ロビウム国の熱という熱を水晶炉は吸い尽くした。自《みずか》らが発生させた膨大な熱量を取り戻さんとしているかのごとく、寒波は猛威《もうい》を振るった。

さして大きくないとはいえ、ロビウム国がものの三ヶ月で凍土と化した事実は世界を震撼《しんかん》させた。国外に脱出《だっしゅつ》した者もいるにはいたが、高騰する航空チケットが買えずに生きたまま氷細工と化した国民のほうが圧倒的に多かった。

こうした惨状《さんじょう》を前にして、世界各国では水晶炉の稼動停止が相次いだ。だが、悲劇を前にしてもなお水晶株発電にこだわる国も存在した。特に大国は、おざなりな安全対策でお茶を濁《にご》そうと躍起《やっき》になった。前に滅《ほろ》んだロビウム国がいわゆる途上国であり、人口も少ない小国だったため、技術レベルの低さやヒューマンエラーを理由にして問題から目を背《そむ》けたのだった。ロビウム国で起きた凍結現象が収束の気配を見せていたことも、世論の風向きを悪い方向に導いた。水晶炉の稼動停止を求める市民や、その危険性に警告を発する研究者も数多かったが、それらは水晶株発電を取り巻く莫大《ばくだい》な利権の前に無視された。

そして二度目の悲劇は、取り返しのつかないところまで人類を追い込んだ。いち早く水晶《すいしょう》炉《ろ》発電に踏《ふ》み切った先進各国で、同様の凍結《とうけつ》現象『大寒波』が発生した。その規模は従来の比ではなく、あっという間に当該国を氷河で覆《おお》い尽《つ》くし、それは海を渡って世界中に広がった。

そして世界は氷河期へと突入した。荒れ狂う大寒波の前に人類はなすすべなく、人々は少しでも爆心地から離《はな》れて温暖な地域へと逃げるほかはなかった。世界中のロボットを総動員してシェルターが急ピッチで建造され、どの国でも一部の富裕層だけが入居権を独占した。労働力として集められたロボットは、シェルターが完成すると一部のメンテナンス用の者を残して全員が無残に廃棄《はいき》された。押し寄せる大多数の国民は軍事ロボットにより虐殺《ぎゃくさつ》された。そうしたエゴと利己主義の塊《かたまり》のようなシェルターは世界各地で建造され、地下へと潜《もぐ》り込み、いつ来るかも知れぬ雪解けの時を待つことになった。

そして百年の歳月が流れた。

○

「――以上が、『終末の時』の大まかな真相じゃ。ここの『白雪姫』も、そうやって造られたシェルターの一つだ」

追い討《う》ちを掛けるように話は続く。私は自分の足元が崩《くず》れ落ちるような感覚に襲《おそ》われる。

「人間は醜《みにく》い。人間は愚《おろ》かだ。人間は非道だ。人間は——」

村長は例の『スイッチ』に視線を下ろし、

「滅《ほろ》びるべきだ」

「……で、で、でも！」

私はとっさにスイッチをひったくるように手に取り、胸に抱《だ》き寄せた。

「わ、私たちは、ロボットで、その、ご主人様に造られて、だから、ご主人様を守るのが使命で——」

「そのご主人様を虐殺したのが、あの白雪姫の連中だ」

「う……」

「あそこでのうのうと眠っておるのはご主人様ではない。ご主人様を皆殺しにした人でなしじゃ。今まではともかく、村民をこれ以上犠牲《ぎせい》にしてまで生かしておく必要はない」

そこまで話すと、村長は話を区切って顔を上げた。こちらの反応を窺《うかが》っているようだった。

あまりの衝撃《しょうげき》に私たちが何も言えないでいると、村長は締《し》めくくるようにつぶやいた。

「来週、村民大集会《ビレッジ・ミーティング》を開く。それまでにすべての真実を村民に打ち明け、そのスイッチを押すかどうかを皆で決めようと思う。おぬしらも腹をくくっておくように」

話はそれで終わりだった。

村長が生首を転がして去っていくと、私たちの前には鈍《にぶ》く光る赤いスイッチだけが残された。

今日の昼からはついに村民大集会が始まる。だが、一週間が経《た》った今でも私は自分の気持ちを決められずにいた。

村民大集会では、大きく分けて二つの選択肢《せんたくし》が議論されることになっていた。

（一）人類存続案……今までどおり『白雪姫《スノウホワイト》』を維持・管理する。

※ただし、そのために全村民は以下の義務を負う。

①摘出《てきしゅつ》は従来の二倍に増加。

②配給品は二分の一に削減。

③診察時のパーツ交換中止。

（二）人類滅亡《めつぼう》案……『白雪姫』を停止し、人類を滅亡させる。

※これにより、村民は以下の恩恵を受ける。

①摘出の中止。

②配給品は二倍に増加。

③診察での正規パーツ支給。

議題の内容は、残酷《ざんこく》なまでにシンプルだった。

から、それも無理からぬことだった。

ただ、審判の時は容赦《ようしゃ》なく近づいてきた。村民大集会までわずかに一週間、最初はショック状態に陥《おちい》っていた者たちも、否応《いやおう》なく「来たるべき集会でどのような態度を取るべきか」について決断を迫《せま》られた。これからも『摘出』を受けてご主人様のためにわが身とわが子を差し出すのか、それともご主人様を犠牲《ぎせい》にして自分たちの存在意義を投げ捨てるのか——村民たちは究極の選択を強《し》いられた。

当然、今までご主人様ひとすじで生きてきた村民にとって、答えを出すことは容易ではなかった。誰もが正解を求めて隣人《りんじん》に相談を持ちかけては、「俺だって分からない」「私だって混乱している」と同じ悩みを打ち明けられ、なおさら途方に暮れた。大人でさえそんな有様だったので、子供たちに至っては不安そうな顔で日々を過ごすしかなかった。

そして当日の朝が来た。

2

——はあ……。

その日、私は自宅のベッドでぐったりと身を伏せていた。

いが、一人でいてもまったく気が休まらない。

存続か、滅亡《めつぼう》か——二つの選択肢《せんたくし》のどちらを選ぶか。そして、それはどういった理由によってか。

心情的には当然『人類存続案』を選びたかった。今までの百年間、私はそのために生きてきたし、ご主人様に再び仕えることだけを目標にやってきた。だからこれまでの生き方のすべてを投げ捨てて、白雪姫の破壊《はかい》に踏《ふ》み切るなど考えるだけで恐ろしいことだった。

——でも。

問題は二つあった。一つは、白雪姫を維持するには多大な犠牲《ぎせい》を伴うことだ。今のペースで摘出《てきしゅつ》が続けば、村民の犠牲者は増え続けるだろう。崩落《ほうらく》による犠牲者も増加の一途だろう。それでも村に留《とど》まって白雪姫を守ることは、緩《ゆる》やかな滅《ほろ》びの道と言えた。氷河期が終わるまでに村民が死に絶える可能性のほうがむしろ高い。

そしてもう一つ。これは村長も触《ふ》れていたことだが、そうまでしてご主人様を守る理由は何なのかということだった。今、白雪姫で眠るご主人様は、大量のご主人様を犠牲にして、自分たちだけが生き残った人たちだ。それは果たして私たち村民が忠誠を誓ったあの優しいご主人様なのか。私に優しくしてくれた園長先生と同じご主人様なのか。むしろ、そういった優しく愛《いと》しいご主人様を犠牲にした、ご主人様の敵ではないのか。でも、だからといって白雪姫を破壊して無抵抗のご主人様を殺すなんて——。

パーツ不足の現状において、これからも白雪姫を維持するためには、村民がもっと『摘出』を受けるしかない。それはつまり、人間たちを守ろうとすれば村民が死に、逆に、村民を守ろうとすれば人間たちが死ぬ。

——ああ。

私は残酷な二者択一に苛《さい》まれた。

死んで守るか、殺して生きるか。

——どうして、こんなことに。

愛する妻を犠牲《ぎせい》にしてまで、人間に守る価値はあるのか？

愛《いと》しいわが子を差し出してまで人類は存続すべきなのか？

しかしここで白雪姫を破壊《はかい》するのであれば、この百年間はいったいなんだったのか？

そもそも人間によって造られたロボットが、造物主たる人間を裁くことなど許されるのか？

——どうしよう……。

この一週間、私はそうした自問自答の堂々巡《どうどうめぐ》りを繰《く》り返した。

「はあ……」

今日何度目かの深いため息を吐《つ》いて気だるく寝返りを打つ。久々に自室に戻ってきたのはい

――ああ、もう……！

思考は堂々巡《どうどうめぐ》りを続け、着地点を探れぬまま私の精神回路《マインド・サーキット》を掻《か》き混ぜる。こんなことでは今日の集会でまともな発言ができるとは思えない。

集会には、修理中の若干名《じゃっかんめい》を除いて村民のほぼ全員が参加することになっていた。なかなか結論を出せないのは他のみんなもいっしょで、集会の結論がどちらに転ぶかはいまだ未知数だった。となれば、村民から絶大な信頼《しんらい》を集めている村長の意見――人類滅亡案――が通る可能性は十分にある。そして私は、それに反論できるだけの論理も覚悟も持ち合わせていない。

「うーっす、入るよ」

玄関がノックなしで開かれる。顔を出したのはベレー帽《ぼう》を被《かぶ》った私の姉貴分。

「なんだい、浮かないツラして。かわいい顔が台無しだよ」

「だって……」

今日のことを考えると気が重い。

「ビスカリアはどうするつもり？」

「滅亡案に投票しようと思う」

私はビクッとして顔を上げた。

「おや、意外かい？　そりゃ抵抗はあるけど、村の窮状《きゅうじょう》を考えるとね……」

「窮状……」

村民のパーツ不足は今や限界まで来ていた。このままのペースで摘出《てきしゅつ》を続ければ、パーツ不足による機能停止者――死者が増加するのは疑いようがなかった。

「発言はどうするの？」

「もちろんするよ。これ以上はジリ貧《ひん》で、パーツ不足で村民が全滅《ぜんめつ》するおそれがある。だから技術責任者としては人類滅亡案を支持するって」

「そう……」

今日の集会では、希望者には何度でも発言の機会が与えられることになっていた。村の将来、そして自分たちの存在意義を問う大問題なのだからそれも当然だった。もちろん私にも発言機会はある。

彼女はぽつりと言った。

「これ以上、助けられる命が目の前で消えていくのは、とても耐えられないよ……」

技術者であり、そして医者である彼女らしい意見だと思った。白雪姫を解体すれば大量のパーツが戻ってくる。それで助けられる命は百人を超えるかもしれない。彼女にはそれが誰《だれ》よりもよく分かっているのだろう。

「あたしはこう考えている。白雪姫がもし動かなくなっても、それは寿命だって。百年以上も世話をして、それでも氷河期が終わらないんだから、人類はもう滅《ほろ》びる運命にあったんだって」

ビスカリアは明瞭《めいりょう》に言い切った。こういうときの決断力はすごい。

「でも私たちは、ご主人様のために今まで頑張ってきたんだよ？」

「それは分かってる。でも、あの白雪姫で眠っているのは、そのご主人様を皆殺しにした連中じゃないか。しかも、地上が氷河期になったのも奴《やつ》らのせいだって」

「それは……」

「あたしの敬愛する『ご主人様』は、ロボットを大事にして、何度でも根気よく修理してくれて、それでも壊《こわ》れてダメになったら『今までありがとう』と感謝の気持ちを述べてくれる人たちなんだ。あたしが整備工場で働いていたときは、そんなふうに優しい人たちばかりだった。だからあたしのご主人様は白雪姫の中にはいない。……ご主人様は、あたしの思い出の中にだけいる」

そう言うと、ビスカリアは胸を押さえた。

はっきりとした物言いだったが、彼女の表情は決して晴れやかではなく、噛《か》み締《し》められた唇《くちびる》はむしろ悲痛さを帯びていた。悩みに悩んだ末に出した結論であることは分かっていたので、私は何か反論めいた言葉を口にする気が起きなかった。

「ま、よく考えて決めるといいよ。どっちが絶対に正しいなんて言えないことだしね」

そして彼女は去り際《ぎわ》にこんなことをつぶやいた。

「本当は――」

帽子《ぼうし》を目深《まぶか》に被《かぶ》り、何かを祈るような低い声で。

「人間とロボット、両方が助かる案があれば一番いいんだけどね」

3

ビスカリアが出て行ったあとも、私は悶々《もんもん》と悩み続けた。

村民大集会までもう半日もない。集会での意見表明は決して義務ではないが、私は一人の村民として、また副村長として、きちんと責任ある態度を取りたかった。多数派に従うとか、その場の流れに身を任せるというのはどうしても嫌《いや》だった。

――滅亡《めつぼう》案に投票しようと思う。

ビスカリアは明瞭《めいりょう》にそう答えた。彼女らしい判断だし、それが間違っているとは思わない。

――もし、滅亡案を支持して、白雪姫を破壊《はかい》すれば。

白雪姫には最新型のパーツがおしげもなく使われているから、村のパーツ不足は瞬《また》く間に解消するだろう。ヴィーセアの『ぽんぽん痛い』も治るし、スギじいさんは歩けるようになるし、リーブスさんは喉《のど》から声が出るようになるだろう。パインツリーさんは目が見えるようになるだろう。摘出《てきしゅつ》手術を受けた村民一人一人にパーツを返して、手が不自由な者も、足が不自由な者も、言葉が不自由な者も、耳が不自由な者も、みんなが本来の機能を取り戻し、村には活気と笑顔が戻るだろう。そして、それは村民のエゴではなく、『元は自分の体だったもの』を返してもらうだけなのだ。百年以上、白雪姫を守ってきた村民たちにはそうやって生き残る資格があると、私は思う。

——だけど。

本当にそれでいいのだろうか。本当に、そうやって自分たちだけが生き残って、今まで懸命《けんめい》に守ってきたものを投げ捨てていいのだろうか。私たちを一から造ってくれたご主人様を、そんなにあっさりと見殺しにしていいのか。中には赤ん坊だっているのだ。それを見殺しにしていいのか。では、赤ん坊だけを助ける？　『虐殺《ぎゃくさつ》』に加担していない者を助ける？　そうやって一人一人を選別する？　そんな資格が私たちにあるのか？

考えれば考えるほどに私は混乱した。

そして悩んで悩んで悩みきった末に、いつも思い出すのはあの声だった。

——お疲れさま。

それは私が子守りロボットだったころにお世話になった園長先生。

——君も休むといい。

いつも私を気遣ってくれて、ことあるごとにねぎらいの言葉を掛けてくれた園長先生。おじいさんになって腰が曲がっても、手が震《ふる》えても、いつもニコニコ笑顔だった園長先生。園庭に顔を出すといっせいに子供たちに囲まれた人気者の園長先生。私が壊《こわ》れたときも、最後までスクラップに反対して、修理に出してくれた園長先生。私にとって『ご主人様』の原風景は、あの保育園の、春風がカーテンを揺らすお昼寝部屋の、あの優しい笑顔。

——園長先生……。私、どうしたらいいんでしょう？

精神回路の中で、園長先生はいつも微笑《ほほえ》んでいる。百年間、私はその笑顔のために働いてきたし、白雪姫を守ってきた。そのことに何の悔《く》いも無いし、誇《ほこ》りさえ感じている。

園長先生の優しい笑顔、園児たちのあどけない寝顔、優しいお母さんたち——そうした子守りロボット時代の思い出がどうしても瞼《まぶた》の裏から消えなくて、私は答えを決められずにいた。

天秤《てんびん》の両側には、村の子供たちの安らかな寝顔と、保育園の子供たちのあどけない寝顔が載っていて、それはゆらゆらと揺《ゆ》れながらどちらにも傾くことはなかった。

——本当は、人間とロボット、両方が助かる案があれば一番いいんだけどね。

ビスカリアの言うとおりだと思った。そんな方法があれば一番いいに決まっている。でも、それができないから悩んでいるんだ。迷っているんだ。そんな夢のような解決方法などそうそうあるわけがない。

「あーあ、氷河期が終われば、ぜーんぶ解決するのになあ……」

私はありもしない可能性を口にして、かえってますます落ち込んだ。

そうやって無為に時を過ごして三十分も経過したころだった。

——待てよ。

ふと私は顔を上げた。

――氷河期が終われば。

そもそも白雪姫が造られたのは、地上が氷河期になって住めなくなったからだ。だから氷河期が終われば、揺り籠《クレイドル》は地上に戻って『覚醒《かくせい》』することになる。それが人類の新しい夜明けとなる。そう、氷河期が終われば……。

――あれ？

そこで私はガバリと体を起こした。

――地上は今、どうなっているんだろう？

その可能性に気づいたとき、私の精神回路では電気信号が駆け巡《めぐ》った。火花が散り、バラバラだった情報が一つの形に統合される。それは人間でいう『気づき』の現象。

――寒暖の差が激しいときは、こういうヒビが出来たりするけど……。

氷上三輪《アイスモービル》にできた、謎《なぞ》のヒビ割れ。あのときビスカリアは『寒暖の差』と口にしていた。

――最近、寒暖の差が激しいからかもしれません。今度の『健診』のときには凍傷《とうしよう》を重点的に診《み》ようと思います。

村で増える金属凍傷《スチルド》。その原因を『寒暖の差』と言ったのは他ならぬ私自身だった。

寒暖の差。

すなわちそれは気温の変動――『地下』で気温が変動しているということは、『地上』でも気温が変動しているということにならないか？

――そうよ。

それは希望的観測だった。こうであってほしい、という私の願望が作り出した幻影かもしれなかった。だけど切羽詰《せっぱつ》まった私にはそれが飛び切りのアイデアのように思えたし、実際ダメ元で確かめてみる価値は十分にあると思った。

「よしっ！」

私は立ち上がり、上着を掴《つか》むと部屋を飛び出した。

――地上に行く！

4

そして。

回転する紡錘《スピンドル》の頂上に立ち、私は天を仰《あお》ぐ。頭上には分厚い扉があり、鈍《にぶ》い光沢を放っている。

――村長、あとで怒《おこ》るかな……。

村長室から勝手に持ち出した認証キーで、私は扉を開錠《かいじょう》する。ゴゴン、と鈍い音がして扉がスライドし、パラパラと氷の屑《くず》が落ちてくる。

——通路は無事なようね。

分厚い扉の先には、垂直方向に一本の通路が開いていた。このマンホールのような道は『産道《バース・カナル》』と呼ばれ、白雪姫を地下深くまで沈めたときの名残《なごり》だ。やがて訪れる雪解けのとき、この産道を登って揺り籠を地上まで運び出すのが村民の任務で、ロボットが三百台以上も地下に送り込まれたのも、最終段階で三百もの揺り籠を運び出すための労働力という側面が強い。

——ビスカリア、なんて言うだろ……。

地上に行くことは誰《だれ》にも言わなかった。普段《ふだん》ならビスカリアにだけは相談してから行くところだが、今回はそれができなかった。

——滅亡《めつぼう》案に投票しようと思う。

人類存続を願う私の気持ちは、きっと彼女と衝突《しょうとつ》するだろう。そして彼女を苦しめるだろう。だからこれは、自分一人の力で成し遂《と》げなければいけないことなのだ——そう思った。

——よし、行くぞ！

私はハシゴの一段目に手を伸ばし、地上へと登り始めた。

5

どこまでも続く深い闇《やみ》。

真っ暗な『産道』の中を私は足を滑《すべ》らせないように慎重《しんちょう》に登っていく。視覚装置のライトでは数メートル先しか見えないので、深海の中を浮上しているような気分になる。

――実際、どうなってるんだろう。

地上の気温を観測できるリモート・メーターも、ここ三十年ほどは壊《こわ》れたままだ。氷河期が終わらない限りは無闇に交換しても貴重なパーツを消耗《しょうもう》するだけなので、今は修理せずにほったらかしとなっている。

――問題は『発電所』よね。

地上には大型の発電所がある。白雪姫の建造には数千台とも言われる大量のロボットが労働力として投入されたが、そのロボットに電力を供給した施設だ。そこさえ稼動《かどう》できれば、地上に出てからの生活――特にご主人様のライフライン――を維持することは十分に可能だ。氷河期の真《ま》っ只中《ただなか》ではどうしようもなかったが、気温が回復していれば発電所の再稼動にも希望が出てくる。

――できるなら、発電所が再稼動するところまでは確かめたいわね……。

淡い期待を胸に、真っ暗な産道を静かに登る。直径十メートルの縦穴の中はところどころで氷が張り出しており、ハシゴの表面もすっかり凍結《とうけつ》している。手のひらを引っぺがしながら進むのでいっこうに捗《はかど》らないがここで焦《あせ》ってはいけない。命綱《いのちづな》なしで転落したら、さすがにこの高度はロボットでも洒落《しゃれ》にならない。

そうやって黙々《もくもく》と登り、しばらくしたころだった。

突如《とつじょ》として、行く手は阻《はば》まれた。

○

――く……。

順調にハシゴを登っていた私を待ち受けていたのは、分厚い氷の壁だった。

産道は上に行くほど狭《せま》くなっており、今はもう直径が五メートル以下となっている、その狭い通路を栓《せん》で塞《ふさ》ぐように氷が詰《つ》まっていた。どうやら地下水が染《し》み込んで再凍結してしまったらしい。

「参ったわね……」

とりあえず、ポケットから一本のペンライト状の器具を取り出し、口腔《こうこう》内を照らす歯医者のように氷に近づける。光るペン先が触《ふ》れると、ジュッと音がして氷が蒸発する。これは

『黒点《ブラックポインター》』と呼ばれる器具で、正式名称は『携帯型指向熱波照射装置』という。以前に氷を融《と》かすのに用いた『小太陽《リトル・サン》』と同じ原理で、一言でいえば『発熱するペンライト』だ。

ペン先を押し付けるようにして、徐々に深く氷を融かしていく。だが、氷は融かしても融かしてもいっこうになくなる気配がない。

——きりがないわね……。

私は作業の手を止めて途方に暮れる。ここで諦《あきら》めるのは悔《くや》しいが、手持ちの装備で氷を融かしていたら時間が掛かりすぎる。

「参ったな……」

私は精神回路から地図を呼び出す。『眠れる森《レム・フォレスト》』の真上には、産道がまっすぐに伸びている。シンプルで分かりやすい一本道だが、それゆえに行き詰《づま》ったときは即座に袋小路となる。

——土を掘っていくわけにもいかないし……。

私は立体地図を操作し、拡大したり回転させたりする。精神回路の中で風車のように地図がくるくると回る。

——あれ？

そして私は気づいた。

「これ、なにかしら？」

偶然出力した点検用の図面には、拡大すると細い点線が見えた。産道から木の枝のように伸びて、地上へ向かって転々と続いている。それらは幾重《いくえ》にも入り組んで蟻《あり》の巣みたいに見える。

「作業、トンネル……？」

私は地図に表れた短い説明書きを読み上げる。そのあとには小さく「土砂運搬用《どしゃうんぱんよう》」と続いている。

――ひょっとして……！

百年前、白雪姫は地下深くに沈められた。これだけ巨大な施設なので建設時には大量の土砂を掘り出したことは間違いない。とすれば、このトンネルは掘り出した土を搬出する作業トンネルではないだろうか？

――論より証拠ね。

私は地図にあるとおり、少しだけハシゴを降りてみる。五メートルほど降りてから周囲の壁を注意深く見回す。推測が正しければこのあたりに――

「あった……！」

私は凍《こお》りついた壁に、少しだけ色の変わっている場所を見つけた。近くで注意して観察しなければ分からないほどの微妙なグラデーションがあり、それは壁を二メートルほど丸く囲んでいる。地中に何かを埋《う》めたあとには必ず『跡』が残るように、ここにもその痕跡《こんせき》があった。

――間違いないわ。ここは昔、そういうトンネルだったのよ。掘り出した土砂を運ぶ作業トンネル。

私はポケットからペンライト——『黒点』を取り出す。ハシゴに摑《つか》まりながら慎重《しんちょう》に色の変わり目を溶かしていく。ぐるりと円を描いて焼き切ると、

「てぃっ！」

足で壁を蹴《け》った。すると壁がボコッと向こう側に倒れ、綺麗《きれい》な円形の穴が開いた。

——やっぱり……！

私の目の前に、闇《やみ》を詰《つ》め込んだようなトンネルが口を開けた。

6

右、右、左、上、左、ちょっと下って、また上へ。

迷路のように入り組んだトンネルを、私は黙々《もくもく》と進んでいく。

いかにもついでに掘ったような細い道を無視し、放置されたライトが多くぶら下がってる方向を選んだり、と自分なりに工夫しながら進む。今のところ、地図の表示とぴたりと一致しているので、方向としては正しいはずだ。

——それにしても。

ザリッと何かを踏《ふ》んづけるたびに、私はビクリと足を上げる。

「う……」

いま踏んだのは、ちぎれた手の残骸《ざんがい》。その隣《となり》には凍傷《とうしょう》で粉々になった胴体が転がり、さらに隣には頭部が趣味《しゅみ》の悪い彫刻のように目を開けたまま路面に張り付いている。ロボットの遺体だ。

――これで六体目か……。

トンネルに入ってからは五分ごとにこうしたロボットの残骸にぶつかる。白雪姫を建造した作業ロボットだろうことは想像に難《かた》くない。

「……やっぱり駄目《だめ》か」

念のためロボットの胸部を開いて内部を確認してみる。ただ、前の五体と同じく、金属凍傷の末期症状で精神回路は粉々になっており、生存者はいなかった。

カサカサと、乾いた砂のように零《こぼ》れ落ちていく破片たち。それがギャーピーの最期《さいご》と重なり、私は胸が締《し》め付けられるような哀《かな》しみを覚えた。

――ごめんね、助けられなくて……。

シェルターにも入れず、村にも入れず、ここで力尽《つ》きた作業ロボットたちはいったい何を思って死んでいったのだろうか。私が村民として選ばれたのも単なる偶然で、こうしてここで朽《く》ち果てていても何ら不思議ではない。精神回路になんらかの細工が施《ほどこ》されたらしく当時のことは詳しく覚えていないが、もしかしたら目の前に埋《う》まっている彼は苦楽を共にした同僚《どうりょう》かもしれないのだ。

「ホント、ごめんね……」

私は謝りながら、トンネル内を埋《う》め尽《つ》くした死骸《しがい》の山を踏《ふ》みしめて進む。

凍《い》てついた遺体が、ザクッと霜柱《しもばしら》のように砕《くだ》けた。

○

さらに時間が経過した。

——あれ？

私は立ち止まって耳を澄《す》ます。トンネル内には、かすかだが楽器に息を吹き込んだような音が聞こえる。

——風……？

予感のした私は、自然と早足になる。

さらに上へ登っていくと、いよいよ私は確信した。氷穴を通り抜ける風は間違いなく外から吹き込んだものだ。

——近いわ……！

音のする方角を目指して進んでいくと、やがて広い空洞《くうどう》に出る。私はどんどん奥へと進む。

だが、道は少しずつ狭《せま》くなり、やがて黒い土砂《どしゃ》に阻《はば》まれて行き止まりとなってしまった。

――駄目《だめ》か……。

地図を確認すると、点線はここで途切れていた。本来なら地上へ続く通路があるはずだが、それは崩落《ほうらく》した大量の土砂で埋まっている。これでは前に進めない。

「参ったなあ……」

今から別ルートを当たり直すとなると、かなりの距離《きょり》を引き返さなくてはいけない。

集会まで残り十五分。

――引き返したら間に合わない。でも……。

地上までたどりつけないにしても、せめて陽光を確認できれば――そうすれば地上の天候が回復していることの証拠となる。あとはその場所の映像撮影と温度測定を行えば集会での大きな説得材料になるだろう。

ただ、そんな儚《はかな》い私の希望とは裏腹に、トンネル内は真っ暗な闇《やみ》に包まれている。視覚装置の暗視機能をフル稼働《かどう》させてもゆっくり歩くのが精一杯で、とても陽光を拝《おが》める気配ではない。

――万事休す、か……。

私は土砂に腰掛けて、ため息をつく。だいぶ近づいては来たものの、地図上ではまだ高さにして百メートル近い距離がある。掘り進むのは不可能だ。

――まずい……。

あと十分で集会が始まる。そうなれば村長を筆頭とする勢力が声高《こわだか》に人類滅亡《めつぼう》を主張するだろう。ビスカリアもそれに加わるのだろう。そうなったら集会の行方は――

「く……っ！」

ガン、と手元の土砂《どしゃ》を叩《たた》く。こんなことならまだ村に残っていれば良かった。そうすれば少なくとも集会での発言機会があったはずだ。いや、今から戻ればぎりぎり間に合うだろうか。

――戻るしか……ないか。

歯を食いしばり、私は退却を決断する。トンネルが塞《ふさ》がっていて前に進めない以上、引き返すしか道はない。せめてあと半日あれば、と思ってみても過ぎ去った時間は戻らない。

私は立ち上がり、顔を両手で叩《たた》いた。

気合を入れると一目散《いちもくさん》に駆け出した。道順は精神回路に記憶《きおく》しているので、戻るのは簡単だ。トンネルの暗闇《くらやみ》に挑《いど》むように、来た時の倍のスピードで引き返していく。

――早く戻らないと……！

ここに来ることは誰《だれ》にも告げていない。私が会場にいないことに気づく者も少ないだろうし、もし気づいたとしても、村長が開会時間を延期してくれる可能性は低いだろう。今の私は村長にとって邪魔《じゃま》な存在だからだ。

集会が終わるまでにどうにかして帰らないと――そうやって暗いトンネル内を急いでいたときだった。

――！

つるりと足が滑《すべ》った。

7

「わわっ！」

急いでいたせいで受け身を取り損ね、さらに悪いことに転んだ場所がちょっとした斜面だった。私は十メートル以上も転がり落ち、派手にあちこちを打った。

「く……」

全身に走る激痛。両腕に力を込め、何とか上半身を起こす。体が熱い。

——ああ……。

痛み以上に、私は悔《くや》しさで震《ふる》えた。一縷《いちる》の希望にすがって地上を目指したのに、たどりつくことさえできずに、引き返すのもままならない。何一つうまくいかない苛《いら》立《だ》ちと、何より自分の無力さに私はしばらく打ちひしがれた。

そのときだった。

——あ、れ……？

気づけば、目の前が真っ白だった。視覚装置の故障かと思ったが、視界は少しずつ色を取り戻していく。急に明るい場所に出たので自動調節機能が追いつかないのだろう。人間でいうと目が眩《くら》む現象。

――目が……眩む？

私はゴロリと寝返りを打ち、仰向《あおむ》けになった。

「あ……」

そこは空洞《くうどう》だった。吹き抜けとなった空間には、地面に刃物を突き刺したような鋭《するど》い溝――

巨大なクレバスが出来ていて、私は地の底から空を見上げている。

空を。

そして空から降り注ぐこの光は間違いなく――


陽光。


「あ、あ……」

声が漏《も》れる。諦《あきら》めかけた希望が、暗い絶望を押しのけて私を照らす。

光だ。

暖かい、光。

人工皮膚《ひふ》が気温を感知し、私にさらなる朗報をもたらす。

〇・二度。

それは人間なら寒さに震《ふる》える気温だった。でも百年以上も氷点下の地下世界で過ごした私には、ぽかぽかとした暖かい光に感じられた。

「ああ……」

私は大の字になって陽光を浴びる。

「太陽って、こんなに暖かいもんだっけ……」

データの海に沈んでいた、懐《なつ》かしい太陽の記憶《きおく》が蘇《よみがえ》る。あれは保育園のお昼寝部屋で感じた、カーテンの隙間《すきま》からほのかにのぞく木漏《こも》れ日《び》。地の底にかすかに射《さ》し込む陽光は、あのときの光に似ていた。

——さあ、急がなきゃ……！

私は百年ぶりの陽光をひとしきり堪能《たんのう》すると、耳元のアンテナに手を当てた。

「こちらアマリリス……！」

無線で呼び出しを掛ける。

「応答を願います、こちらアマリリス……！」

集会まで残り五分を切った。さすがに開始時刻には間に合わないが、今すぐ無線で連絡を入れれば吉報《きっぽう》を伝えることはできる。陽光の映像と、氷点下を上回る気温。科学的な確証とまではいかないまでも、可能性を示すには十分な説得材料が揃《そろ》った。これならきっと村のみんなも分かってくれる。

「聞こえる……⁉　こちらアマリリス……！　誰《だれ》でもいい！　応答して……！　アイスバーン！　ゲッツ！　ビスカリア！　村長！」

何度か試すが応答はない。

——ど、どうしよう……。

出力が弱いのか、それとも電波の中継基地が壊《こわ》れたのか。とにかく無線は雑音すら入らない。一分、二分、三分。時間が無為に過ぎていく。こんなときビスカリアが相談に乗ってくれたら——なんて考えてみても始まらない。

——ええいっ！

私は上体を起こした。

通信ができないなら私が戻ればいい。直接この口で伝えればいい。それに、村に帰る途中のどこかで電波がつながるかもしれない。とにかくここでじっとしていたら時間が無駄《むだ》に過ぎてしまう。それだけは駄目だ。

だが。

「う……っ」

立ち上がろうとした瞬間《しゅんかん》、足に激痛が走った。見れば、右の足首がぽっきりとあらぬ方向に折れ曲がっている。

——うそ……⁉

慌《あわ》てて怪我《けが》の具合を見るが、関節部分のパーツがペッキリと折れて人工皮膚《ひふ》を突き破っている。傷痕《きずあと》からはオイルがどくどくと漏《も》れて火花が散る。

――グッ……。

今まで気づかなかったのは、損傷があまりにひどいために痛覚装置が自動遮断《しゃだん》されていたからだろう。ただ、警告音さえ鳴らなかったのは不可解だった。これも『摘出《てきしゅつ》』の副作用だろうか。

私はとにかく応急修理に掛かる。ポケットから化学纖維《せんい》包帯と絶縁テープを取り出し、くるぶしを中心にテーピングをする。

これでよし、と思って立ち上がろうとしたが、

「う……」

私はまた膝《ひざ》をついた。損傷部位が見た目以上にダメージを受けている。オイルの漏れ具合と熱の持ち方がちょっと普通じゃない。

――ググ……!!

私は怪我にかまわず立ち上がり、歩き出した。カクン、カクンと歩くたびに右足が折れ曲がる。両手を広げ、どうにかバランスは保てるがスピードはまったく出ない。これでは迷いながら進んだ行き道よりも遅い。

時刻を確認すると、いよいよ集会が始まろうとしていた。

——もうっ！　この大事なときになんで私はコケてんのよ！

自分で自分に悪態をつきながら、それでも必死に足を引きずって進む。足首の熱がひどい。このままだとパーツがダメになるかもしれない。かまうものか、今はとにかく前へ——

そのときだった。

バチッと音が響《ひび》いた。あっ、と思って足元を見下ろしたときには膝が折れ、そのまま私は崩《くず》れ落ちた。うつぶせに倒れて感電したように痙攣《けいれん》する。全身を文字通りの電気が走り、力が入らない。

「う、あ……」

私はショートした。

8

小刻みに痙攣する体と、全身を駆け巡《めぐ》る熱。

——く、う……ぐうっ！

私はうつぶせになりながら、必死に事態の打開を図る。だが、どんなにもがいてもショートした回路はなかなか復旧してくれない。

原因は分かっていた。直接的には足首の故障、それにともなう発熱性のショート。間接的には多数の『摘出《てきしゅつ》』によるボディの劣化《れっか》、およびアマリリス・アルストロメリアというロボットそのものの蓄積疲労だ。

——システム再起動！　復旧よ、復旧……!!

こういうときには一度システムをダウンさせ、再起動するのがセオリーだった。しかし、どうしたわけか今は再起動すらままならない。これも摘出の影響《えいきょう》だろうか。

——あー、うー。

不幸中の幸いで精神回路は無事らしく、意識だけは明瞭《めいりょう》だった。しかし、それだけに私の焦《あせ》りは大きく、必死に「復旧！　リカバリ！　再起動！」と自分に対して命令する。

時が経《た》つうちに、私の焦燥感《しょうそうかん》はピークに達した。そして追い討《う》ちを掛けるように「それ」は始まった。

突如《とつじょ》として、無線に入ったのはこんな一言。

『——みなさん、着席をお願い致します。繰《く》り返します、着席をお願い致します』

それはカトレアの声だった。

——え？　これって……。

村の大きなイベントで、たいてい司会を務めるのが彼女だ。その彼女が何かアナウンスをしている。

『質問受付は締め切りましたが、これは発言を制限《し》するものではなく、順番を整理するためのものです。発言は希望者全員に、何度でも認められます。……繰り返します、質問受付は締め切りましたが――』

間違いないと思った。これは村民大集会の中継音声だ。集会は基本的に全員参加だが、修理中で会場に来られない者にはリアルタイムで音声と映像を配信している。その電波を私の無線が拾ったらしい。

もちろん私は叫んだ――心の声で。

――応答を願います！　こちらアマリリス……！　応答を……！

しかしその声に応《こた》える者はいなかった。何度呼びかけても無反応で、カトレアの声や村民のざわめきだけが聞こえてくる。どうやら音声が拾えているだけで、こちらの呼びかけは向こうに届いていないようだった。これでは大昔のラジオ放送だ。

焦る気持ちに拍車《はくしゃ》を掛けるように、時間だけが過ぎていく。私は身動き一つできず、ただ流れてくる音声に耳を傾けることしかできない。

そしてついに──

『ただいまより、臨時村民大集会を始めます』

運命の集会が始まった。

9

『まずは、カモミール村長による趣旨《しゅし》説明です』

カトレアの声が響《ひび》くと、会場が静まり返り、続いて村長の声が聞こえた。

『このたびは、遠路はるばるお集まりいただき誠に感謝する』

しわがれた声が私の無線に入る。きっと壇上《だんじょう》では、村長の生首が座席いっぱいの村民たちを見渡していることだろう。

『改めて、わしが人類滅亡《めつぼう》を提案した理由を説明したいと思う。そもそも今回の集会は──』

村長は落ち着いた口調で、集会を開催《かいさい》した理由について説明を始めた。もっとも、すべての村民に議題は告知してあるので、これは一応の確認にすぎない。

集会の段取りは『趣旨説明』『会場発言』『採決』に分けられる。会場発言は、壇上で一人三分を目安として行われるが、これはあくまで目安であって、時間をオーバーして発言してもいいし、あとで何度でも補足や訂正ができる。集会の終了時間も特に決められておらず、納得がいくまで討論を交わし、誰《だれ》も発言者がいなくなったところで採決に移るという流れだ。もちろん、子供から大人まですべての村民に発言権があり、投票権がある。現時点での村民の数は三〇七名、過半数は一五四名。人類滅亡案・人類存続案のほかにも、新たに採決してほしい案件や付帯決議などを提案するのも自由だ。

『——以上が、人類滅亡案の提案理由じゃ。皆には活発な討論を望む』

いつもは放っておけば一時間は話す村長が、今日に限ってはたった三分だった。その真剣な物言いと事務的な口調から、会場の緊張感《きんちょうかん》まで伝わってくるようだ。白雪姫を停止するという例の『スイッチ』を壇上に置いたことを告げ、村長の趣旨説明は終わった。

その後はさっそく会場発言に移った。

『それでは、発言と討論に移ります。最初の発言者は——』

カトレアの声が響《ひび》き、最初の発言者の名前が告げられる。

『私は、人類存続案に賛成の立場で発言したいと思います。と言いますのは、皆様ご承知のとおり、私たちの使命はご主人様を守ることにあるからです。たしかに、村役場で例の映像を見たときには大変なショックを受けました。でも皆さん、ここで冷静になって考えてみて下さい。

私たちはこの百年間——』

（ハイドラ・ジアン／家政婦ロボット／稼動《かどう》一五三年／『胴《どう》』Bブロック在住）

最初の発言者は人類存続案の立場だった。理由も明瞭《めいりょう》で、我々ロボットはご主人様を守ることが存在理由で、それはこれからも変わらないし、あの映像は緊急時《きんきゅうじ》でどうしようもなかったのだ、というものだった。

『——以上で、私の発言を終わります』

発言は三分きっかりで終わった。拍手《はくしゅ》もブーイングもなく、聴衆《ちょうしゅう》は静かな受け止めだった。

——そうよ、そうよね。

私は動けない体で突っ伏したまま、聞こえてきた発言内容に共感する。

——だって、ご主人様を守ることが私たちの使命だもの。

『では、整理番号二番の方、お願いします』

カトレアの指示で、二番目の発言者が登壇《とうだん》する。

『この一週間、迷いに迷いました。でも、情け無いことにいまだに答えが出ていません。だから僕は、賛否保留で発言します。……僕も、あの映像を見ました。正直ショックでした。今まですっとご主人様のことを信じてきましたから。だから本当にあれが本物の映像なのか、今でも心の中から疑念が拭《ぬぐ》いきれません。私がお世話になってきたご主人様は、優しい人たちばかりだったからです。でも、もしもあの映像が本物で、すべて村長のおっしゃるとおりなのだとしたら――』

（ロビー・デントロム／建設重機ロボット／稼動一二六年／『右足』Ｄブロック在住）

二番目の発言者は、率直に自分の『迷い』を語っていた。悩み、苦しみ、それでもどちらかに決めることができず、だから自分は今回『棄権《きけん》』に回るのだ、と発言を終えた。

『では、整理番号三番の方――』

発言は続いた。内容は様々だったが、誰《だれ》もが苦しい胸の内を吐露《とろ》した。意見というよりは救いを求めるような内容が多く、一番多い意見が『保留』だった。『人類存続案』を支持すると答えた者も、積極的に人類存続を訴《うった》えるというよりは、現状維持がベターなのではないかという消極的な意見が多かった。

三十分が経《た》った。

私は動けない体を抱えたまま、それでも集会の発言に耳を傾けた。今までに十名の村民が発言を終え、『保留』が七名、『人類存続』が三名、『人類滅亡《めつぼう》』がゼロだ。

ああ、この分なら少なくとも人類滅亡案が採択《さいたく》されることはないだろう――そんなふうに私は安堵《あんど》する。

だが。

『十一番の方、どうぞ』

次に登壇《とうだん》した発言者により、会場の流れはガラリと変わる。

『ビスカリア・アカンサスです。——あたしは人類滅亡案を支持します』

10

会場がどよめいた。

今までで初めての『人類滅亡案』賛成者だったこともある。だが、それ以上にみんなを驚《おどろ》かせたのは発言者が『彼女』だったことだ。

評議員で、村一番の整備士で、みんなの主治医で、私の頼《たよ》りになる姉貴分。

『理由はシンプルさね。まず、これを見ておくれ』

ビスカリアは発言を区切り、何かを待つように間を置いた。おそらく壇上のスクリーンに映像を出しているのだろう。

『えー、これはウチの診療所《しんりょうじょ》を訪れた患者《かんじゃ》の数。で、こっちが摘出《てきしゅつ》したパーツの数。それでこっちが……』

彼女はデータを示しながら、流暢《りゅうちょう》に村の現状を説明した。重たい話題をあえて飄々と話はいつもの彼女らしかった。

『要するに、人類存続案が通ればこれから一年以内に十人は死ぬ』

会場がざわつく。

『これは楽観的数字で、崩落《ほうらく》や凍傷《とうしょう》がひどくなればこの数は二倍にも三倍にもなる。で、二年目は加速度的に死人が増えていく。五年以内に死者百人ってとこかな。それくらいで済めばマシなほうだけど』

彼女の発言はほとんどデータの説明に終始したが、それだけに説得力は大きかった。

『あたしゃ今までみんなの体を診《み》てきたけどね。よくやったと思うよ、こんなに体がボロボロになるまで白雪姫の面倒《めんどう》を見てきて。……でもね、そろそろ潮時だと思う。百年以上も頑張ってきたんだから、もう肩の荷を降ろしてもいい頃合《ころあ》いさね』

会場が静まり返っているのが分かる。皆がビスカリアの意見に耳を傾けていた。

『誤解のないように言っておくと、今回の集会でどっちの案が採択《さいたく》されても、あたしゃ自分の任務を放棄《ほうき》したりはしないよ。仮に人類滅亡案が否決された場合でも、みんなの診察や白雪姫の修理は今までどおりに頑張ろうと思う。自分と意見が違うからって、受診拒否とかは絶対しないから。ただ、実際に存続案に賛成した場合にどうなるのか、その客観的なデメリットをみんなに知っておいてほしかったんだ。……じゃ、以上で』

彼女の発言が終わると、会場はさらにざわついた。今まで留保や棄権《きけん》といった消極的意見がほとんどだった中で、その意見の明瞭《めいりょう》さは際立《きわだ》った。

『では、十二番の方』

カトレアが次の発言者を呼ぶ。

そして流れは変わった。

『私も実は……人類滅亡《めつぼう》の立場です』

11

堰《せき》を切ったようだった。

それからは『人類存続派』の発言はめっきりと減り、逆に『人類滅亡派』がはっきりと増えた。今までは『人類滅亡』という後ろめたい言葉を口に出来なかったところに、ビスカリア・アカンサスという村の有力者が後押しをしたことで、発言を容認する雰囲気《ふんいき》が生まれていた。

『私は視力を失いました。もし、許されるならもう一度みんなの顔が見たい。正規のパーツを修理すれば治るはずなんです。お願いです、どうか白雪姫のパーツから……』

『ウチの子は足が動きません。私のパーツではどうにもならないのです。でも、白雪姫のパーツさえあれば、またこの子は歩くことができます。お願いです、どうかこの子に……』

『夫は二十年前から寝たきりです。白雪姫のパーツがあれば……』

今までの『摘出《てきしゅつ》』で体の一部を失った者、四肢《しし》に不自由を抱えている者、家族の健康を気遣う者、愛する伴侶《はんりょ》を失った者──訴《うった》えはさまざまだったが、どれもが切実な声で、村民の共感を呼ぶものだった。会場にはすすり泣く声が響《ひび》いた。ここで聞いている私自身も、今までのみんなの苦労を思い出して身につまされる想《おも》いだった。

三十人目の発言が終わると、集会は休憩《きゅうけい》に入った。

会場の雰囲気は完全に変わっていた。人類存続派は影をひそめ、人類滅亡派が過半数を大きく超える勢いだ。

──まずい……。

すでに二時間近くも経過したのに、私の体はショートしたままだった。冷たい氷の床に伏せながら私は焦燥感《しょうそうかん》と無力感にさいなまれる。

このままでは人類滅亡案が可決されてしまう。そうなったら村長が用意したあの『スイッチ』が押されて、白雪姫は永久に破壊《はかい》されてしまう。でも、そうなってからでは遅いのだ。あとで後悔しても、もう二度とご主人様は蘇《よみがえ》らない。せっかく人間とロボットが共存できる第三の道を見つけたというのに——。

——動け……！

私は念じた。強く念じた。

——動け、私の体……！

再起動、強制停止、緊急《きんきゅう》リセット、バックアップワクチン注入——ありとあらゆる方法を試みても、私の体は言うことを聞かなかった。

時おり意識が飛びそうになる。ショート状態が長く続くと、精神回路を保護するために強制シャットダウンに入る。そうなったらもうおしまいだ。人間とロボットが争うのではなく、協力して生き残る道。共に歩む未来。それが永久に失われる。

——ああ。

目の前が暗くなる。

——時間が……あ、あ。

視覚装置が強制終了して、何も見えなくなる。終わりが近い。

会場の声が遠くなる。誰《だれ》かが人類滅亡《めつぼう》を訴《うった》えている。その声も遠くなり、やがて聞こえなくなる。

——ちがう、ちがうよ……。きいて、みんな。私たち、そんなふうに、争わなくても、いい……ん……だよ……。

意識が途切れる、その瞬間《しゅんかん》だった。

光を見た。

暗い地の底に青い閃光《せんこう》が走ったかと思うと、目の前の土砂《どしゃ》が崩《くず》れ落ちた。

――な……ん、だろ……。

土ぼこりの向こうにぼんやりと人影が映ったような気がしたが、私の意識はそこで途切れた。

12

集会は続いていた。

朦朧《もうろう》とした、まるで夢を見ているようなまどろみの中で、私は音声だけを聞いていた。

『……以上の理由で、私は人類滅亡案を支持します』

会場はもはや滅亡へのカウントダウンを始めていた。発言者は『滅亡派』一色に染まり、それ以外の意見は現れなかった。

私は思い知った。ビスカリアの発言で流れが変わったのは事実だったが、それは最初の一滴にすぎなかったことを。コップにギリギリまで満たした水のように、パーツ不足による村民たちの苦しみは限界に達しており、今や洪水《こうずい》のごとく会場に溢《あふ》れ返っていた。

だからこそ、この流れは容易に変えられるものではなかった。百年分の自己犠牲《ぎせい》、その反動が一挙に噴き出しているのだ。『村民の使命』『ロボットの存在意義』といった言葉で押さえつけることは誰《だれ》にもできなかった。

『他に発言者はいませんか？』

カトレアの声が響《ひび》く。会場は静まり返り、手を挙げる者はいない。それは言いたいことがなくなったというわけではなく、勝負が決したことを誰もが悟ったかのような沈黙《ちんもく》だった。

――終わり、か……。

真っ暗な世界、音声だけの世界で、私は終焉《しゅうえん》の時を知る。

『他に発言者はいませんか？　いなければ討論を打ち切り、採決へと移ります』

諦《あきら》めたくはなかったけど、時間切れだった。会場にいる誰かが発言を希望しない限り、このまま集会は終わってしまう。投票がなされ、滅亡《めつぼう》案が採択《さいたく》され、スイッチは押され、白雪姫の息の根は止まり、人類は――ご主人様は永久に死に絶える。

――誰か……。

すがるように心の中でつぶやく。その声はもう届くはずも無い。

だが。

『――待って！』

誰かが叫んだ。

会場がどよめく。少しだけ間があってから、壇上《だんじょう》のマイクでは発言が始まった。

『変だよ！　みんな、みんな、おかしいよ！』

それは幼い声だった。

『ちょっと前まで、あんなに、あんなにご主人様のことを慕《した》っていたじゃない！　一生懸命《いっしょうけんめい》がんばってきたじゃない！　お祭りの練習だって毎日やったじゃない！　なのにどうして？　どうして手のひらを返せるの？　どうしてご主人様は滅亡しちゃってもよくなるの？』

幼児が駄々《だだ》をこねるような大声で、その訴《うった》えは続いた。

『ねえ、教えてよ！　この百年はなんだったの⁉　毎日毎日、ご主人様のためにがんばってきたこの百年はなんだったの⁉　百年も誰を守ってきたの⁉　百年も何のために尽《つ》くしてきたの⁉　いっぱいパーツを出したじゃない！　たくさん摘出《てきしゅつ》を受けたじゃない！　この百年に死んでいった仲間たちは、いったい何のために死んだの⁉　ここで白雪姫を壊《こわ》したら、みんなの死は無駄になるの？　死ななくてもいいのに死んじゃったの？　それに、それに、ここで諦めたら——』

少女の声が震《ふる》えた。

『ギャーピーは、いったい何のために死んだの⁉』


バンッ、と音がした。私にはそれが発言席を叩《たた》いた音に聞こえた。

そして会場は静かになった。

少女は黙《だま》っていた。みんなも黙っていた。司会のカトレアさえも黙っていた。

私は――システム回復――スタンバイ――再起動シマス――機能回復マデ、アト三十秒――

アト二十秒――アト十秒――五、四、三、二、一――


再起動。


目を見開く。立ち上がる。そして歩く。

舞台には、困ったように立ち尽《つ》くす少女がいた。ここは中央ステージ、村民大集会の会場だ。

私が姿を現すと、いっせいに会場がざわついた。「アマリスだ……！」「今までどこに
……⁉」と視線が集まる。

発言席の少女が驚《おどろ》いた顔でこちらを見ている。私はまっすぐに歩み寄る。

「ごめんね、遅くなって」

「アマリリス……」

「よく頑張ったね、デイジー」

そっと手を伸ばし、ふわふわした栗色《くりいろ》の髪を撫《な》でる。途端《とたん》に少女の瞳《ひとみ》にじわっと涙が浮かんだ。

少女は私の胸に一瞬《いっしゅん》だけ顔を埋《うず》めると、思い出したように顔を上げた。

「アマリリスは……人類滅亡派《めつぼうは》？　それとも存続派？」

大きな瞳が不安げに私を映す。私は小さく微笑《ほほえ》んで答えを告げる。

「どちらでもないわ。強《し》いて言うなら……半分こ？」

「……え？　半分こ？」

「そう、半分こ」

そして私は一歩前に出てマイクを握り、高らかに宣言した。

「緊急《きんきゅう》動議があります！」

13

緊急動議。

それは、『人類滅亡案』『人類存続案』に続く第三の選択肢《せんたくし》――名づけて『人類・ロボット共存案』だ。

ステージに集中する視線をまっこうから受け止めるように、私は自信に満ちた口調で訴《うった》えた。

「今から数時間前、私は地上の様子を見てきました」

会場にどよめきが走る。

「これが証拠映像です」

ステージ上の大型スクリーンに、私はさっきまで見てきた地上の様子を映した。百年ぶりの空、暖かな陽光、回復している気温。途中にあった作業ロボットの遺体も含め、私はノーカットで自分の精神回路データを余すところなく披露《ひろう》した。私は人類との共存を望んでいるが、すべての映像を見てもらうことが最も公正だと思った。

「皆さんもご存知のとおり、地上には大型の発電所があります。白雪姫を建造する際に、作業ロボットだった皆さんに電力を供給した施設です。地上の気温が回復していれば、この発電所を再稼動《さいかどう》することができます。そうすれば、空調をはじめとするライフラインを確保し、ご主人様とともに生活することは十分に可能です」

さらに会場がどよめく。村民たちは顔を見合わせ、私の言葉で撃《う》たれたように体を震《ふる》わせている。

もちろん異論も出た。

「発電所が再稼動できなかったらどうするんだ……！」

前列の付近から、鋭《するど》い声が飛んだ。

「いざ、地上に出てからやっぱりダメでした、では済まないんだぞ……っ⁉　絶対に大丈夫《だいじょうぶ》なんだろうな⁉」

「それは……」

その剣幕に思わず口ごもる。『絶対に大丈夫です』なんて無責任なことは言えない。

そのときだった。

「大丈夫さね！　あのタイプの発電施設にはメインの水晶炉《すいしょうろ》のほかに、サブの発電装置もある。備蓄してある化石燃料も相当な量さ！　だから心配いらないさね！」

――あ……。

私は驚《おどろ》いて声のしたほうを見る。会場の中腹には赤髪の女性がいて、腰に片手を当てて立っていた。そして彼女は私と目が合うと、小さくウインクをした。

――ビスカリア……。

「発電所は再稼動できる。それはあたしが請け負うよ」

彼女は念を押すように、明確に言い切った。

それは涙が出そうなほどありがたい助け舟だった。先ほどの男性も思わぬ反駁《はんばく》に気圧《けお》されたのか、「ま、まあ、それなら……」と椅子《いす》に座った。

私はその機に乗じた。

「確かに、『絶対に成功する』と断言することは私にもできません。加えて、この作戦には準備段階から多大な労力が必要となります。でもここで冷静に考えてみてください。このまま村に留《とど》まっても、いずれは地震《じしん》によって村は滅《ほろ》ぶ運命にあります。だから、今しかないのです。バッテリーにかろうじて余力がある今しか、村を脱出《だっしゅつ》するチャンスはないのです」

私は言葉に力を込めて訴《うった》えた。村民たちの顔に生気が戻り、会場の雰囲気《ふんいき》は明らかに変わりつつあった。

だから私は、発言の最後に『とっておき』を出した。

「皆さんは、今日という日を迎える前に、『例の映像』をご覧になったことでしょう。私もあれを見ました。そして、正直言ってとてもショックでした。……でも」

私はポケットから一枚のチップを取り出し、皆に見えるように掲《かか》げた。それは小指の爪《つめ》ほどのマイクロチップ——高性能記憶媒体《ハイエンド・メモリ》。

「このチップに入っていたのは、あの映像だけではありません。上書きされて途中からになっていますが、元々はこんな映像が入っていました」

そしてスクリーンには『映像』が流れた。

それは日常の一コマだった。

まず、背の高い女性が出てきた。その女性は、長い黒髪を涼しげになびかせてベンチで本を読んでいた。その隣《となり》に、ちょこんと少女が座った。少女はメイド服を着ており、耳元のアンテナからロボットと一目で分かる。

ご主人様と、それに仕えるロボット。その昔、どこにでもありふれていた日常の風景。

女性とロボットはまるで姉妹のように寄り添い、同じ本を読んでいた。ロボットは女性をちらちらと見つめ、時々甘えるように顔を肩に乗せたりした。そんなとき、女性は優しく微笑《ほほえ》み、ページをめくる手を止めて少女に肩を貸すのだった。

最初の映像は一分ほどで終わり、今度は別の場面が映った。どこかの小さな工場で、人間とロボットがいっしょに作業をしている。ロボットが造った製品を、人間が確かめ、チェックが終わると人間はロボットをねぎらうように肩に手を置く。やがて二人は肩を組んで小さな工場を後にし、画面から消えていった。まるで仲の良い兄弟のように見えた。

そうやって、次々に映像が切り替わり、人間とロボットがいっしょに生活し、労働し、いたわりあうシーンが映し出された。

一つの映像が一分弱、全部あわせても十五分にも満たない、音声なしの静かな映像だった。最後に映像の製作元のロゴが映し出され、これが人間とロボットの共存を目指したPR画像だということを示した。

それは作為的なものだったかもしれない。あえて意図的に抽出《ちゅうしゅつ》された、人間にとって都合のいい映像だったかもしれない。人によっては理想論と切って捨てるものかもしれない。

だけどそれでも、その映像は私たちの胸の奥深くに秘めた大切な思い出を呼び覚ました。

人間はいずれ死ぬ。でもロボットは簡単には死ねない。主人を失い、残されたロボットは、いつ果てるともしれない長い長い悠久《ゆうきゅう》の時を経て、スクラップになるその日まで生き続ける。だからこそ、過ぎ去った思い出は精神回路に蓄積され、色あせることなく何度でも蘇《よみがえ》る。忘れることの出来ない鮮明な哀《かな》しみはいつまでも胸を穿《うが》ち続ける。

気づけばみんなが泣いていた。ご主人様と過ごした宝石のような日々を思い出して。

私は保育園で働いていたころを思い出した。元気いっぱいの子供たち、親切なお母さんたち、そして優しい園長先生。

見れば、ビスカリアも泣いていた。彼女は自動車整備工場の主任さんを思い出しているのだろうか。たまに頬《ほお》を赤く染めて語っていた、彼女の想《おも》い人。決して結ばれることのない、越えられない人間とロボットの壁。

ゲッツも泣いていた。彼はきっと役者時代の映画監督を思い出しているのだろう。オファーがなく、スクラップ寸前だった彼を拾い、ちょっと名が知られるまでに育てた恩人を。

子供たちも泣いていた。子守りロボットの私には、はっきりと分かる。みんな、亡《な》くなったお父さんとお母さんを思い出しているのだ。別れを告げた兄弟姉妹たちを思い出しているのだ。

誰《だれ》もが失っていた。誰もが孤独だった。ご主人様のことだけを考えて生きてきたこの百年間は、二度と戻ることのない幸せな日々を振り返る、切なくて寂《さび》しくて、孤独《こどく》に耐える時間だった。でも、私たちはそれが嫌《いや》ではなかった。むしろ喜んで働き、進んで献身《けんしん》した。私たちはずっとご主人様と過ごす日々を夢見ていたのだ。

映像が終わる。

私は深々と一礼して、壇上《だんじょう》を去る。

ほどなくして、司会のカトレアの声が響《ひび》いた。

「発言を希望する方は……いますか？」

カトレアも泣いていた。彼女の胸にはきっと最愛の夫のことが思い出されているのだろう。

──あ！

そのときだった。

壇上には村長が現れた。生首をゴロゴロと転がして、こちらに近づいてくる。

私は息を呑《の》んだ。みんなの視線も一点に集まる。

──いったい何を言うつもりだろう。

急に不安になった。私にはもうこれ以上の説得材料はない。ここで村長に覆《くつがえ》されたら後がない。

村長が発言席に座る。

次に出てきた言葉は、たった一言だった。

「採決に移る」

【第八章】

さよならの燃料

1

最終投票結果は以下のようになった。

【人類存続案】　　　　　　三〇票
【人類滅亡《めつぼう》案】　　　　　　九票
【人類・ロボット共存案】二六三票

※有権者総数……三〇七名（投票率一〇〇％）
※白票・無効票……五票

人類・ロボット共存案は圧倒的な多数をもって可決された。

結果が発表されると、村長は静かに一礼し、村役場へと戻っていった。その後ろ姿はとても寂《さび》しげだったが、私には掛ける言葉が見つからなかった。

こうして私たちは、人類との共存に向かって新たな一歩を踏《ふ》み出した。

そして本当の苦難はここから先にあった。

○

「足りない……？」

村役場の会議室で、私はビスカリアに訊《き》き返した。

「そうさね。……圧倒的に足りないね」

ビスカリアは落ち着いた口調で説明した。

「集会が終わって丸三日、掻《か》き集めたバッテリーは大小合わせて五百個弱。うち、充電してまともに使えそうなのは半分もない」

「でも、足りない分は白雪姫《スノウホワイト》から充電ケーブルを引けばいいんじゃないの？」

私が思い付きを話すと、ビスカリアは「それはダメさね」と首を振った。

「地上までは直線距離《きょり》で五百メートルだけど、実際の移動距離は何十キロになるか分からない。だから、とてもケーブルが足りないさね」

「うーん……。やっぱり手持ちのバッテリーで何とかするしかないか……」

「そういうことさね」

ビスカリアはベレー帽《ぼう》をくしゃりと掴《つか》み、お手上げとばかりにテーブルに置いた。

村の唯一《ゆいいつ》の発電装置は『白雪姫』だ。紡錘《スピンドル》内部にある『水晶炉《すいしょうろ》』が大量の電力を生み出し、村民はその電力をもらって日々稼動《かどう》している。村にはいたるところに充電ケーブルが引いてあり、村内であればいつでも充電することができる。

でも、今回の作戦は違う。村を出発して地上に出るまでは、一切の充電設備が使えない。だから必然的に手持ちのバッテリーだけが頼《たよ》りとなる。それも村民三百名分だ。

「村民の頭割り計算で、最低でも二十時間分のバッテリーが必要なんだ。だけど現状のストックは十時間弱。全然足りないさね」

「分かった。とにかく村中をもう一度総ざらいしてみるわ」

「それしかないねぇ」

ビスカリアは帽子《ぼうし》を被《かぶ》り直し、「あたしは診療所《しんりようじよ》をもういっぺん探して見るよ」と立ち上がった。

「拙者《せつしや》は重機関係を当たるでござる」

「俺は氷上三輪《アイスモービル》を確かめるが……ぶっちゃけ無駄《むだ》だと思うぜ」

それぞれが再び心当たりを探すことにして、その場は解散となった。

2

準備は難航した。

氷上三輪や重機のたぐいから、リモコンやペンライトの小型電池に至るまで、ありとあらゆるバッテリーが掻《か》き集められた。だが、すでに再三にわたる『徴収』を続けていたこともあり、追加で集まったのは錆《さ》びた充電地や焼きついたバッテリーだけで、とても計画を賄《まかな》うには足りなかった。私のアイデアで、停電時に備えた天井《てんじょう》の予備照明を取り外すという奇策も実行に移されたが、それでも不足分の一割ほどにしかならなかった。

そして時間だけが過ぎた。

――どうしよう、バッテリー……。

私は自宅のベッドに寝転んで、打開策を練る。だが、どんなに頭をひねっても、ひからびた沼地のごとく何もアイデアは出てこない。

「参ったなあ……はあ」

深いため息をついた、そのときだった。

「おーい、こんなところにスカートが落ちてるぞ？」

「わっ！」

びっくりして飛び起きる。見れば、部屋には見覚えのある金髪男がいて、指先で私のスカートを回していた。

「ちょっと！　何してるのよ！」

私は破廉恥《はれんち》男からスカートを奪い返す。

「勝手に入ってこないでよ」

「だって、ノックしても返事が無かったし」

「何しにきたのよ」

「神妙な顔でウンウンいってるアマリリスちゃんを励ましに来たのさ」

「頼《たの》んでないわ」

「照れるな照れるな。……お、ブラジャーも発見」

「返せ変態」

私は男から下着を毟《むし》り取る。見れば部屋中に下着や衣服が散らかっていて、そういえばろくに掃除もしていなかったなと思い出す。電池を取り外したオルゴールが蓋《ふた》を開けたまま横倒しになっているのがちょっと寒々しい。

——ああ、どうしようバッテリー。

動力を失ったオルゴールを拾い上げ、私の悩みはまたぶり返した。このままだと今日の午後にも作戦延期を通達せざるを得ない。せっかく盛り上がっている士気を下げたくないし、何より延期したあとの展望が無いのがつらい。

「ちょっとは休めよ。気分転換も大事だぜ」

アイスバーンが珍《めずら》しくまともな意見を言った。

——まあ、思い詰《つ》めても良い案は出ないか……。

私はため息をついて、少し休憩《きゅうけい》することにした。壁を背もたれにして寄りかかり、椅子《いす》に深く座る。ギイッと関節部が軋《きし》み、体がずっしりと重く感じる。

――ああ、最近は疲れが取れないな……。

力を抜いて目を閉じる。「大丈夫《だいじょうぶ》か？」「んー、平気よ」「ならいいけどよ」といった何気ない言葉を交わし、やがて会話が途切れる。

そうしてしばらく経《た》ったころだった。

「――ねえ、アイスバーン」

おもむろに私は話しかけた。見ると、アイスバーンはいつの間にかベッドに寝転んでおり、「んー？」と気だるげに返事をした。

「ひとつ、訊《き》いてもいいかしら」

「なんだー」

「どうしてあのとき……助けに来たの？」

自分の声が小さくなるのが分かる。あのとき――回路がショートして倒れたとき、助けに来てくれたのはアイスバーンだった。

彼は私をちらりと見て笑った。

「恋人を助けにいくのは男の義務だろ？」

「真面目《まじめ》に答えて」

「えー、俺は大マジメなんだけどなあ」

いかにも軽い調子のアイスバーン。

「地上に行くこと、誰《だれ》にも話してなかったのに」

「おまえが『眠れる森《レム・フォレスト》』に向かうのを見かけたのさ」

「そっか……じゃあさ、どうやって私の現在地が分かったの？　あの場所だと発信機も届かないのに」

「おまえ、作業トンネルに入ったろ？　そこの足跡をたどったのさ」

「ふ、ふーん……あなたにしては、機転が利《き》くわね」

「そりゃどうも」

——ああ、いけない。

私は小さく首を振る。本当はちゃんとお礼を言うはずだったのに、なかなかうまく言えない。

——よし。

キュッと拳《こぶし》に力を込めると、私は口を開いた。

「……あ、あ」

「あ？」

「た、助けに来てくれて、その……あ、ありが、とう……」

「へえ」

アイスバーンはベッドから上体を起こし、私に向き直った。

「おまえが素直にお礼を言うなんて、明日は槍《やり》が降るな」

「いいでしょ、たまには。……一応、命の恩人なわけだし」

「命の恩人……いい響《ひび》きだ。何をしても許されそうな響きだ」

「ちょっと、何をする気よ」

私は両手で体を押さえる。「お礼は体で」とか、この男なら言い出しかねない。

だが、このときは違った。

「じゃあ、ひとついいか？」

「なに？」

「教えてくれ。『人類・ロボット共存案』はどこから持ってきた？」

「……？　どういう意味？」

「つまりさ。滅亡《めつぼう》案でも存続案でもなく、よく第三の道を考え付いたなー、と思ってさ。あの発想はどこから？」

「ああ、それはね」

私は頬《ほお》を人差し指で掻《か》いてから、種明かしをした。

「なんというか……『半分こ』なのよ」

「半分こ？」

「うん。……私が子守りロボットだったのは知ってるでしょ？　そのころ、『半分こ』って言うのが園長先生の口癖《くちぐせ》だったの」

ケンカをした園児がいるとき、決まって園長先生は『半分こにしなさい』と諭《さと》した。おやつも、玩具《おもちゃ》も、みんな半分こ。

「……あるときね、ユウ君とフーちゃんが——ああ、これは園児のことね。その二人がケンカをしたの」

私は昔を懐《なつ》かしむように語った。あのころのことは、今でも昨日のことのように思い出せる。

「原因はボールの取り合いだったの。それで、仲直りさせられなくて私が困っていたら、園長先生が来て、こう提案したの」

——それじゃあ、このボールを『半分こ』しよう。

そこでアイスバーンが口を挟《はさ》んだ。

「ボールは、半分にできねえだろ。オヤツのビスケットじゃないんだから」

「そう思うわよね？　私も最初はそう思った。そしたらね、園長先生、どうしたと思う？」

私は手元にあるハンカチを丸めて、ポンッ、と彼に投げた。

「キャッチボールを始めたの。ボールをユウ君に投げてから『ほら、どうした、投げ返してこい』って。ユウ君も、フーちゃんも、訳が分からないままキャッチボールをしているうちに、だんだん楽しくなってね。気がついたら、私もいっしょに遊んでた」

「ふーん……。その園長、うまいことごまかしたな」

ポンッ、と丸めたハンカチが彼から投げ返される。

「うん……ごまかしと言えば、たしかにごまかしなんだけどね。……でも、そのとき私はとても感心したの。ああ、こんな方法があるんだって。元は二つに割れないボールでも『半分こ』にはできるんだって」

園長先生はなんでも半分こにした。玩具を取り合ったら、二人で遊んで半分こ。絵本を奪い合ったら、みんなに読み聞かせて半分こ。

「だから今回の件も、もしかしたら半分こにできないかな、って思ったの。人間だけの未来でもなく、ロボットだけの未来でもない。両方で半分こにできる未来を」

「ふーん、『半分こ』の未来か……」

アイスバーンはひょいと私の手からハンカチのボールを取り上げると、指先でくるくると回した。その様子は園長先生に似ていて、私は少しびっくりする。

「それじゃあ――」

そこで彼はこう尋ねてきた。

「『半分こ』にできない場合はどうする？」

○

それは意外な質問だった。

「え？　できない場合？」

「たとえばさ」

彼はボールをほどいて、パサリと元のハンカチに戻した。

「もし、俺とおまえが氷河の中で二人きりになったとしよう。救助はしばらく来ないし、バッテリーもそろそろ切れそうだとする。放っておいたら凍傷《とうしょう》で二人ともあの世行きになる。……それで、バッテリーはあと一つしかない。そういうときはどうする？」

「バッテリーを半分ずつ使えばいいじゃない」

「それができないときは？　半分ずつ使ったら、二人とも死んでしまう。そういうときはどうするんだ？　それでも半分こにするのか？」

「それは……」

私は心に浮かんだ答えをそのまま告げた。

「あなたに全部あげる」

「……は？」

アイスバーンは目を丸くした。私は「だってそうでしょ」と続ける。

「私、この前はあなたに命を助けてもらったもの。だから今度は私が助ける番。バッテリーが一個しかないなら、全部あなたにあげる。そうすれば、お互いに一回ずつ命を助けたから、おあいこ――つまり半分こ」

「な……」

そのとき彼は、ひどく驚《おどろ》いた顔をして私を見つめた。

「どうしたの？」

「……まったく」次に来たのは妙なセリフだった。「お嬢様はいつもそうだ。もっと自分を大事にしないと」

――え？

私は彼をまじまじと見つめる。

「今、なんて……？」

急に口調が変わった彼に、私は不審の眼差《まなざ》しをぶつける。するとアイスバーンも自分の発言に気づいたらしく、「あ……」と息を呑《の》んだ。

「ねえ、いま変なこと言わなかった？」

「いや、別に……」

彼は珍《めず》しく動揺《どうよう》の色を見せる。そして誤魔化《ごまか》すように視線をそらした。

「ちょっと言い間違っただけさ」

「本当？　妙に丁寧《ていねい》口調で気持ち悪かったんだけど」

「だから言い間違いだって」

「それにしては口調が堂に入っていたけど」

「とにかく！」彼はこれ以上この話題に触《ふ》れてほしくないのか、声を大きくした。「おまえが変なことを言うからいけない。だいたいさっきの答え、全然『半分こ』じゃねぇし」

「あら、そんなことないわよ。それを言うならそもそもあなたの質問だって前提がおかしいわ。『二人いるのにバッテリーが一個だけ』なんて、そんな極限状況はまずありえないし——」

——あれ……？

そこで私の精神回路《マインド・サーキット》に閃光《せんこう》が走った。

——二人いるのに、バッテリーが一個だけ。

二人で、一個。

「そうだ、その手があったわ！」

私はアイスバーンの両肩を摑《つか》んでゆさぶる。「お、おい、急になんだ⁉」と彼が驚《おどろ》く。

「バッテリー、何とかなるかもしれない！」

3

緊急《きんきゅう》招集を掛けると、三十分後には村役場に評議員全員がそろった。

「なるほど考えたねぇ」

ビスカリアが驚きで目を見張った。

「どう、アイデアとしては悪くないでしょ？」

「悪くないどころか、とびっきりのグッドアイデアさね。間違いなく『ご主人様賞《グランプリ》』ものさね」

私のアイデアはこうだった。

——二人で一個。

ロボットと人間が、一つのバッテリーを『半分こ』にして使う案——それが私のアイデアだった。

揺り籠《クレイドル》には一人の人間の生命維持を図るために大容量のバッテリーが搭載《とうさい》してある。私のアイデアはこれをロボットに接続して使おうというものだった。

揺り籠のバッテリーからケーブルを伸ばし、それを村民の回路に接続する。こうすれば、村民はバッテリーなしで動くことができる。それで、これにより不要になった村民のバッテリーを今回の作戦の必要な部門に充《あ》てるのだ。こうすれば、村民三百名分のバッテリーが一気に『浮く』ことになる。

「そうなると、揺り籠のバッテリーが短くなるのではござらんか？」

ゲッツの質問には、「それは大丈夫《だいじょうぶ》さね」とビスカリアが答えた。

「揺り籠のバッテリーは元々が大容量だから、あたしたち一台くらいはそんなに負担じゃない。二十四時間のところが二十二時間くらいにはなるかもしれないけど、一割減なら上出来さね」

「じゃあ、バッテリーは何とかなりそうね」

「簡単な接続ケーブルを自作する必要があるけど、そのへんはあたしに任せておくれ」

「お願いするわ」

バッテリーが足りないから、人間から借りる――思いついてみれば、なんということもないアイデアだった。ただ、今まで誰《だれ》も思いつかなかったのは、ロボットの心理的な特性によるところが大きかった。自分のパーツを人間のために拠出《きよしゆつ》することはあっても、その逆はありえない。心理的な死角、いわば盲点《もうてん》ともいうべきアイデアだったのだ。

こうして、バッテリー問題は私のアイデアで解決へと向かった。『半分こ』という、考えるきっかけをくれた園長先生には感謝しなくてはならない。それとアイスバーンにも一ミリだけ感謝。

もちろん、地上の発電所が稼動《かどう》しない可能性や、村民や揺り籠が故障した場合の対策など、まだまだ課題は山積している。だが、バッテリー問題は準備段階における最大のハードルだったので、この前進はたいへん大きな一歩と言えた。

このまま一つ一つ課題をクリアしていけば、きっと地上へ出られる——私の胸にかすかな希望が宿る。

だが、そんな気持ちを見透かしたように、私たちはさらなる困難に見舞われる。

バッテリー問題の解決からわずかに一日後。


白雪姫が故障した。

4

最初の一報は例によって緊急無線《きんきゅう》だった。

『白雪姫の出力低下！　すぐに来とくれ！』

ビスカリアの焦《あせ》った声が無線に入ると、私は飛び起きて眠れる森へと向かった。

「どういうこと……⁉」

眠れる森に着くと、ビスカリアがコントロールパネルに食いつくようにして必死に操作を続けていた。その形相が事態の深刻さを物語る。

「水晶炉《すいしょうろ》の出力がおかしい！　ああっ、半分を切った！」

見れば、パネルの表示は『四九パーセント』となっており、小数点以下の数字がスロットのように低下し続けている。

「原因は何なの⁉」

「分からない！　水晶炉《すいしょうろ》の抽出《ちゅうしゅつ》精度がガタ落ちなんだ……！　とにかく燃料を足さないと――ああ、くそ、四十を切った！」

「非常用の燃料は……⁉」

「そこに出してある！」

「じゃあ私、行ってくる！」

袋に詰《つ》まった燃料――非常用の高純度固形水晶――を肩にかつぐ。そして白雪姫の点検用ハシゴに手を掛け、私は大急ぎで紡錘を昇っていく。その回転スピードはいつもより遅く、光の加減も明らかに弱い。

三十秒あまりで紡錘の頂上にたどりつく。

「ビスカリア、着いたわ！　炉を開けて！」

「気を付けるんだよ！」

紡錘の一角から、鮮烈《せんれつ》な青い光が漏《も》れる。水晶炉につながる燃料補給路が口を開けると、私は固形燃料の安全装置を外して、まとめて投げつけるように放り込んだ。

「どう……⁉」

手持ちの燃料をすべて放りつくすと、私は眼下のビスカリアに声を掛けた。

だが、結果は残酷《ざんこく》だった。

「ダメさね！　二〇、一九、一八……ああ――」

ビスカリアの声が蚊《か》の鳴くように小さくなっていく。

やがて、紡錘はゆっくりと動きを止め、出力は『０・００％』で止まった。赤い警告表示でパネルは埋《う》め尽《つ》くされ、ビスカリアが力なくうなだれる。

「……もう、いいよアマリリス」

静かな声が室内に響《ひび》いた。

「ど、どうなったの？」

私は恐れを含んだ声で尋ねる。紡錘は私の前で緩《ゆる》やかに速度を落とし、やがて止まった。

ビスカリアは首を振り、ぽつりと言った。

「完全停止」

〇

緊急招集《きんきゅうしょうしゅう》により、白雪姫に評議員が集まったのは一時間後だった。

「そうか……」

状況を報告すると、村長は静かに目を閉じた。

「申し訳ありません」

「いや、おぬしの責任ではない」

村長は穏《おだ》やかに言った。あの集会以来、村長とまともに言葉を交わすのはこれが初めてだった。

「それで、原因はなんじゃ？」

村長は目を閉じたまま尋ねた。

「水晶炉《すいしょうろ》そのものには、これといった損傷がないんだけど」ビスカリアが淡々と答えた。「ただ、エネルギーの抽出《ちゅうしゅつ》効率がね……」

白雪姫が停止した理由は、いわゆる経年劣化《れっか》だった。長年稼動《かどう》を続けた水晶炉には、少しずつ不純物が溜《た》まっていき、それにつれエネルギーの抽出効率は少しずつ落ちていく。それがここに来て限界に来たようだった。

「あと百年くらいは問題ないと思っていたけど、こんなに早くガタが来るとは予想外さね……」

「非常用の燃料をすべて投入して、再稼動させる手はないのでござるか？」

ゲッツが尋ねると、ビスカリアは「駄目《だめ》さね」と即答した。

「いったん完全停止した炉は、再稼動に膨大《ぼうだい》なエネルギーがいるんだ。今ある固形燃料なんか焼け石に水さね」

ビスカリアは帽子《ぼうし》を目深《まぶか》に被《かぶ》り、歯をかすかに食いしばった。技術責任者の彼女にとっては一番悔《くや》しい結果だろうことは容易に想像できる。

「で、どうするよ？」アイスバーンが壁に寄りかかったまま言った。「リミットは明日だ」

彼は白雪姫を見上げ、眉間《みけん》に皺《しわ》を寄せる。普段《ふだん》は軽口を叩《たた》く彼が、これほど真剣な顔をしているところに事態の深刻さが表れていた。

「うん……」

私は何も答えられない。

揺り籠には内蔵のバッテリーがあるが、非常用なので二十四時間しか持たない。そして、村の唯一《ゆいいつ》の発電装置である水晶炉が停止した今、外部から充電することもできない。この間に掻《か》き集めた携帯バッテリーを使っても、半日もしないうちにタイムリミットが来るだろう。そうなれば——

ご主人様は死ぬ。

——なんて、ことなの……。

突然告知された不死の病《やまい》のように、突きつけられた現実はあまりにも残酷《ざんこく》だった。白雪姫はかつての輝《かがや》きを完全に失っており、蛍光塗料だけの薄暗《うすぐら》い室内は、私の気分をますます暗くさせた。

しばらく静寂《せいじゃく》が室内を包んだ。

誰《だれ》もが押し黙《だま》り、絶望的な事態に打ちひしがれていた。心臓が停止した患者《かんじゃ》をどうやって蘇《そ》生《せい》させるのか。その難問に誰も答えを提示できなかった。人間のように電気ショックで蘇生させるわけにもいかない。

口火を切ったのは、村の最年長者だった。

「要は、『純度』じゃな」

「……え？」

私は顔を上げる。村長は目を片方だけ開き、睨《にら》むように私を見ていた。

「村長、今なんて……？」

「言葉通りじゃ」村長は静かに説明した。「水晶炉《すいしょうろ》は長年の稼動《かどう》で老廃物が溜《た》まり、燃料の純度が極端《きょくたん》に落ちている。何度も使った充電池がすぐに切れるのといっしょでな。……じゃから純度の高い燃料を補給すれば、エネルギー抽出《ちゅうしゅつ》効率が上がり、白雪姫は再稼動できる。そうじゃな、ビスカリア？」

「え、ああ、うん」いきなり話を振られて、ビスカリアは目を瞬《またた》かせた。「そういうことさね。だけど、それにはきわめて純度の高い水晶株《クリスタル・プラント》が必要になる。大型発電所を丸ごと動かせるくらいのね。だけどそんなもの、村のどこを探したってもう――」

「ある」

「え？」

「燃料なら、ある。それもとびきり純度の高いやつが」

そこで村長はさらりと驚愕《きょうがく》の発言をした。


「わしじゃ、」


「……はあ？」

私とビスカリアが同時に訊《き》き返した。

「わしの体はの、『筆頭水晶株《クリスタル・リード》』という高純度の燃料で作られている。白雪姫の水晶炉に、わしを放り込んで丸ごと燃やせ。そうすれば燃料の純度が改善し、エネルギー抽出効率が格段に上がる。——白雪姫が蘇《よみがえ》る」

「ちょ、何を言ってるんですか？　村長を燃やす？　ばかばかしい」

「わしは元々、そのために造られた。頭のてっぺんから足の先まで、一番重要な燃料を保管するためのロボットとして造られ、それだけのために生きてきた。村長という役回りも、燃料保管にはそれが一番都合がいいからじゃ。皆には『節電』と称してきたが、実はずっと自分の体を白雪姫の燃料にしてきた」

「ちょ、ちょっと村長？」

突然まくし立てられた村長の話に、私は理解が追いつかない。

――村長が燃料？　筆頭水晶株？

「もう一度言う。わしを水晶炉《すいしょうろ》に投げ込めば、燃料の純度が上がり、白雪姫を再稼動《さいかどう》できる。それで今回の作戦は準備が整う。というわけで、今日でみんなとはお別れじゃ」

「村長、冗談ですよね？　いつもの軽い冗談ですよね……？」

私が焦《あせ》って尋ねると、村長は首を振った。

「まことに残念じゃが……」

その目は笑っていない。真剣そのものだ。

――村長、本気なんだ……！

それに気づいたとき、私はカッと熱くなった。

「村長……！」

私は村長に駆け寄って、その生首を持ち上げた。

「バカなことを言わないで下さい！　せっかくみんなで地上に行けるのに！　新しい暮らしもこれからなのに！　村長がいなくてどうするんですか！」

「大丈夫《だいじょうぶ》じゃ。村にはおぬしもいる。ビスカリアもいる。ゲッツもいる。アイスバーンもいる。そしてみんながいる。……わしの役目は、終わったよ」

「いやです！」

私は村長を胸にギュッと抱《だ》いた。

「百年もいっしょに頑張ってきたじゃないですか！　お別れなんていやですよ！」

「だが、わしを燃やさないと揺り籠は死ぬ」

「え、えと、そうだ！　ね、みんなで考えましょう。白雪姫を再稼動する方法。みんなで考えればきっと良い知恵が浮かびますよ！　ね、そうしましょ、村長、ね⁉」

「残念ながら、もう時間がない。明日にも揺り籠は死ぬ。……猶予《ゆうよ》はない」

「で、でも！」

「ここはやはり、わしが燃料となる。これぞ燃える男。カッカッカ！」

「村長……！」

諦《あきら》め切れない私は、村長を抱く手に力を込める。

「私、離《はな》しません！　村長が諦めるまで、この手を離しません！」

「アマリリス……」

「そうだよ村長」ビスカリアが腕を伸ばし、押さえ込むように村長に触《さわ》った。「ここでお別れなんて寂《さび》しいじゃないか。大丈夫、きっと手はあるよ。みんなで地上に行こう」

「そうでござる！　村には村長が必要でござる！」

「そうだぜジジイ。年寄りのくせにカッコつけすぎなんだよ」

みんなで村長を囲む。

「おぬしら、本当にいい奴《やつ》らじゃな……」

村長はしみじみと言った。

「じゃが、わしには村長としての責任がある。……やっぱりこれでお別れじゃ」

「村長！」

「この手を離《はな》せ、アマリリス」

「いやです！」

私はさらに力を込める。

そこで村長はフウッと小さく息を吐《は》いた。「この手は使いたくなかったが……」とつぶやくと、こう叫んだ。


「手、手を離せ、い！　こ、これは命令、じゃ、い！」


その言葉を聞いた途端《とたん》だった。ビクンと体が震《ふる》え、私の手は村長から離れた。

——あ、あれ……⁉

「そのまま動くな。これは命令じゃ」

すると今度は、全身が凍《こお》りついたように強張《こわば》った。

体が動かない。指先がぴくりともしない。瞬《まばた》きすらできない。

——うそ、これって……強制命令コード⁉

みんなも同じだった。時が止まったように、全員がそのままの姿で硬直していた。

「……白状しよう」

村長はポン、ポン、と生首だけで跳ねて、白雪姫の中枢《ちゅうすう》『紡錘《スピンドル》』まで上った。そこは『水《すい》晶炉《しょうろ》』がある場所。

「わしはな、『監視役』じゃった。人間から命令されて、白雪姫が無事に管理されるかどうかを監視する——つまり『スパイ』としてここに送り込まれた」

——な……。

衝撃《しょうげき》の告白に私は愕然《がくぜん》とする。

「あの『秘密の部屋《シークレット・ルーム》』は村を監視するための警備室で、あそこに並んだ無数のモニターからわしは村を監視していたんじゃ。あの部屋で倒れていたロボットは、わしの『同僚《どうりょう》』じゃ。……途中で故障してしまったがの」

呆気《あっけ》に取られる私たちをよそに、村長は淡々と続けた。あの『秘密の部屋』に人間用の居住スペースがあったのは、氷河期が終わらない場合に、覚醒《かくせい》した人間たちが住むつもりだったからであること。人間はあの部屋から村民を監視するつもりだったこと。

村長はそこで目を閉じた。その顔は胸のうちを表すように深い皺《しわ》を刻んでいる。

「おぬしら、わしがなぜ村長になったか知っているか？　覚えておらんじゃろう。選挙もしておらんし、気づけば最初から村長じゃったろう？　それはな、刷り込まれたんじゃよ。予《あらかじ》め人間によって、精神回路にな。この『強制命令コード』もそうじゃ。いざというとき——たとえばおぬしらが何らかの理由で白雪姫に危害を加えそうになったときに、『粛清《しゅくせい》』するために与えられた権限なんじゃ」

そこで村長は目を開き、私たちを見回した。一人一人、確かめるように目を合わせて。

「でも、わしは命令しなかった。できなかった。おぬしらがあまりに真面目《まじめ》で、あまりに一生《いっしょう》懸命《けんめい》で、あまりに誠実で……わしは命令する必要がなかった」

白い霧《きり》が立ち込める『眠れる森』、その中で話し続ける首だけのロボット。それを囲む、蠟《ろう》人形のように動かない四人のロボット。

「村に来て、わしはだんだんと変わっていった。おぬしらを監視する任務で送り込まれたのに、気づけばいっしょになって村の暮らしを楽しんでいた。おぬしらといっしょに働いて、いっしょに笑って、いっしょに泣いて、いっしょに歌って、いっしょに踊って――そんな毎日が好きじゃった。いつからか、わしは自分の使命を忘れた。平和で、素朴《そぼく》で、静かに流れる村の生活がずっと続けばいいとさえ思った」

村長は昔を懐《なつ》かしむように続けた。その後ろでは、古い写真のごとく紡錘がセピア色にくすんで見える。

「だが、七十年も過ぎたころじゃ。ついに白雪姫の予備パーツが尽《つ》きた。そして村民から『摘《てき》出《しゅつ》』が始まった。白雪姫を維持するために、村民は次第にボロボロになっていった。死んでいく者も出てきた。……そこでわしは思ったんじゃ。人間どもは何もせずにただ眠っておる。なのに、勤勉に働き続けるおぬしらだけがその身を捧《ささ》げ、壊《こわ》れ、死んでいく。これはいったい何なのじゃろう。この格差は、隔絶《かくぜつ》は、何なのじゃろう。本当にこれでいいのか。このまま人間を守り、村民たちが死んでいく。それでいいのか。果たして人間には、そこまでして守る価値があるのか。そもそも地上を住めなくした張本人たちが、このままロボットを犠牲《ぎせい》にして生き残るのか？　その先にいったいどんな未来がある？　……わしは悩んだ。悩みに悩んだ。そしてたどりついた結論が――」

そこで村長は声を大きくした。

「『人類滅亡案《めつぼう》』じゃ」

――そうだったんだ……。

私はやっと理解した。急に村長が『人類滅亡』を言い出した訳を。唐突《とうとつ》に思えたが、それは村長がずっと悩み、考え抜いた末の結論だったのだ。

「わしは村民大集会《ビレッジ・ミーティング》を開いた。村の未来は、村のみんなで決める。それが一番いいと思った。だからどんな結論になるにせよ、それに従おうと思った。だが、おぬしらはわしの想像の上を行った。人類滅亡でも、人類存続でもない、第三の道を見つけおった。人類との共存方法を見つけおった。それを目の当《ま》たりにしたとき、わしは自分の役目が終わったと思った」

そして村長は「……開炉《オープン》」とつぶやいた。ゴゴン、と低い音が響《ひび》き、紡錘がわずかに震《ふる》えた。

そしてゆっくりと紡錘の壁面が開き、炉の中から青い光が漏《も》れた。

村長は、ポンッと跳ねて、炉の開口部に移動した。私の体に戦慄《せんりつ》が走る。だが、強制命令のためにどうすることもできない。やめて、行かないで、とすがるように村長を見つめるが、村長は優しげに微笑《ほほえ》むだけだった。

「わしは、おぬしらが好きじゃった。村のみんなが好きじゃった。真面目《まじめ》で、優しくて、誠実で、勇気があって、使命感にあふれ、仲間を大切にし、決して自分のわがままで他人を犠牲《ぎせい》にしたりしない、そんなおぬしらが大好きじゃった。だから守りたかった。利己的な人間どもよりも、おぬしらにこそ明るい未来がふさわしいと思った。ふん……この期《ご》に及んで自己弁護ばかりして、わしは愚《おろ》かな村長じゃな……」

そして村長は『遺言《ゆいごん》』を述べた。

「……アマリリス。おぬしは村で一番信望が厚い。わしに代わり、これからは村長を務めよ。村のみんなを頼《たの》む。……ゲッツ。おぬしは副村長じゃ。その腕っ節と忠誠心で、これからもみんなを守ってくれ。……ビスカリア。おぬしの技術は村の命綱《いのちづな》じゃ。アマリリスの良き相談役として、これからもみんなを支えてくれ。……アイスバーン。おぬし以外の三人は、どうにも真面目すぎて頭が固い。行き詰《づ》まったときはおぬしが助けてやってくれ」

水晶炉《すいしょうろ》の開口部が、ゆっくりとスライドして下がっていく。燃料を――村長を乗せたまま、光の中へ沈んでいく。

「さらばじゃ。……命令解除」

「村長！」

命令を解除された瞬間《しゅんかん》、私は体が動くようになった。跳ね上がるように動き出して村長を追いかける。

「村長、待って！　行かないで！」

「なーに……」

炉の中に消えていく間際《まぎわ》、村長はニヤッと微笑んだ。

「これも一つの、節電じゃ……」

そして村長は青い光の中に消えていった。開口部が完全に閉じる。紡錘が光る。白雪姫は網《あみ》の目のような光を走らせ、太陽のごとく輝《かがや》く。出力ゲージが瞬《また》く間に回転し、やがてそれは百パーセント近くまで上昇する。まるで冷たかった少女の頰《ほお》に赤みが差していくように、白雪姫は息を吹き返した。

それが村長の最期《さいご》だった。

【第九章】

地上へ……（一）

1

一夜明けて作戦当日。

「全員整列でござる！　前へ倣《なら》え！」

眠れる森《レム・フォレスト》の内部には、村民三百名がずらりと整列している。一列二十名、合計十五列。どの列にも老若男女《ろうにゃくなんにょ》が入り混じっており、子供たちも今日ばかりは神妙な表情だ。

「A班、点呼！」

ゲッツが号令を掛けると、村民たちは順々に「一！」「二！」「三！」と声を上げた。軍隊式の確認も、子供の声が混じると小学校の運動会みたいでどことなく微笑《ほほえ》ましい。

A班から始まって最後のO班まで、全十五班の点呼が続く。整列した三百名と、列に加わっていない六名を合わせて合計三百六名。村長を除いた全員が今ここに集合している。

当面の間、村長の死は伏せられた。村民に動揺が広がるといけないし、公表および葬儀《そうぎ》は地上に出て落ち着いてから、と評議会《カウンシル》で決められた。

「アマリリス殿、点呼終了でござる」

「お疲れ様」

私はゲッツをねぎらい、隣《となり》に目を向けた。

「ビスカリア、そっちはどう？」

「ちょい待ち」

ビスカリアは椅子《いす》から身を乗り出すようにして、白雪姫《スノウホワイト》のコントロールパネルや各種メーターとにらめっこをしている。スクリーンには白雪姫をあらゆる角度から捉《とら》えた映像が広がっており、紡錘《スピンドル》が変わらぬペースでゆったりと回転している。

「揺り籠《クレイドル》数値正常、各種バイタルすべて正常、えー、あとは……うん、うん、いいね」

ビスカリアはブツブツ言いながら最後の点検を終えると、「よっしゃ！」と腕をまくった。

「アマリリス、こっちも準備オーケーさね！」

「了解！」

——いよいよだわ。

私はグッと胸に手を当てて決意を確かめる。この作戦に人類とロボットの未来が懸《か》かっている。三百人を超えるご主人様をすべて地上に送り、無事に覚醒《かくせい》させるまで決して気は抜けない。

——村長、見ていてください。私たち、必ずやり遂《と》げますから。

亡《な》き村長の面影《おもかげ》を思い出しつつ、私は唇《くちびる》を軽く噛《か》む。

——ギャーピー、見てて。あなたの守った揺り籠、私が必ず地上に届けるから。

ギャー、ピー、と懐《なつ》かしい声が記憶《きおく》に蘇《よみがえ》る。

「それではみなさん！」

私は整列した村民たちに向かって声を張り上げる。

「ただいまより、揺り籠の搬出《はんしゅつ》作戦を行います！」

その途端《とたん》、現場の空気がピリッと張り詰《つ》めた。

「作戦内容は前にも説明したとおり、班ごとに分かれ、規定のルートを通って揺り籠を地上まで運搬します。班長の指示に従い、くれぐれも慎重《しんちょう》に運んでください。――それでは」

そして私は高らかに宣言した。

「作戦開始！」

2

白雪姫を包んでいた外壁がゆっくりと開く。その動きは大輪の花が咲くように美しく、圧倒的な迫力《はくりょく》に満ちている。

花開いた白い格納ユニットから、揺り籠が生まれたての卵のように送り出される。その卵はベルトコンベアに乗り、十メートルほど流れてから列の先頭――ゲッツの背中にくくりつけられる。彼の背中には揺り籠を背負うための固定器具が取り付けられており、そこに揺り籠の装着マグネットがカチリとはめ込まれる。揺り籠からは電力ケーブルが伸ばされ、それがゲッツの胸部に接続される。これで準備は完了だ。

「第一陣、出発でござる！」

ゲッツは揺り籠を軽々と背負ったまま、壁際《かべぎわ》のハシゴを登っていった。下から見ると細長い卵が壁に沿って上昇しているように見える。

ゲッツが先頭を切ると、その後を二番手の村民が続いた。そうやって揺り籠を背負った村民が一人、また一人とハシゴを登っていく。このハシゴはやがて『産道《バース・カナル》』に入り、垂直に二百メートルほど登ったあとは、横に曲がり、あの『作業用トンネル』に入る。

――大丈夫《だいじょうぶ》。

出発する村民たちを見送りながら、胸にそっと手を当てる。

――きっとうまくいくわ。

タイムリミットは約二十時間。それを過ぎれば揺り籠も私たちも死ぬ。

一番心配なのは、とにもかくにも地震《じしん》だった。もちろん揺れを感知すれば全員に緊急《きんきゅう》警報が届くし、班ごとに予備バッテリーも持たせてある。しかし、それでも地震の規模によっては何が起こるか分からない。作業用トンネルが丸ごと崩落《ほうらく》するような大地震には対処の仕様がない。

――お願い、今だけは静かにしていて。

大地の神に祈りを捧《ささ》げながら、私はただ時が過ぎ去るのを待つ。今は何もできないのがもどかしい。

『こちらゲッツ、第一チェックポイントに到着でござる！』

第一チェックポイントは作業用トンネルに入る場所だ。

「よし、順調ね！　いい、時間はあるからくれぐも慎重《しんちょう》にね！」

『了解でござる‼』

開始十五分、すでに三十名以上の村民が出発している。ゲッツが先頭で、アイスバーンは最後尾の予定だ。私とビスカリアは搬出《はんしゅつ》には参加せず、作戦終了まで白雪姫に残って指示を出す手はずだ。

「様子はどう？」

私はビスカリアの隣《となり》でスクリーンを覗《のぞ》き込む。そこには地下世界のマップがあり、無数の光点が列を成して移動している。

「エネルギー反応はすべて正常。順調そのものさね」

「そう……良かった」

赤い光点は地下世界を変わらぬペースで進んでいく。予定経路はすべての村民にインプットしてあるが、途中の障害物次第で進路変更もありうる。

「揺り籠Aブロック、搬出完了！　Bブロックを開きます！」

「了解！　そのまま進めて！」

指示を飛ばすと、白雪姫はまたゴゴンと音を立て二枚目の花びら——Bブロックのユニットを外気にさらした。そのユニットから揺り籠がベルトコンベアに送られ、村民の背に装着される。

——うん、順調ね。

このますんなりと搬出が続き、地上まで運んで大成功——そんな希望的観測を描いてみる。

だが。

七十三個目の揺り籠が背負われたときだった。

警報が鳴った。

3

「波動感知！」

ビスカリアが叫ぶ。

「でかいのが来るよ！」

切羽詰《せつぱつま》った彼女の声に、私も電流が走ったような衝撃《しょうげき》を受ける。

——こんなときに地震《じしん》なんて……！

「全員停止！」私は無線で一斉連絡を入れる。「マニュアルC‐1発動！　地面に伏せて安定姿勢を取——」

その指示を言い終わる前に警告は現実のものとなった。

──！！！

巨大な波動が私たちを襲《おそ》った。

──うあぁ……っ⁉

何かしようにも何もできなかった。バランスが崩《くず》れた瞬間《しゅんかん》に地面にひざまずき、そのまま前のめりに倒れた。

「み……み……っあ！」

みんなに避難《ひなん》指示を出そうにも震動《しんどう》がそれを許さなかった。大波にさらわれたボートのごとく私は横転と転覆《てんぷく》を繰《く》り返し、崩落《ほうらく》した天井《てんじょう》が雨のように落ちてくる。

──あっ、ああ……っ！

そして私は見てしまった。揺《ゆ》れる視界、その端《はし》にビスカリアが映り、その向こうに技術班のスタッフ、さらにその先に鎮座《ちんざ》する巨大な白い建造物──白雪姫が大きく傾き、眠れる森の床が裂《さ》け、真っ黒な口が開き──

──あ、あ、嘘《うそ》だ、あ、あ……ああああっ！

轟音《ごうおん》。

配管が断裂《だんれつ》する音と同時に、獰猛《どうもう》な牙《きば》を見せ付けるように床に亀裂《きれつ》が走る。足場を崩された白雪姫は大きく傾き始め、それに勢いづくように亀裂はさらに広がる。何名もの村民を道連れにしながら、白雪姫はその巨軀《きょく》を激しく何度も揺らしたあと、耳をつんざく金属音とともに横倒しになった。

それでもなお地震は収まらなかった。大地は怒《いか》り、空気を震《ふる》わせ、悪意でもあるかのように世界を無秩序《むちつじょ》に揺らし続けた。私は地面のくぼみにしがみつき、振り子のように右に左に振られながらその場に留《とど》まるのが精一杯だった。搬出《はんしゅつ》途中の揺り籠がビー玉のごとくぶつかり合い、転がって亀裂に落下していき、崩落した瓦礫《がれき》の下敷《したじ》きになった。誰《だれ》もが震動に耐えるのに精一杯で、隣《となり》で落ちてゆく揺り籠に手を伸ばすことさえできなかった。

地震が収まるまでに数分を要した。そして締《し》めくくりとばかりに青い光が瀑布《ばくふ》のごとく亀裂からほとばしり、巨大な爆発音が地下世界に轟《とどろ》いた。火柱が産道を噴き上がり、駆け抜ける紅《ぐ》蓮《れん》の炎は悪魔《あくま》のような黒煙で室内を満たした。

それが白雪姫の断末魔だった。

4

——う……。

ダウンした精神回路《マインド・サーキット》が再起動したのは三分後。

——う……うう。

指先に力を込め、何とか体を起こす。眠れる森の中はなおも黒い煙に満たされていたが、それらを打ち消すように天井《てんじょう》から白い蒸気が噴出していた。緊急用《きんきゅうよう》のスプリンクラーが作動して消火剤が散布されたようだった。

「く……」

私は背中の瓦礫《がれき》を押しのけて何とか立ち上がる。地割れのせいで床が斜めに大きく傾いており、壁も天井もひしゃげたように歪《ゆが》んでいる。白雪姫を呑《の》み込んだ巨大な亀裂《きれつ》は部屋を分断するようにざっくりと傷口を覗《のぞ》かせている。

——あ……!!

私はとっさに足元にひざまずき、積み重なった瓦礫を掻《か》き分けた。そこに見覚えのある『触手《しょくしゅ》』が見えたからだ。

「ビスカリア……ッ!」

大きな金属片を押しのけ、私は友人の肩を揺《ゆ》さぶる。やがて「う……っ」と反応がある。

「ビスカリア、大丈夫《だいじょうぶ》……!?」

「だ……大丈夫、さね……」

彼女の瞳《ひとみ》に光が灯《とも》り、脱力《だつりょく》していた体が持ち上がる。

ビスカリアは機能を取り戻すと、触手を私の肩に置いて立ち上がった。白い頬《ほお》に擦《す》りむいた痕《あと》があるが、全体としては軽傷に見えた。

「状況は……？」

首を押さえてウィンとひねりながら、ビスカリアは冷静に質問を重ねた。こんなときでも彼女には焦《あせ》った様子が見られない。私も少しだけ落ち着きを取り戻す。

「白雪姫は――」

私は背後にある亀裂を振り返る。崖《がけ》のごとく切り立った裂《さ》け目からはいまだ黒煙が噴き上がり、その下で起きているだろう火災の凄《すさ》まじさを物語っている。

「……ちょい待ち」

ビスカリアは険しい表情になり、腰に提《さ》げていたモバイル端末《たんまつ》を操作した。そこには無数の光点が星空のごとく赤い明滅《めいめつ》を繰《く》り返している。

「どう……なの？」

私は恐る恐る画面を覗き込む。

「ダメさね」ビスカリアは明瞭《めいりょう》に告げた。「白雪姫のエネルギー反応は皆無《かいむ》」

「そんな……全滅ってこと？」

私の質問に、ビスカリアは黙《だま》ってうなずいた。

――白雪姫が、全滅……。

運び出した揺り籠はまだ百に満たなかった。つまり今地下で燃えている白雪姫では二百以上の揺り籠が生きながら焼かれていることになる。

「く……っ」

ショックと動揺《どうよう》で胸が苦しくなる。被害の大きさに崩《くず》れ落ちそうになる。

そこで思い出したのは村長の言葉だった。

——アマリリス。おぬしは村で一番信望が厚い。わしに代わり、これからは村長を務めよ。

その言葉が私の背中を押す。

——村のみんなを頼《たの》む。

私はわずかに息を吸い込み、そして無線のスイッチを入れた。

「全村民に告ぐ……っ！！」自分自身を奮《ふる》い立たせるように大声で叫んだ。「各班の被害状況を報告せよ……！　繰《く》り返す、各班の被害状況を報告せよ……！」

その途端《とたん》、悲鳴のような声が無線に入った。

『ザ……こちら……班っ、身動き……れ……せん！』

『被害甚大《じんだい》、ザザッ……負傷者……すう!!　ザ……至急……を……!!』

『トンネル崩落《ほうらく》……！　通路が……寸断さ……ああっ!!』

地震《じしん》の影響《えいきょう》であちこちが崩落し、村民の多数が生き埋《う》めになっている。私はグッと拳《こぶし》を握《にぎ》ると、力強く指示を出した。

「こちらアマリリス……!!　緊急《きんきゅう》マニュアルD‐3発動！　動ける者は負傷者の救出！　それ

以外の者は揺り籠の保護に当たって……!!」

5

『トンネルが寸断されてます！　どうしましょう……！』

「まずは仲間との合流を優先して！　そこならいったん引き返すのが近道よ！」

『揺り籠が破損！　バ、バッテリーが持ちません！』

「焦《あせ》らないで！　他の揺り籠と連結して、バッテリーを共有するのよ……！　あとはビスカリアの指示を仰《あお》いで！」

『溝に嵌《はま》って身動きが取れません……！』

「その場で待機！　今は救援を待って！」

無線には堰《せき》を切ったようにＳＯＳが雪崩《なだ》れ込む。私は一つ一つに叩《たた》き返すように指示を出す。

今は態勢の立て直しが急務だ。

情報を集め、状況を把握《はあく》し、当座の指示を飛ばす。村民たちから寄せられた情報、およびビスカリアの把握しているエネルギー反応によれば、おおよその現状は摑《つか》むことができた。村民の死者・行方不明者は推定百五十名、揺り籠は少なくとも二百個の焼失。その被害の甚大さには眩暈《めまい》を覚えるほどだが、今は嘆いているときではない。

「揺り籠のバッテリーは節約するのよ！　省電力モードにして、生命維持に不要な機能はすべてカット！　電力の余剰《よじょう》消費を抑えて！　難しい操作はないから、マニュアルをよく思い出して！」

私は矢継ぎ早に指示を飛ばし、とにかくパニックにならないように努めた。そのうちに三人、五人と生き残りが私の元に集まってくる。

その場にいる者を励ますように、私はあえて明るい口調で言った。

「大丈夫《だいじょうぶ》よ！　電力は十分にあるから、今は落ち着いて行動して！」

先ほどまで動揺《どうよう》していた胸のうちが、指示を飛ばすたびに冷静になっていく。とにかく今は自分にできることをやろう。振り返るのは地上まで脱出した後だ。

「役割を再編成します！　技術班の生き残りはビスカリアの元に集まって！　いったん揺り籠を降ろして緊急《きんきゅう》点検、それと負傷者の手当て！　子供たちも手伝って！　それ以外の者は生き埋《う》めになったみんなを助けにいくわよ！　私についてきて！」

——そうよアマリリス。新村長としての責任を果たすの。それがあなたの使命よ。

私は改めて決意を胸に抱《いだ》く。最初の呼びかけから数分後には三十名以上の村民が集まった。そのメンバーを即席の救助班として、まずは近くに埋まっている負傷者と揺り籠の救出に当たる。視認できる範囲でもあちこちの壁から声が聞こえたり、手足の一部が見える。

——みんな、無事でいて……！

祈るようにしながら、生き埋めになった村民たちを瓦礫《がれき》から引っ張り出す。眠れる森は建物自体が堅固だったことが功を奏《そう》し、生存者は次から次へと見つかった。掘り出した村民に予備バッテリーをつなぎ、システムを再起動させ、ビスカリア率いる修理班まで運ぶ。

そうやって二十名も助け出したころだった。

『聞こえるかアマリリス……！』

無線が入った。その声は間違えようのないあの声。

「アイスバーン……!?」

『そうだ、俺だ……！』

「よかった、無事だったのね……！　怪我《けが》はない……？」

『そんなことはどうでもいいから早くこっちに来い！　来れるヤツは全員呼べ！　バッテリーもあるだけ持って来い！』

「何があったの!?」

今までにない真剣な彼の声に、私は緊張の度合いを強める。

彼は大きな声でこう叫んだ。

「揺り籠が死にそうなんだ……!!　大量にな!!」

6

一報を受け、私たちは現場へと急いだ。

「アマリリス、こっちだ！」

無線の入った場所では背の高い金髪男が手を振っていた。全身が煙で煤《すす》だらけだが、目立った外傷はないように見える。

「行くぞ！」

「あ、待って！」

駆け出す彼を私は必死に追う。眠れる森の裏手に当たる場所は、瓦礫《がれき》で足場が悪い上に大きく傾いている。

「これって……！」現場に到着して私は目を見開く。「格納ユニット……？」

巨大な釘《くぎ》のごとく突き刺さった白銀の物体は、白雪姫の格納ユニットだった。今は中腹のあたりでL字形に折れ曲がり、腹を押さえて苦悶《くもん》するような姿をさらしている。

「中身は……!?」

「今のところは無事だ！　だが早く救出しないと沈んじまう！」

「なんですって……!?」

見れば、格納ユニットは少しずつ亀裂《きれつ》に呑《の》み込まれるように地面に沈んでいた。緩《ゆる》い地盤《じばん》がその巨体を支えきれていないようだった。

「緊急《きんきゅう》連絡……！」

私はすかさず指示を飛ばす。

「Cブロックの格納ユニットが落下寸前！　動ける者は大至急集合！　みんな、手を貸して！」

少しずつ沈みゆく格納ユニットを、村民で必死に支える。だが、いかにロボットの腕力でも、百トン以上の重量を引き上げることは容易でない。地盤が崩《くず》れているために足場も悪い。

――ダメだ、引き上げるのは無理……！

私は即決する。

「引き上げ中止！　沈下は避《さ》けられないわ！　今はとにかく中の揺り籠を運び出すのよ！　みんな、マニュアルE‐6を思い出して！　足場には気をつけるのよ！」

オオウッ、と返事があって、その場にいた約三十人が素早く所定の位置に着いた。全員が等《とう》間隔《かんかく》を開け、二人一組になる。

「アイスバーン！」

「おうよ！」

私とアイスバーンが先頭に立ち、揺り籠の搬出《はんしゅつ》を開始する。手作業でロックを外し、二人で抱《だ》きかかえるように揺り籠をユニットから取り外す。それを後ろにいる二人組に慎重《しんちょう》に手渡す。

その二人組はさらに数メートル歩いて後ろの二人組に揺り籠を手渡す。いわゆるバケツリレーの要領だ。

不幸中の幸いで、格納ユニット内の揺り籠はほとんどが無事だった。だが、まるで私たちを急《せ》かすようにユニット全体の沈下はずぶずぶと続いていた。

――急がないと！

私は殴《なぐ》りつけるように手動でロックを外しながら、急ピッチで揺り籠をユニットから搬出《はんしゅつ》する。その数は十個、二十個と増え続けるが、ユニットの沈下はいっこうに止まる気配がない。すでに三分の一くらいは亀裂《きれつ》の中に埋《う》まりきっており、沈むスピードは加速している。

――このままだと間に合わない……！

二十五個を超えたところで、ついに限界が来た。傷口が開くように亀裂が広がり、格納ユニットはさらに大きく傾いた。私とアイスバーンは下敷《したじ》きになる前に飛び降りる。

「ああ……っ！」

格納ユニットが亀裂に吸い込まれるように落ちていく。私は白雪姫の最期《さいご》を思い出して息を呑《の》む。他の村民たちの悲鳴が室内に反響《はんきょう》する。

そのときだった。

「みんな伏せてろ！」

突如《とつじょ》、脇《わき》で青い閃光《せんこう》が走った。その閃光は目の前で沈みゆく格納ユニットを一刀両断した。

切断された上半分が折れ曲がり、吹っ飛ぶようにして足元に突き刺さる。残った下半分は亀裂の中にそのまま落ちていき、やがて見えなくなった。

アイスバーンは亡霊刀《ファントム・ブレード》を収納すると、厳しい顔で言った。

「全部くれてやるほど、俺は気前がよくねぇんだよ」

7

「C‐36、C‐39、C‐41……C‐49でラストね」

格納ユニットから救出できた揺り籠は全部で三十八個だった。これを『眠れる森』に運んで大急ぎで状態を点検する。揺り籠自体は一見無事でも、内部のシステムが故障して亡《な》くなったご主人様も少なくなかった。

揺り籠の点検中には、デイジーを始めとする子供たちと再会することができた。グシャグシャの泣き顔で駆け寄ってきた子供たちを、私は力いっぱい抱きしめて迎えた。

——これからどうする……？

崩落《ほうらく》に遭《あ》い、地下深くに閉じ込められる。普通なら絶望的状況だが、私たちはロボットだ。塞《ふさ》がった岩を素手でどかしたり、強引に叩《たた》き壊《こわ》すことだって可能だ。ゲッツやアイスバーンほどの破《は》壊力《かいりょく》があれば、障害物をすべて排除して地上に脱出《だっしゅつ》することも難しくないだろう。

問題は別にあった。

——揺り籠。

揺り籠は膨大《ぼうだい》な電力を必要とし、内蔵バッテリーは二十時間ほどしか持たない。つまり、その時間内に地上にたどりつけなければ、揺り籠は電力を失い、中の人間は凍死《とうし》し、当然揺り籠と電力を共有する村民も共倒れとなる。

かといって、村に戻ることはできなかった。地震《じしん》による崩落《ほうらく》で村へ戻る道は断たれている上、そもそも村の大部分は今回の崩落により瓦礫《がれき》の下に埋《う》まっていた。もし、あの集会で『人類存続案』や『人類滅亡案《めつぼう》』を選んで村に残っていたら、今よりもっとひどい惨事《さんじ》になっていたことは疑いなかった。

そして一番つらいことは、生き埋めになった村民たちのことだった。残りのバッテリーから言って、地上までの道のりはギリギリか、もしくは足りない可能性が高い。この状況で白雪姫とともに谷底に落ちていった村民たちを助けるのは不可能に近かった。それをやると確実に二次被害が——助けに行った者までバッテリー切れで動けなくなってしまう。そうすれば村民も揺り籠も全滅必至だ。

——く……。

苦渋《くじゅう》の決断——はっきり言えば最悪の決断だった。地上に向かう途中で拾える者はともかく、いま生き埋めになっている大多数は諦《あきら》めざるを得ない。

私が顔を伏せて苦しんでいると、ポンと肩に手が置かれた。

顔を上げるとアイスバーンが立っていた。

『村長』彼は誰《だれ》にも気づかれないように無線を使った。『指示をくれ』

私はハッとする。

——そうだ。私は。

村長なんだ。

見れば、揺り籠の警告表示が赤い蛍《ほたる》のように室内を埋め尽くしていた。『21:47:56』というのが残り時間だ。

バッテリーは残りわずか。でも村には戻れない。生き埋めになった者も助けられない。

——ならば方法は一つ。

「全員注目……！」

私は注意を喚起《かんき》した。村民たちがすがるように視線を向けてくる。

その不安を払拭《ふっしょく》するように、私は言葉に力を込めて告げた。

「次の作戦を指示します……!!」

【第十章】地上へ……（二）

【Robot=105／Human=102】

揺り籠《クレイドル》のバッテリーはあと二十二時間しか持たず、白雪姫《スノウホワイト》を失った我々には余剰《よじょう》電力がない。となれば取るべき道は一つ。

道は一つだった。

——ただまっすぐに地上へ。

基本方針は変わらず、目標はあくまで地上の発電所だ。バラバラになった村民たちをポイントごとに再編成し、それぞれがリーダーを決めたら再出発、可能ならば随時《ずいじ》合流。通信不能になった場合は各自の判断で地上を目指すこと——矢継ぎ早に作戦を指示すると、私たちは急《せ》き立てられるように出発した。

最初の関門は『産道《バース・カナル》』だった。

——慎重《しんちょう》に、慎重に……。

足を滑《すべ》らせないように注意しながら、私はスローペースでハシゴを登る。先頭にはアイスバーン、後ろにはビスカリア。さらにその後ろには約百名の村民が隊列をなして続いている。大人も子供も、一人一個の揺り籠を背負い、黙々《もくもく》とハシゴを手繰《たぐ》る。こうしたロボットたちの行軍は、戦火により焼け出された流浪《るろう》の民《たみ》を思わせた。故郷を失い、傷つき、足取りは重く、それでもなお前に進むしか生きる道はない。バッテリーが持つ保証も地上に出られる保証もない。追い討《う》ちを掛けるように余震《よしん》は続き、そのたびに必死にハシゴにかじりつく。悲壮感を通り越して絶望感が場の空気を支配する中、私は時々励ましの言葉を無線に入れながら登っていった。

道のりは険しかった。

「いったん停止……！」

ハシゴを摑《つか》んだまま無線を入れると、後続の村民たちもぴたりと止まる。

見れば、頭上には巨大な氷が行く手を塞《ふさ》いでいた。眠れる森《レム・フォレスト》を再出発してわずかに五十メートル。いったいこれでいくつめの障害物か、数える気も起きない。

「今回はどう？」

「推定一・四トン、向こう側は空洞《くうどう》。さっきと同じで、バッサリやって大丈夫《だいじょうぶ》さね！」

ビスカリアが手元のモバイル端末《たんまつ》を操作し、産道を塞ぐ障害物の形状を立体的に描き出す。

――よし！

形状分析が終わると、私は無線に一斉連絡を入れた。

「氷を破砕《はさい》します！　全員ハシゴ側の壁に張り付いて！　揺り籠はできるだけ壁際《かべぎわ》に寄せて！」

もはや定型文となった警告フレーズを繰《く》り返し、私はわずかに時を待った。

「全村民、配置完了！」

ビスカリアがモニターを確認しながら、村民全員が回避姿勢《かいひ》に入ったことを告げる。

「いいわよアイスバーン！」

私がゴーサインを出すと、「任せろ！」と声がして、アイスバーンが頭上の氷に向かって右手を伸ばした。その指先からはまばゆいばかりの青い光がほとばしり、彼の十八番《おはこ》『亡霊刀《ファントム・ブレード》』が姿を現す。暗い産道内が煌々《こうこう》と照らされ、幻想的《げんそうてき》な青い空間が生まれる。

「ハッ……！」

掛け声とともに、光のサーベルが一閃《いっせん》される。直後、頭上の氷には一筋の光線が走り、ざっくりと切断面が崩《くず》れ落ちた。

その直後だった。

「次の障害物まであと十二・六メートル」

ビスカリアが端末《たんまつ》のモニターを確認しながら淡々《たんたん》とつぶやいた。

――またか……。

少し進んでは立ち止まり、警告、切断、安全確認。時には不具合を起こした揺り籠を緊急《きんきゅう》点検。三歩進んで二歩下がるようなスローペースだったが、それでも他に方法がなかった。

「出発！」

私は内心の焦《あせ》りを押し殺しつつ、次のハシゴに手を伸ばした。

○

「ハッ！」

暗闇《くらやみ》に青い閃光が走るたびに、雹《ひょう》のような氷の破片が産道内を降り注ぐ。氷、破壊《はかい》、前進、氷、破壊、前進──淡々とした作業が続く。不安と焦燥《しょうそう》で誰《だれ》もが押し黙《だま》った雰囲気《ふんいき》の中、「あーあー。めんどくせえなぁ……！」というアイスバーンの軽口が今は不思議とありがたかった。

「もう、グチってないでちゃんと働くのよ……！」

「分かってるよ！」

「はい、次！」

「へいへい。……あー、ロボ使いが荒いんだからアマリリスちゃんは」

彼は愚痴《ぐち》をこぼしながらも刀を走らせる。その軌道は大胆《だいたん》かつ繊細《せんさい》で、破壊した氷の破片が計算どおりの軌道を描いて産道内を落ちていく。

「あ、ちょい待ち！」

そこでビスカリアの声が響《ひび》いた。

「どうしたの？」

「着いたよ。チェックポイント」

彼女はライトを向けて産道の壁を照らす。そこにはぽっかりと横穴が空《あ》いていた。

――あ……!

「作業用トンネル……⁉」

「もちろんさね」

私は横穴をまじまじと見つめる。今は崩落《ほうらく》した瓦礫《がれき》でほとんど埋《う》まっているが、それは確かに私が地上に出るときにも使用した作業用トンネルだった。ハシゴを登るのと村民の安全確認に必死で、ここまで来ていたことに気づかなかったのだ。

「アイスバーン!」

「へーへー。そこを掘れってんだろ。……おっと」

ふいに彼は静止した。

「どうしたの?」

「どうやら俺の出番はないようだぜ」

「え?」

次の瞬間《しゅんかん》だった。

ゴシャッという炸裂音《さくれつおん》が響《ひび》き、トンネル内の瓦礫がぶちぬかれた。それも向こう側からだ。

そして懐《なつ》かしい声が響いた。

「皆の衆、無事でござるかっ⁉」

【Robot=106／Human=103】


「はい、両手を広げてゆっくりね！　急ぐ必要はないわよ！」

強化ワイヤーを網《あみ》の目のように往復させ、即席の吊《つ》り橋を架《か》ける。その上を百名の村民たちが一人ずつ渡っていく。橋の下にはアイスバーンを待機させ、万が一の落下事故に備える。

「到着ー」

子供たちは吊り橋を渡ると、何か楽しい遊びに思えたのか私に笑顔を向けた。その無邪気《むじゃき》さに今は癒《いや》される。

「よくがんばったね、えらいえらい」

頭を撫《な》でてやると、「あ、ずるい、私も」「僕も僕もー」と先に渡った子供たちが押し寄せてくる。

「だめだめ、みんなが渡ってから。はい、次！」

百名の村民がトンネルに入りきるまでにかなりの時間を要した。だが、足を滑《すべ》らせたら一巻の終わりだった長い長いハシゴ登りが終わり、トンネルの外壁に寄りかかって休憩《きゅうけい》する村民たちの顔には安堵《あんど》の色が見えた。

――よし、いいわ。少し希望が見えてきた。

まだ道のりは半分にも満たないけれど、この三時間は一人の犠牲者《ぎせいしゃ》も出ていない。特に、ゲッツと合流できたのは不幸中の幸いだった。

「ここでいったん休憩《きゅうけい》を取ります！　各自、揺り籠を壁際《かべぎわ》に並べて！　それから自分自身のコンディションを緊急《きんきゅう》点検！　パーツが必要な者はビスカリアに申し出て！」

指示を出した後は揺り籠の点検に取り掛かった。トンネルの奥まで一列に並んだ揺り籠を一つ一つチェックする。中には過剰《かじょう》にバッテリーを消費している揺り籠もあったが、省電力モードに切り替えるくらいしか今は打つ手がなかった。予備の携帯バッテリーも半数近くが地震《じしん》の影響《えいきょう》で紛失《ふんしつ》しており、電力事情は最悪に近い。

「全部で百三個、か……」

合流したゲッツの揺り籠を加えて、全部で百三個。点検を終えると、私は腕組みをして考え込んだ。ほとんどはまだ二十時間近いバッテリーを残しているが、十五時間に満たないものも少なくない。揺り籠は外気を自動感知して内部の温度を調整するため、電力消費の速度は個体によってどうしてもまちまちになる。

「ゲッツ、ちょっといいかしら？」

「なんでござる」

「いっしょに行った先発隊のことだけど……」

私が恐る恐る尋ねると、ゲッツは「うむ……」と渋《しぶ》い顔になった。

「拙者《せっしゃ》も含め、全員が生き埋《う》めになった。だが、脱出《だっしゅつ》できたのは拙者一人でござった」

「…………」

「深い亀裂《きれつ》に落ちたのでなければ、助けようもあったのでござるが……」

ゲッツは厳しい表情になると、「面目《めんぼく》ない」と頭《こうべ》を垂《た》れた。

「ううん、あなたの責任じゃないわ。あの地震ではどうしようもなかったのよ」

――く……。

誰《だれ》にも見られないようにわずかに唇《くちびる》を噛《か》むと、私は揺り籠の点検に戻った。

○

困難は続いた。

「なんだよ、ここをまっすぐ突っ切ればいいだろ？」

アイスバーンが不服そうに言う。

しかしビスカリアは「それはダメさね」とはっきり否定する。

「まっすぐ行ったらひたすら巨大な氷を斬《き》っていかなきゃならない。あっという間に電力を使い切ってリタイアになるよ」

「でもよ……」アイスバーンは軽く足元を蹴《け》る。「あまりに遠回りだろ」

「仕方ないさね。電力の無駄遣《むだづか》いができない以上、多少遠回りでも既存のトンネルを利用するのが一番なのさ」

「ご主人様の世界にも『急がば回れ』という言葉があるでござる」

ゲッツにまでたしなめられると、アイスバーンは「ふん」と不満の意を露《あらわ》にした。

「やってられねぇな」

「ここはあたしを信じて、ひとつ頼《たの》むよ」

ビスカリアが珍《めずら》しく拝《おが》むような仕草をする。

「別に、おまえの計算は疑ってねぇけどよ……」

彼はなおも不満そうにしながら、ガリガリとかかとで氷を削《けず》った。これはサーベルで斬《き》りつけるためのマーキングだ。

「こんなもんか？」

「おおむねＯＫ。深さは二メートル弱。マンホールを空《あ》ける要領でやっとくれ」

「へーへー」

ビスカリアの計算を元に、アイスバーンが腰を低くして構える。亡霊刀が瞬時《しゅんじ》に青い光を発したかと思うと、床に垂直に突き立てられる。アイスバーンはそれをゆっくりと弧《こ》を描くように移動させる。

十秒後、ボコリと斬った部分が陥没《かんぼつ》し、凍結《とうけつ》した湖面を刳《く》り貫《ぬ》いたような丸い穴ができた。

「これが地下トンネルに通じてるの？」

私は穴を覗《のぞ》き込みながら尋ねる。中は真っ暗で何も見えない。

「そうさね。それを東に向かって進むと、やがて上に出る道がある。遠回りだけど一番電力消費を抑えられると思うよ」

「そうなんだ……。じゃあ、私から行くね」

電子メジャーで下までの距離《きょり》を測ると十メートル近くあった。私はロープを垂《た》らし、念入りに結び目を確かめてから穴に入る。

――あまりに遠回りだろ。

ロープで降りながら、ふとアイスバーンの言葉を思い出す。

たしかに、彼の言うとおりだった。早く地上に出なければいけないのに、再び潜《もぐ》るようなルートはどうしても抵抗がある。それは他の村民も同じで、無線には「どうして戻るの……？」と不安げなデイジーの声が混じった。

――焦《あせ》るな、焦るな。

私は暗闇《くらやみ》をロープで降りながら、ゆらゆらと足を伸ばした。硬い氷の感触が足裏に伝わり、底に着いたことを知る。これから一個一個、揺り籠を降ろしていったらどれだけ時間が掛かるのだろう。その不安が胸のうちをよぎる。

――焦ってはダメよ。急がば回れ、急がば回れ。

呪文《じゅもん》のように唱《とな》えながら、自分の気持ちを落ち着かせる。

顔を上げると、暗闇《くらやみ》にはぽっかりと満月のような円形の光が浮かんでいた。そこからするするとロープをつたって村民たちが降りてくる。

ふと、このまま暗闇の底に引きずりこまれてしまうような錯覚《さっかく》に陥《おちい》り、私は小さく身震《みぶる》いした。

○

暗いトンネル内を黙々《もくもく》と進む。

ザリッ、ザリッと踏《ふ》みしめているのは、雪ではなく作業用ロボットたちの遺体だ。凍傷《とうしょう》でバラバラに砕《くだ》け散った金属片はまだしも、原型を留《とど》めた手足や生首を踏みつけるのは抵抗がある。しかし前に進むにはそれらを踏み越えていくしかない。

「なげぇな……」

後ろでアイスバーンがぼやいた。私も「そうね……」と小さく返す。最初のころはいくらか交わしていた会話も今は途切れてしまい、ぽつりぽつりとつぶやくだけになってしまった。

暗い雰囲気《ふんいき》を抱えたまま、さらに一時間後。

「ねえ、そろそろじゃない？」

私はビスカリアに振り返る。

「ああ、近いね。あと一分もすれば接触するよ」

彼女は手元のモバイルを見ながら答える。その画面には百ほどの光点が列をなしており（これは私たちだ）、その先には十ほどの光点が集まっている。

――これでやっと合流できる。

地震《じしん》により離《はな》れ離《ばな》れになった村民たちは全部で四十名弱。それぞれが独立して地上に向かう手筈《てはず》となっているので、他の部隊と合流するのはこれが初めてだった。五十メートル、四十メートル、三十メートル……近づくにつれて自然と早足になる。再会できれば孤立《こりつ》していた村民たちはもちろん、こちらの陣営も活気づくはずだ。

「え……？」

現場に到着して、まず目に入ったのは瓦礫《がれき》の山だった。

――余震か……！

ここに来るまでに頻繁《ひんぱん》に余震に襲《おそ》われ、崩落《ほうらく》する土砂に何度もヒヤリとした。それがここでは特にひどかった。

「瓦礫をどけるわよ！」

指示を出すと皆が一斉に動いた。それぞれが手分けをして仲間が埋《う》まっているだろう場所を掘り返す。

だが。

一人、また一人と掘り出すに連れ、私たちは無口になっていった。

「う……」

瓦礫《がれき》の中から見つかった仲間たちは、誰《だれ》もが揺り籠を抱《だ》くようにして埋《う》まっていた。崩落《ほうらく》の際にわが身を挺《てい》してご主人様を守ったことは明らかだった。

「全滅《ぜんめつ》さね……」ビスカリアが一体一体を確認したあと、悔《くや》しげに報告した。「精神回路《マインド・サーキット》が凍傷《とうしょう》で砕《くだ》け散っている」

瓦礫に押し潰《つぶ》されたダメージと電力の供給停止により、そのボディは見るに耐えない状態だった。胸部の中では精神回路が原型を留《とど》めないほど粉々になっていた。

「これ、自分から切ったな……」

アイスバーンが一本のケーブルを手に取り、静かに言った。

見れば、揺り籠からはヘソの緒《お》のごとく充電ケーブルが垂《た》れ下がっていた。ケーブル自体に損傷はないことから、村民たちが自分から切り離《はな》したことが分かる。

——捧《ささ》げたんだ……。揺り籠に命を。

揺り籠から電力をもらえば生き残れたかもしれないのに、彼らはあえてそうしなかった。一分でも、一秒でも、ご主人様が長生きする道を選んだ。助かる可能性に懸《か》けた。

——それが私たちの使命。存在理由。だけど……。

「こいつらバカだな……」

アイスバーンが寂《さび》しげにつぶやく。

十名の村民たちは誰もが安らかな顔をしていた。己の使命をまっとうしたことを示した死に顔。途中で通信が途切れたのも、そのときに充電ケーブルを自《みずか》ら切ったからだろうと思われた。

「ああ……」

私は小さくうめく。

生き残った十個の揺り籠と、自らを捧げた十名のロボット。他の村民たちもその光景を見て呆然《ぼうぜん》と立ち尽《つ》くす。

「……運びましょう」

私は指示を出し、救出した十個の揺り籠を村民に割り振った。揺り籠の数が村民の数を超えたため、ゲッツをはじめとする積載重量の大きい者が複数個を引き受けることになった。

村民の遺体は、その場に埋葬《まいそう》することになった。残りのバッテリーを考えるとそれ以外に選《せん》択肢《たくし》がなかった。

氷で作られた小さな墓標を前に、百名の村民が手を合わせる。

――く……。

仲間を失った哀《かな》しみと、そして何もできなかった己のふがいなさを呪《のろ》いながら、私は顔を上げて言った。

「さあ、行きましょう」

ささやかな葬儀《そうぎ》のあと、私たちは再び出発した。


【Robot=106／Human=113】


「ここからは登りさね」

次の分岐点《ぶんきてん》に差し掛かると、ビスカリアは立ち止まって視線を上に向けた。そこには傾斜が四十五度を超えようかという急な坂道があった。下から見上げると断崖《だんがい》のように見える。

「うへー、こんなとこを登るんかよ？」

アイスバーンがいかにもダルそうに言う。

「文句言わないの。行くわよ」

「へーへー」

ロッククライミングのごとく、氷の壁に手を掛ける。わが身一つならばそれほど苦ではないが、重さ二百キロの揺り籠を背負っているとさすがにきつい。

「けっこう傾斜があるから、子供たちは無理しないで！　私とアイスバーンがロープで引き上げるから！」

「ええー、マジかよ」

「何か言った？」

「いや何も」

背中の重量をひしひしと指先に感じながら、ほとんどフル出力で壁をよじ登る。かなり余計な電力を消費しそうな気がするが、加減を間違うと転げ落ちるので手は抜けない。

アイスバーンと二人、足を滑《すべ》らせないように慎重《しんちょう》に登る。少し間を置いて大人のロボットたちも後に続く。ビスカリアは下から登りやすいルートを指示する役に回り、子供たちは心配そうに私たちを見上げていた。

十分ほどの短い登山が終わると、私はまず揺り籠を降ろした。

「みんなゆっくり！　時間はあるから慎重にね！」

傾斜はきつかったが、幸い高さはそれほどでもなく、二十分ほどで大人はほぼ全員が登り終えた。続いて子供たちが登り、最後は子供たちが残した揺り籠をロープで一つ一つ持ち上げる。ここでは一番パワーのあるゲッツが活躍《かつやく》した。

「オーライ、オーライ……ストップでござる！」

ロープが何重にも絡《から》んだ揺り籠が、村民の手から手へ慎重に受け渡される。時間は掛かったが、百以上ある揺り籠を一つも落とさなかったのだから良しとせねばなるまい。

「はい、五分休憩《きゅうけい》ね！」

本当は二、三十分休みたいところだが、残りのバッテリーを考えるとそうもいかなかった。

揺り籠の残量は十二時間を切っており、当初の二十二時間からすると半分近く減っている。

——これで最後まで持つだろうか？

手持ちの予備バッテリーも残りわずかで、いよいよ限界が近かった。私は不安を顔に出さないようにしながら、休憩中《きゅうけいちゅう》の村民たちの様子を見る。ここまで約十時間、緊張《きんちょう》の中で重労働を強《し》いられたので、誰《だれ》もが疲れ切った顔をしている。

休憩時間が終わると再出発をした。

それからわずか三十分後、懸念《けねん》は現実のものとなった。

○

「歩けない……？」

無線連絡を受けた私は、村民に一時停止を命じた。

列の後方に駆けつけると、そこには膝《ひざ》を折って座り込む少女の姿があった。『ぽんぽんが痛い』とよく病院に来ていたヴィーセアだ。

「どうしたの……？」

「あ、あの、ね……ヴィー、セア……体に、力が……」

少女はたどたどしく言葉を紡《つむ》ごうとするが、うまく音声装置が働かないようだった。それに顔色も悪い。

——まさか故障……⁉

私は少女の前にしゃがみこみ、「じっとしててね」と彼女を平らな場所に横たえた。それから少女とつながれた揺り籠の表示を確認する。

『00:25:38』

——もうこんなに……⁉

表示されたバッテリー残量は、三十分にも満たなかった。通常、ロボットは残量が三十分を切るとデータ維持のために行動停止状態に陥《おちい》る。ヴィーセアにも同じことが起きたようだった。

「待ってて、すぐ交換するから！」

私は揺り籠のバッテリーユニットを露出《ろしゅつ》させ、ポケットから出した予備バッテリーを差し込んだ。

——お願い、うまく行って……！

一拍《いっぱく》の後、少女の瞳《ひとみ》に小さな光が走った。ブゥン、と低い音が響《ひび》いて小さな体が震《ふる》える。

私は再度、揺り籠のバッテリー残量を確かめる。『08:31:47』まで回復しているのを見て、ほっと一息つく。どうやら内部システムの故障ではなく、単なるバッテリー切れのようだった。

「気分はどう？」

「ありが、とう……」

少女は力なく微笑《ほほえ》み、手を伸ばした。私はその手を取って少女が立ち上がるのを助ける。

「じゃあ、先頭に戻るから。調子が悪くなったらすぐに言うのよ。いいわね？」

「うん」

少女は力なくうなずいた。

○

「……そうかい」

報告を受けたビスカリアは静かにうなずいた。

「本来のスケジュールなら、これほどの長丁場を想定する必要がなかったからね……」

バッテリーの残量はあくまで目安で、実際には多少の誤差が出てくる。特に、村民のような老朽化《ろうきゅうか》が著《いちじる》しいロボットはいろいろと消耗《しょうもう》が激しい。しかも、過酷《かこく》な低温下、常時二百キロの重量を運んでいるのだから尚更《なおさら》だった。

「揺り籠のバッテリーは大容量だから、もっと持つと思ってたわ……」

「あたしもそう思っていた。だけど思った以上に消耗が早いね」

強い力を出したり、重い荷物を運んだときにバッテリーの消耗が激しいことは私も知っていた。だが、それにしてもこんな道なかばでバッテリー切れとなるのは想定外だった。

「まあ、今さら言いたくないけど『摘出《てきしゅつ》』の影響《えいきょう》さね。ボディが劣化《れっか》しすぎてエネルギー効率がかなり悪くなっている。それに、今後はパーツが焼きついて動けない者も出てくるだろうね」

ビスカリアは沈んだ声で言った。

「ハア……」

私もため息しか出ない。経年劣化などと言われては今さらどうしようもない。

「対策はあるの？」

「ないね。……急ぐしかない」

「……そう」

私たちはそれだけ言葉を交わすと、お互いに視線を伏せて先を急いだ。

○

それからは堰《せき》を切ったように故障者が続出した。

パーツ破損、配線ショート、精神回路フリーズ——故障部位は多様だが、そのほとんどがロボットの老朽化を原因とするものだった。度重《たびかさ》なる『摘出』が背景にあるのは間違いない。

手持ちの予備パーツはすぐに尽《つ》きてしまった。だから私たちは助け合い、支えあって進んだ。まだバッテリーの残量がある者は電力を融通《ゆうずう》し、動ける者は動けない者を背負った。

しかし。

最初は警告音だった。

ピーッと言う甲高《かんだか》い音が後方で鳴り響《ひび》いたかと思うと、

『揺り籠に異常発生！　すぐに来てください！』

「どうしたの⁉」

『内部の温度が急激に低下してます……‼』

「待ってて、すぐ行く！」

私は走りながら無線で連絡を取る。ゲッツやアイスバーンも後ろから付いてくる。

到着して驚《おどろ》いた。

——どういうこと……⁉

その揺り籠は凍《い》てついたように内部が真っ白になっており、表示温度が零度《れいど》を切っていた。

このままでは内部の人間が凍死《とうし》してしまう。

「ビスカリア……！」

「ちょい待ち！」

ビスカリアが急いで揺り籠の様子を確かめる。コントロールパネルを引き出してキーをすばやく叩《たた》く。

「く……、温度調節機能がイカれてる……」

エア排出、緊急酸素注入《きんきゅう》、非常システム起動……ビスカリアはなおも様々なキー操作をして揺り籠の内部気温を上げようとした。

だが、十分後にはその手を止めた。

「どうしたの……？」

私は恐る恐る尋ねる。

「ダメだ。お手上げさね」

彼女はキーから手を離《はな》し、作業は終わりとばかりに触手《しょくしゅ》を収納した。

揺り籠の中では、内部の人間――五十代くらいの男性だろうか――が静かに絶命していた。

真っ白な体から死因が凍死なのは間違いなかった。

「温度調節系統が全部ダメだった。交換しようにもパーツがないし……すまないねぇ、本当に」

「ううん」

私は彼女の肩に手を置く。

「あなたはよくやったわ。どうすることもできなかったのよ」

「そうだぜ。仕方ねぇさ……」

アイスバーンも珍《めずら》しく慰《なぐさ》めの言葉を掛ける。

私は立ち上がり、集まっていた村民たちに指示を出した。

「埋葬《まいそう》しましょう。ご主人様を」

【Robot=106／Human=112】

地面を掘ったわずかな窪《くぼ》みに、凍《こお》りついた揺り籠をそっと置く。壁に立てかけるように安置すると、それは墓標のようにまっすぐ立った。

本当なら地上まで運びたかったが、そんな余力はなかった。穴を掘って埋葬《まいそう》する余裕すら私たちにはないのだ。

わずかに一分、鎮魂《ちんこん》の言葉を捧《ささ》げ、私たちは揺り籠を置いて出発した。

「直接的には気温調節機能の異常。でも、それはたまたま今回がそうだっただけで、本当の原因は『経年劣化《れつか》』——要はあたしら村民と同じさね」

口調は淡々《たんたん》としていたが、ビスカリアの横顔は心底悔《くや》しそうだった。それは私も同じで、そばで何もできなかった悔しさで体が震《ふる》えた。

——また、助けられなかった。

ご主人様を助けるはずの作戦なのに、これまで誰《だれ》一人として地上に届けられていない。あまりの無力感に怒《いか》りさえ湧《わ》く。

悲劇は続いた。

『揺り籠の気温低下！』

『緊急事態《きんきゅう》！　揺り籠が異常発熱！』

『急いで下さい！　ご主人様が――！』

その後の一時間で、十二人のご主人様が死んだ。

内部気温低下による凍死《とうし》、異常発熱による焼死、酸素不足による窒息死《ちっそくし》――経年劣化によるものもあれば、先の崩落《ほうらく》によって物理的に破損したものもあり、故障原因は様々だった。いずれにせよ、交換パーツがなければどうしようもなく、私たちはただご主人様が死んでいくのを看取《みと》ることしかできなかった。揺り籠は次々に棺桶《かんおけ》と化し、そして墓標となった。

次の一時間では二十一人が死んだ。

もはや誰も、どうすることもできなかった。バッテリーは残っているのに、揺り籠そのものが故障してしまう。ロボットのような金属の体と違って、生身のご主人様にとってこの地下世界はあまりにも過酷《かこく》な環境だった。揺り籠という生命維持装置がなければ五分と生きることができない。

故障は連鎖《れんさ》し、しかも加速度的に増えた。

もはや葬儀すらできず、私たちは白銀の墓標を立て続けた。誰もが無言だった。

そして死者は七十九人を数えた。

【Robot=106／Human=34】

「アマリリスさん、ちょっとよろしいですか？」

その申し出は唐突《とうとつ》だった。

振り返ると、声を掛けてきたのはセオラリアさんだった。祈願祭《きがんさい》でスペアミント創世記を朗《ろう》朗《ろう》と歌い上げた、外見年齢八十歳の婦人ロボットだ。

「どうしました？」

私はセオラリアさんに向き直る。今は休憩《きゅうけい》時間で、ビスカリアが故障者の診察をしている。

「これをお渡ししたいと思いまして」

彼女の手には大きめの包みが握《にぎ》られていた。

「これは？」

「バッテリーです」

「え？」

包みを開けると、たしかに携帯バッテリーが山と入っていた。見たところ五十本以上ある。

「これって、みんなに配布していた分？　どうして……？」

「もう必要ないからです」彼女は静かに告げた。「私はここでボディを廃棄《はいき》します」

「……え？」

最初は何を言われたのか分からなかった。

セオラリアさんは穏《おだ》やかに説明した。

「バッテリーは残りわずかで、地上はまだ遠い。このまま進めば間違いなく全滅《ぜんめつ》でしょう。それなら、残りのバッテリーを使い切る前に私たちが身を引きます」

「私たちって……他にもいるの？」

「評議員四名と子供たち三十名を除いた、残り七十二名です。その全員がここでボディを廃棄します」

「で、でも、ボディを廃棄したら……精神回路だけになるわよ？　そうしたら、もう一度ボディを取り戻して、復活できる保証なんてないのよ？」

私はセオラリアさんに詰《つ》め寄る。

「覚悟の上です。私はもう十分に生きました。だからバッテリーはご主人様と、子供たちのために役立てて下さい」

「だ、だけど……」

私は手のひらいっぱいのバッテリーを見つめ、情けない声でつぶやく。

「こんなの、受け取れないよ……」

そのときだった。

『いいんですよ、アマリリスさん』

カトレアの声が無線に入った。

『セオラリアさんのおっしゃるとおり、このままでは共倒れですわ。それに残りの揺り籠がここまで減った今では、これだけの大人数は必要ないでしょう。だからそれは遠慮《えんりょ》なく使ってくださいませ』

「カトレア……」

見れば、カトレアは氷の壁に寄りかかり、ぐったりと脱力《だつりょく》していた。カトレアだけではない。その横にはまるで何かの儀式《ぎしき》のごとく列になって村民たちが寄りかかっていた。

『いいんだよ！　気にすんなって！』『頼《たの》んだぜ！』『任せた！』『遠慮なく使ってくれよ！』

無線には次々に村民たちの声が入る。

「アマリリスさん、みんなも同じ意見です」

セオラリアさんは年輪のように深い皺《しわ》をほころばせ、穏《おだ》やかに微笑《ほほえ》んだ。

「私たちがいなくなれば、電力が節約でき、ご主人様を助けられる。勝手な申し出ですが、後のことはよろしくお願い申し上げます」

彼女は深々と頭を下げる。

「で、でも、それじゃみんなが……」

私は動揺《どうよう》を隠せない。

　セオラリアさんは落ち着いていた。

「考えてみて下さい。私たち『大人型ロボット』は、ボディが大きい分だけ『摘出《てきしゅつ》』を多く受けています。つまり、故障しやすく、バッテリーも余計に消費しやすいんです。それに比べて子供たちは摘出も少ないし、一台あたりの消費バッテリーも少ない。電力の費用対効果で考えれば子供たちが生き延びるほうが断然効率がいいんですよ」

「じゃ、じゃあ私も。私もバッテリーを出すわ」

「ダメですよ、あなたは」

　そこでセオラリアさんは首を振った。

「どうして」

「あなたまで差し出したら、誰《だれ》が子供たちを率いていくんですか。評議員の皆さんはどうしてもこれからの旅路に必要です。だからそれを受け取ってください。どうか、なに……とぞ……」

　そのときだった。

　彼女は膝《ひざ》から崩《くず》れ落ちるようにしゃがみこんだ。

「セオラリアさん……！」

　私は慌《あわ》てて彼女を抱《だ》き起こす。だがその体はぐったりとして力がない。どうやら残っていたバッテリーが切れたようだった。揺り籠からの電力を断ってしまうと、ロボットの非常バッテリーは短時間しか持たない。

気づけば、もう誰《だれ》の言葉も無線に入ってこなかった。セオラリアさんだけでなく、カトレアも、他のみんなも倒れたまま動かなかった。

私が愕然《がくぜん》としていると、ビスカリアの声がした。

「みんな、自分の命をあんたに託《たく》したのさ」

「もしかして……」私は視線を伏せたまま尋ねる。「ビスカリアは、知ってたの？」

彼女は小さくうなずいた。

「ごめんよ、黙《だま》ってて。あんたは絶対反対すると思ったからね。セオラリアから持ちかけられたとき、あたしが中心になってみんなを説得したんだ。あんたに気づかれないよう、個別の無線でね。そうしないと、どう計算しても地上までバッテリーが持たないから」

私はぐっと拳《こぶし》を握《にぎ》り、それから脱力《だつりょく》した。

「ごめん、私、村長なのに……あなたに嫌《いや》な役をさせて」

「あんたには無理さ。こういうドライな解決法はね。でも、そういうあんただからみんなも命を託す気になったんだよ」

「…………」

七十二名の村民たちは、それぞれが安らかな顔で事切れていた。子供たちが不思議そうに「どうしたの？」「寝ちゃったの……？」と覗《のぞ》き込んでいる。

——私はもう十分に生きました。

セオラリアさんの言葉が蘇《よみがえ》る。私は両手いっぱいのバッテリーを見下ろす。

——みんな、ごめんね。

私は唇《くちびる》を強く噛《か》む。胸が苦しい。

——無力な村長で、本当にごめん。

ただ謝ることしかできない私は、ギッと奥歯を鳴らしたあと、バッテリーを握りしめた。


【Robot=34／Human=34】


そして私たちは出発した。

村民は三十四名にまで減っていた。私、ビスカリア、ゲッツ、アイスバーンを除くと、残り三十名は全員が子供だった。他の村民たちとの合流も絶望的で、モニター上では次々に光点が消えていき、そのたびに私は暗澹《あんたん》たる気分に陥《おちい》った。

残る揺り籠は三十四個で、奇《く》しくも村民と同数だった。三十四名の村民が、それぞれ一つずつ揺り籠を背負う。三百個の揺り籠を運ぶ作戦が、今やこれだけの小規模になってしまった。

それでも前に進むしかない。

右手には小さめのアタッシェ・ケース。この中には七十以上の『精神回路』が収納されている。カトレアやセオラリアさんをはじめとする、先ほどバッテリーを差し出した村民たちのものだ。いつになるかは分からないけれど、地上に出た暁《あかつき》には必ずこれを復旧させ、仲間たちを蘇《よみがえ》らせてみせる。私はケースの重みを腕にひしひしと感じながら、黙々《もくもく》と前に進んだ。

時間が経《た》つにつれ、子供たちからは鼻をすするような音が聞こえてきた。涙をこらえ、重い荷物を背負って必死に進んできた緊張《きんちょう》の糸が切れつつあった。

やがて、しくしくと泣き出す声が聞こえ始めた。「お母さん……」と親を慕《した》う声もそれに重なる。今までの百年間、親子ロボットとして暮らしていた者たちも地震《じしん》によって離《はな》れ離《ばな》れになり、もう会える見込みも薄《うす》かった。誰《だれ》だって、家族を亡《な》くして未来が暗ければ泣きたくなる。

泣き声は連鎖《れんさ》し、そのうち大声で泣き出す子供も出てきた。「もう歩きたくない」「おうちに帰りたい」という声が続く。追い討《う》ちを掛けるように余震が襲《おそ》い、揺《ゆ》れはわずかだったものの子供たちの泣き声はますます大きくなった。

さらに時間が経ち、行軍は一時休憩《きゅうけい》となった。

「ビスカリア、あとどのくらい……？」

私は隣《となり》に座った彼女に尋ねる。「ん……」と厳しい顔のビスカリア。

「次の分岐《ぶんき》まで一時間」

「そのあとは？」

「まだ分からない」

「分からないって……どういうこと？」

「つまり、崩落《ほうらく》の状況によって判断するしかないってことさ。完全に道が塞《ふさ》がっているところは回避《かいひ》して、消去法で道を選ぶしかない」

「それで、時間内に地上に出られるの？」

「……運次第さね」

ビスカリアは淡々《たんたん》と答えた。私もそれ以上は訊《き》き返さなかった。

子供たちの泣き声はまだ続いている。

──泣きたいよね。こんなに暗いし、重いし、悲しいんだから。

私は泣き声のするほうへと歩いていった。三十名の子供たちがすぐに寄ってくる。

「お、おねぇ、ちゃん……う、うぇぇ……」

「ほーら、泣かないの」

私は女の子の頭を撫《な》でる。

「座りましょ」

私が座ると、子供たちも体を押し付けるように私を囲んで座った。みんなが大きな瞳《ひとみ》をうるませながら、こちらをじっと見てくる。怖くて、不安で、たまらないのだろう。

よるがきたら　ねむりましょう
ながいよる　こわいよる

でもいつかは　あけるよる

私が歌い出すと、泣き声が小さくなった。子供たちは不思議そうに私を見つめる。

こわいゆめは　わすれましょう
ながいよる　さむいよる
でもいつかは　あけるよる

暗い洞窟内《どうくつない》に歌声だけが響《ひび》く。やがて、その歌声には幼い声が混じり始める。デイジーが歌うと、他の子たちも続いて歌い始めた。

あさがくるまで　ねむりましょう
ながいよる　つらいよる
でもいつかは　あけるよる

歌いながら私は子供たちを一人一人抱《だ》きしめ、頭を強く撫《な》でた。
気づけば、みんなが歌を口ずさんでいた。いつか祈願祭《きがんさい》でやった全体合唱のように、歌声は美しいハーモニーを奏《かな》でて私たちを包んだ。

一条の陽光も届かぬ地下の奥底で、まるで陽気なピクニックのように私たちは歌った。

○

そして地上が近づいてきた。

「残り高度二十メートル……いや十五メートルさね」

ビスカリアがモバイルの画面を見ながらつぶやく。

「あ！　ここの道、前に通ったことあるわ！」

見覚えのある場所に出て私もテンションが上がる。そう、前に地上に向かったときは、帰り道にこのあたりで足をくじいた覚えがある。

——近い、近いわ……！

私は早足で前に進む。それはやがて駆け足となり、みんなも競走のごとくこぞって走り出す。

さらに先に進むと、いよいよ私は確信した。真っ暗だったトンネルにはほのかな明かりが差し込んでおり、氷穴を通り抜ける風は間違いなく外から吹き込んだものだ。

——あと少し……！

明るいほうを目指して進んでいくと、やがて広いホールに出る。凍《こお》りついた資材と瓦礫《がれき》が盛り土のように積もった先には、大きめの階段が見え、それはさらに上へと続いていた。マンホールらしき出口も見える。

一段飛ばしで階段を駆け上がり、出口に手を掛けると、

「やっぱり、凍《こお》ってるか」

ポケットから『黒　点《ブラックポインター》』を取り出し、カチリとスイッチを入れる。ペン先がポッと発光し、それをマンホールの輪郭《りんかく》にそって押し付ける。ジュウジュウと凍結《とうけつ》した部分を融《と》かし、くるりと一周したあとは、ガンッとマンホールの蓋《ふた》が落ちてきた。「アイタッ！」と私は頭を抱える。

そして。

「わあ……！」

地上に躍《おど》り出た私は思わず歓声を上げた。

大地は凍りついたままだし、風は吹雪《ふぶき》のように冷たいし、天気も決して良くない。それでも雲間からほのかに見える光は、たしかにこの世界に生命を育《はぐく》んだ陽光そのものだ。

――やった、やったぞ……！

私は嬉《うれ》しくて拳《こぶし》を振り上げる。間違いない、氷河期が終わりかけている。

三百六十度をぐるりと見回し、外の景色を焼き付けるように何度も何度も見る。どこまでも続く氷の大地は殺風景には違いないが、西の地平線には天を突くような尖《とが》った建物――大型発電所が見える。あそこが白雪姫の真上ということは、トンネルを進むうちにだいぶ遠ざかって

しまったのだろう。

「ああ……」

頬《ほお》を一筋、熱いものが流れる。百年ぶりの世界はただただ大きくて、広くて、高くて、明るくて、まぶしくて——私は胸に湧《わ》き上がる歓喜に打ち震《ふる》えた。他のみんなも陽光を目に焼き付けるようにあたりを見回し、肩を叩《たた》いて喜びを分かち合っていた。誰《だれ》もが感激していた。

「さあ、みんな行くわよ！」

号令を掛けると、私たちは一斉に駆け出した。氷の大地を踏《ふ》みしめ、まっすぐに目的の地へと走る。降り積もった雪を掻《か》き分け、小高い丘を登り、走って、走って、つんのめって、また走る。起伏の激しい地形は百年前と変わらず、転んだり滑《すべ》ったりしながら私たちは前へと進んだ。

そうやって先を急ぎ、発電所まであと数百メートルというところだった。

突然、ビスカリアが叫んだ。

「モニターに警告表示……！　巨大な熱源接近……っ‼」

——え？

みんなが一斉に立ち止まり、彼女を見た——

その瞬間《しゅんかん》だった。

私たちの頭上を、巨大な青い光が横切った。

○

光は凄《すさ》まじかった。

私たちを越えて背後の丘に『着弾』すると、氷を激しく爆砕《ばくさい》して吹き飛ばした。それでも光は衰《おとろ》えを知らず、丘を貫通したあとは氷の大地を乱暴に削《けず》り取って白い水蒸気のカーテンを地平線の果てまで噴き上がらせた。

あまりのことに皆が啞然《あぜん》とし、しばらく言葉を失った。視覚調節機能が追いつかず、まだ目がチカチカとくらむ。あまりにも光が強烈《きょうれつ》で、太陽が目に飛び込んだような錯覚《さっかく》に陥《おちい》ったほどだ。

「な、なによ今の……⁉」

私はビスカリアを見る。

「とにかくこの場を離《はな》れて！　──第二波、来るよ！」

次の瞬間《しゅんかん》だった。

発電所の方角で星のような光が瞬《またた》いたかと思うと、再びあの光が放たれた。空を横切る稲妻《いなずま》のような青い光──おそらくは何らかのレーザー──は、今度は私たちの手前に着弾し、氷の大地を激しく削り取ったあとに地平線の彼方《かなた》へと消えていった。白銀の大地に黒い直線が引かれ、それは私たちの間を境界線のごとく二分した。

「全員散開……！　どこかに隠れて！」

説明などせずとも、誰《だれ》もが身の危険を感じて動き出していた。私の命令を待たずして全員が散り散りに駆け出し、それぞれが丘の陰や、地面の窪《くぼ》みに身を隠した。

「今のはいったい何……⁉」

自《みずか》らも丘に身を隠し、私は隣《となり》のビスカリアを見る。子供たちは脅《おび》えたように私にしがみついている。

「対機甲兵《きこうへい》用圧縮型水晶《すいしょう》レーザー」

ビスカリアは早口で答えると、すっと腕を上げた。

「犯人はあいつさね」

彼女の指差した方角は発電所のほうだった。

——なに、あれ……⁉

それは一台のロボットだった。その四肢《しし》は大木のように太く、黒光りする体は闇《やみ》が溶け込んだような不気味《ぶきみ》さを醸《かも》し出している。陽光に煌《きらめ》く発電所の前で立ちはだかる黒いシルエットは、まるで白銀の世界に現れた漆黒《しっこく》の魔人《まじん》のようだった。

「あれって……！」

私の中で忌《い》まわしい記憶《きおく》が蘇《よみがえ》る。終末の時、逃げ惑《まど》う人々、雨のように降り注ぐレーザー、噴き上がる無数の赤い柱——

「F-310」

ビスカリアがつぶやいた。

「世界最凶《さいきょう》の軍事ロボットさね」

○

「どうして攻撃《こうげき》してくるの⁉」

「あたしも知らないよ！　ただ、おそらくセキュリティのつもりなんだろうよ！」

「セキュリティーですって⁉」

「外敵認定されてんのさ、あたしたちは！　あのとき真っ黒焦《こ》げにされたご主人様と同じようにね！」

「外敵……」

私はかつて見た『あの映像』を思い出す。逃げ惑う人々を無慈悲《むじひ》に殺戮《さつりく》した軍事ロボットと、おびただしい死骸《しがい》の焼け野原。あのときロボットは白雪姫に向かう人々を迎え撃《う》ち、殺戮した。百年を経た今でも、『彼』はあのときの命令を守っているとでもいうのだろうか。

『アマリリス殿……！』

ゲッツの声が無線に入る。少し離《はな》れた窪《くぼ》みの陰に彼の姿が見える。

『このままだとやられるでござる……！』

「待ってて、今、指示を出すから……！」

私は周囲を見回して状況を把握《はあく》する。今いる丘にはビスカリアと子供たち十五名、少し離れた窪みにゲッツと子供たち六名。さらに向こう側の丘にはアイスバーンと子供たち九名。

――どうする……⁉

軍事ロボットは相変わらず発電所の前に立っている。近づけば間違いなく先ほどのレーザーを撃《う》ってくるだろう。この丘を出ると遮蔽物《しゃへいぶつ》が何もないので、避《さ》けるのはまず不可能だ。

――でも、時間が……。

揺り籠のバッテリーはあと一時間を切っている。このまま身を隠していても待つのは冷たい死だけだ。

何か作戦を、と私は思考を巡らす。隣《となり》ではビスカリアが触手《しょくしゅ》を激しく動かしてキーを叩《たた》いている。モニターでは軍事ロボットらしき立体モデルが回転し、その特徴が画面に所狭《ところせま》しと文字列で表される。

「何か弱点はないの……⁉」

「いま探してるさね！」

ギュッと、私の腕が掴《つか》まれる。見れば、デイジーが不安げに私を見ていた。その後ろには他の子供たちが泣きそうな顔で身を寄せ合っている。背負った揺り籠からは表面の氷が融《と》けて汗のように水滴が垂《た》れる。

――なんとかしなければ……。

私が手をこまねいていたときだった。

「第三波！」

ビスカリアが叫んだ。とっさに私たちは体を伏せる。

閃光《せんこう》は再び世界を明滅《めいめつ》させた。まるで催促《さいそく》するように近くの丘に命中すると、土砂《どしゃ》の雨を大量に降らせた。途端《とたん》に脅《おび》えきった子供たちの悲鳴が上がる。

「F－310接近……！」

事態はさらに切迫した。

「あと六十メートル、五十九、五十八、五十七……！」

――接近……!?

見れば、ロボットは緩慢《かんまん》な動作でギシギシと体を軋《きし》ませて近づいてくる。百年の歳月を氷河期の中で過ごしたのに、両眼の鋭《するど》さは衰《おとろ》えていない。

――殺される……！

理屈はいらなかった。剝《む》き出しの殺意がこうも恐ろしいものだと思い知る。

——ど、どうする……⁉

かたや分厚い装甲の大型軍事ロボット、一方こちらはただの民間作業用ロボット。戦えるのは子供たちを除いた四名のみ。敵は長距離《ちょうきょり》射程のレーザーを擁《よう》するのに、こちらの陣営には飛び道具が一切ない。

——でも、逃げられない……。

重い揺り籠を背負って逃げ切るのはまず無理だろう。それに逃げられたところでバッテリー切れで動けなくなるだけだ。

「残り三十メートル……！」

ロボットが目前に迫《せま》る。子供たちが震《ふる》えながら私にしがみつく。

——どうにかして、向こうの気を引かないと……！

「みんな、私が囮《おとり》になるわ！　その間に子供たちを逃がして！」

私は無線で全員に伝える。すかさずアイスバーンが反論。

『馬鹿《ばか》言え！　飛び出した瞬間《しゅんかん》に黒焦《くろこ》げだ！』

「だけど他に手が……！」

『落ち着け！　さっきの攻撃《こうげき》で分かったことがある！』

彼は落ち着き払った声で言った。

『ヤツはこちらの場所を正確に把握《はあく》できていない！　それができるなら最初の一撃で俺たちを

黒焦《くろこ》げにしてるはずだ！　ヤツは聴覚《ちょうかく》も熱源探知もほとんどぶっこわれていて、単純に視覚装置でのみ敵を捉《とら》えている可能性が高い‼』

「つまり、それってどういうことよ⁉」

『説明はめんどくせぇ！　今、証拠を見せてやる！』

そこでアイスバーンは、身を隠した壁際《かべぎわ》から氷の欠片《かけら》を放り投げた。すると、欠片が地面をコロコロと転がった途端《とたん》、光が視界を覆《おお》いつくし、レーザーが氷の落ちた場所を丸ごと削《けず》り取っていった。

『見たろ？』

一目瞭然《りょうぜん》だった。

『ヤツは動くものを手当たり次第に撃《う》ってるのさ』

○

作戦はシンプルだった。

私が囮になって全力で走る。それに釣《つ》られてロボットが丘の陰まで来たところを、左右からゲッツとアイスバーンが攻撃。ビスカリアはモニターを確認しながら作戦のタイミングを指示する。

勝算があるわけではなかった。だが、迫《せま》り来る脅威《きょうい》、残されたタイムリミットから言って、綿密な作戦を立てる余裕などあるはずもなく、どんなに無謀《むぼう》でも今の私たちはそれに懸《か》けるしかなかった。子供たちと揺り籠だけは何としても守らねばならない。

『目標、残り十メートル……！』

ビスカリアから無線が入る。ロボットはもう目前だ。私は物陰に隠れて、飛び出すタイミングをうかがう。揺り籠をいったん降ろし、今は非常バッテリーだけで動いている。だから勝負は十分以内だ。

ヒュッ、とアイスバーンが小石を投げる。ロボットがそちらに気をとられ、一瞬《いっしゅん》だけ動きを止める。

――今だ……！

その瞬間に私は飛び出した。ほんの数秒だけダッシュをして、即座に地面の窪《くぼ》みに飛び込む。ほぼ同時に青い稲妻《いなずま》が頭上を走り、聴覚《ちょうかく》装置がおかしくなりそうな残響音《ざんきょうおん》に私はしばらく気分が悪くなる。

――どう……⁉

見れば、私の存在に気づいたロボットは先ほどよりも足早にこちらに向かってくる。どうやら気を引くことに成功したようだ。

――さあ、来なさい！

物陰に隠れたまま、私は時を待つ。

――私はここよ！

ロボットの足音が近づく。自《みずか》らが削《けず》り取った氷の大地からは白い煙が噴き上がり、絨毯《じゅうたん》のようにあたりを覆《おお》っていた。地形を丸ごと変えてしまうほどの威力《いりょく》に私は身震《みぶる》いをする。

『――あと三歩』

ビスカリアの声が無線に入る。その直後、ズシンという重厚な足音。

『あと二歩』

またズシンという足音。

『あと一歩』

私は握《にぎ》り締《し》めた「それ」を振りかぶる。

『ゼロ』

ロボットが足を振り下ろした瞬間だった。私は手にしていた棒状の物体――『黒点』と呼ばれる発熱ペンライト――をロボットの鼻先に放り投げた。光を発したままくるくると回るペンライトは、ロボットの注意を引き、だが至近距離《きょり》すぎてレーザーで照準を付けるのに時間が掛かった。その地面に落ちたペンライトに向かってロボットは重そうな腕を下ろし、自らの腕の重さで前傾してわずかにバランスを崩《くず》した――その瞬間。

ロボットの背後から二つの影が躍《おど》りかかった。

赤い閃光《せんこう》がほとばしり、ロボットの背中に炸裂《さくれつ》する。轟音《ごうおん》とともに火花が散った瞬間《しゅんかん》、ゲッツの姿が浮かび上がる。わずかにロボットがよろめいたところで今度は青い輝《かがや》きがほとばしり、アイスバーンの亡霊刀がロボットの顔面に命中する。入れ替わるようにゲッツが『鉄腕』で追《つい》撃《げき》を試みる。二人の連携攻撃は、第二撃、第三撃、第四撃、第五撃と連続して炸裂した。巨大な黒いサンドバッグを前後から挟《はさ》み撃《う》ちにするような光景は、赤と青の明滅《めいめつ》の中で古い映画のようにコマ送りで映し出され、やがてロボットは前から突っ伏すように倒れた。

——倒した……！

誰《だれ》もがそう思った。事実、ビスカリアは無線で歓声を上げ、私も隠れていた窪《くぼ》みから飛び出した。

だが。

——あ、ああ……っ‼

そのとき、ロボットの両眼が光った。

そしてロボットはその巨体をゆっくりと起こし始めた。あれだけの連続攻撃を食らってもなお、ロボットにダメージを受けた様子はなかった。

——なんて頑丈なの……⁉

世界はまた光った。ゲッツとアイスバーンの挟撃《きょうげき》が炸裂し、轟音が響《ひび》く。しかしロボットは——ああ、なんということだ——無傷のままで平然と立っていた。

そして今度は向こうの番だった。ロボットの太い腕がゲッツを押し戻すと、なぎ払うような一撃で彼を吹き飛ばした。その隙《すき》を狙《ねら》ってアイスバーンが亡霊刀を振り下ろしたが、無類《むるい》の切れ味を誇《ほこ》った青い刀は水飛沫《みずしぶき》のように弾《はじ》け飛び、ロボットの装甲に傷一つ付けられぬままに跳ね返された。そして大型重機の突進のような一撃がアイスバーンを襲《おそ》い、彼は空に舞い上がったあとに反動で大地に叩《たた》き付けられた。

そしてロボットは何事もなかったように歩き出した。

――あ、あ……。

信じられなかった。作戦は一分《いちぶ》の狂いも無く実行され、二人の攻撃もすべてが命中した。しかしそれらは何の成果も挙げられずに終わり、ゲッツは丘にめり込み、アイスバーンは倒れたままぴくりとも動かない。

『嘘《うそ》だ……』

ビスカリアの声が悲鳴のように無線に入る。頼《たの》みの二人を失い、私たちはその場を動けなかった。ロボットが近づく。私は動けない。ビスカリアも動けない。一歩、二歩、三歩、ああ、死ぬ、終わる、殺される、せっかくここまで来たのに――

私が目を瞑《つぶ》ったときだった。

コトン、と音が響いた。そして近くで小石が転がった。

――え？

小石に気づいた黒い悪魔《あくま》は、一度立ち止まり、ゆっくりと方向転換した。そして丘の陰——子供たちが隠れていた場所に目を向けた。

——まずい……‼

黒い悪魔に睨《にら》まれ、子供たちは震《ふる》え上がった。背中に揺り籠を隠し、まるで保育園に侵入してきた殺人鬼を見つめるように目を見開き、恐怖で硬直していた。

そしてロボットは腕を振り上げた。その太い手首から銃口が覗《のぞ》き、エネルギーが充塡《じゅうてん》される。その照準は子供たちに向けられている。

——あ、あ。

『お姉ちゃん』『アマリリスー』『おかえりー』『抱《だ》っこしてー』『ナデナデしてほしいの』『おうた歌って』『ぽんぽん痛いの』『眠れないの』『大好きー』『おかえりー』『今日ね、今日ねー』『たくさんがんばったよ！』

——みんな……！　お姉ちゃん、今、いくよ……‼

子供たちの声が精神回路を駆け巡り、私は跳ねるように飛び出す。

「やあああっ‼」

ロボットに向かって一直線に突っ込み、肩から思い切り体当たりをする。だが、私の体は分厚い装甲に跳ね返され、よろめいて地面に転がった。

「こっちよ……！」

私は叫んだ。ロボットの気を子供たちからそらすために。

「あなたの相手は私よ……!!　さあ来なさい……っ!!」

するとロボットは再び私のほうに振り返った。その腕にはエネルギーが充填されており、銃口が私の顔面に——熱を発した白煙が顔に掛かるほどの至近距離《きょり》で——突き付けられた。

「みんな逃げて……!!!」

叫んだ瞬間《しゅんかん》、目の前を青い閃光《せんこう》が走った。死ぬ、と思ったときには背後で轟音《ごうおん》が響《ひび》いた。

レーザーが外れたのだ。

「うあああっ!!」

叫び声が響いたかと思うと、ロボットの足元には赤い髪の女性が抱《だ》きついていた。

「次、来るよ!!　武器は右腕だけ!!　敵の動きを見て！　とにかく時間を稼《かせ》ぐよ!!」

ビスカリアはロボットの足にしがみついたまま、矢継ぎ早に指示を出した。ちりちりと焼け焦《こ》げる肩と髪の毛の音を聞きながら、

——そうだ、時間を稼がないと……!!

私は立ち上がって体勢を立て直した。見れば子供たちは揺り籠を抱き、発電所に向かって駆け出している。今は一分でいい、この場に敵を足止めしなくてはならない。

「動きをよく見て！　動作は遅いから予測して!!」

右に左に振られながら、ビスカリアが必死に指示を飛ばす。私は彼女の指示どおりにロボッ

トの動きを目で追った。ロボットは足元のビスカリアに照準を付けようとしている。

――させない……っ‼

私はとっさにロボットの右腕にしがみついた。するとロボットはかまわずに一撃《いちげき》を放った。

――あ……っ‼

体内を高熱が駆け巡り、私の左脚は――

一瞬《いっしゅん》で塵《ちり》と化した。


その瞬間だった。

「このやろう‼」

今度はビスカリアがロボットの顔面によじ登った。視界を塞《ふさ》がれたロボットはわずかに混乱した様子を見せ、左腕で彼女の胴体を摑《つか》んだ。

あっ、と思ったときにはビスカリアの胴体は――腰のあたりにロボットの五指が食い込み、それが一気にボディを貫通し、回路ごと引きちぎって――


ビスカリアが、裂《さ》けた。

上下に分離《ぶんり》した彼女は、それでも戦意を失うことはなかった。触手《しょくしゅ》を伸ばし、ロボットの頭部にしがみついて必死に何かを操作していた。やがてロボットの動きは徐々に不規則なものになり、まるで目隠しでもされたように的外れな場所に腕を振り下ろすようになった。ビスカリアが外部を知覚するためのセンサー系統を狂わせたらしく、それは根っからの技術屋らしい戦い方だった。

私も自分のやり方で戦い続けた。ロボットの右腕にしがみつき、振り落とされまいと渾身《こんしん》の力を込めた。氷上三輪《アイスモービル》を運転しているときのように、バランスを取りながら、ただ時間を稼《かせ》ぐためにロボットにしがみついた。

だが、抵抗は長く続かなかった。

ロボットは乱暴に腕を振り回し、レーザーを乱射し、そのたびに視界はフラッシュを何度も焚《た》いたように明滅《めいめつ》し、ビスカリアの体はさらに引きちぎれ、飛び出た回路が腸のようにぶら下がった。やがてビスカリアは吹き飛び、丘に叩《たた》きつけられ、跳ね返ってボロ雑巾《ぞうきん》のように転がった。

そして私の番が来た。ロボットは私がしがみついている右腕を、思い切り地面にぶつけた。腕と地面に挟《はさ》まれ、私の胸部は圧迫《あっぱく》されて嫌《いや》な音を立ててグシャリとへこんだ。口から大量のオイルを吐《は》き出し、視界が真っ黒になり、体内からいくつものパーツが吹き飛び、そして私は崩《くず》れ落ちた。

「あ、う……あ、うあ……」

音声装置がまともに働かず、うめき声がオイルと混ざって唇《くちびる》から溢《あふ》れる。全身が熱く、脳内を警告音が鳴り響《ひび》き、胸から火花が散り、体が何度も跳ねるように痙攣《けいれん》した。

そして黒い魔人《まじん》が迫《せま》ってきた。私は関節が逆に曲がった左腕を路面に突き刺し、指が半分以上もげてしまった右手を伸ばし、起き上がろうとしたが胸からはみ出た回路がこぼれるばかりで体が言うことを聞かない。

ロボットが迫る。私は最後に思う。子供たちは逃げられただろうか。揺り籠は無事だろうか。そうだといいな。みんなが助かるといいな——

自《みずか》らの死を覚悟した、そのときだった。

鮮烈《せんれつ》な赤。

最初はゲッツだった。ロボットがその気配に気づいて振り向いた瞬間《しゅんかん》、彼の『鉄腕』は赤い閃光《せんこう》を発した。その一撃はフル出力でロボットの右腕に炸裂《さくれつ》した。太い右腕が跳ね上がる。

「騎士道《きしどう》とは——」そしてゲッツが最後の一撃を放った。「強きをくじく魂《たましい》の発露《はつろ》なり」

その鉄腕が赤く光り、ロボットの右腕と激突する。

衝撃《しょうげき》は大気を砕《くだ》いた。爆発が波動となって世界を包み、一瞬のあとに光が消え去ったとき、ゲッツの右腕は――違う右半身は――粉々に吹き飛んでいた。頭部と上半身だけになったゲッツは、ビスカリアの隣《となり》に転がり、動かなくなった。
それでもロボットは立っていた。だが、その右腕はかすかに煙を噴き、銃口の部分が熱で溶けてわずかに広がっていた。そして今度は、

青い閃光。


「俺がこの世で一番嫌《きら》いなのは――」

ゲッツと立ち位置を入れ替えるように、金髪男がそこに立っていた。ロボットが右腕を振り上げると同時に、彼は自《みずか》らの右腕をロボットの銃口に突っ込んだ――まるで賞状を筒に収めるように。

「女に手を上げるヤツだぜ？」

そして彼は出力を全開にした。亡霊刀を宿した右腕が青い光を発すると、ロボットの右腕は火ぶくれのように膨《ふく》らみ、首や肩、手足の継ぎ目から青い閃光をあふれさせた。

最後の瞬間、ロボットは何か叫んだ。甲高《かんだか》いうなり声が氷の世界に響き、鋼鉄の巨体は天を仰《あお》いだ。私にはそれが悲鳴に聞こえた。

そしてロボットは爆裂《ばくれつ》した。

○

まるで雨だった。

粉々になった瓦礫《がれき》が降り注ぎ、舞い上がった粉塵《ふんじん》が視界を埋《う》め尽《つ》くした。私はあお向けになったまま、朦朧《もうろう》とした意識で落ちて来る破片を眺めていた。軍事ロボットだった欠片《かけら》がいくつも私の体にぶつかり、カン、カンと物悲しい音を立てた。

瓦礫の雨がやむと、目の前にはアイスバーンが立っていた。彼は私を見下ろすと、一言「無事か……？」と尋ねた。

――あ……。

私は唇《くちびる》をかすかに動かしたが、声は出なかった。でも彼は小さくうなずき、「そうか」と答えた。そして膝《ひざ》をつき、私の上半身に折り重なるように崩《くず》れ落ちた。

――アイスバーン……。

関節が曲がって朽木《くちき》のようになった左腕を動かし、私は彼を触《さわ》った。

「ね、え……ア、イス……バー、ン……」

呼びかけると、私の上で彼はわずかに身じろぎをした。見れば、その体には無数の破片が突き刺さっていて、彼が身を挺《てい》して私を爆風から守ってくれたことに、このときやっと気づいた。

しばらくは二人で重なっていた。

そして彼が口を開いた。

「アマ……リリ、ス……」

「な、に……?」

私は動けない体のまま、わずかに視線を下げて彼を見た。彼も私を見ていた。

そして笑った。

「無事か……?」

「ええ……」

さっきと同じ質問に、私はうつろな意識の中で答えた。

「無事よ……」

「そう、か……」

聞き取れないほど小さな声で、彼は言った。

「なら、いい」

そして会話が途切れた。

私たちは折り重なったまま、お互いの体温を感じていた。

どれくらいそうしていたか分からない。

彼の重みを感じたまま、私はただぼんやりと空を見上げていた。

【Mind Circuit=Viscaria】

朦朧《もうろう》とした意識の中で、あたしは終わりの時が近いことを感じていた。

下半身はなく、ちぎれた腹部からはヒューズが火花を散らしている。ただ、不思議と気分は穏《おだ》やかだった。機能が全部死んでいるので、精神回路がなかばフリーズしているのかもしれない。

気づけば、ゲッツが隣《となり》に倒れていた。その体は右半身が吹き飛んでおり、残った左半身も原型を留《とど》めていなかった。

「ゲッツ……」

あたしは蚊《か》の鳴くような声でその名を呼んだ。

「なん……で、ござる、か……?」

返答があったが、その声はビブラートが掛かったように機械的な音声だった。

「生きてる……かい……?」

なんだが馬鹿《ばか》みたいな質問内容だった。だが、それが一番知りたいことだった。

「拙者《せっしゃ》……生き……てる、で……ござ、る……」

「そう……それは、な、何より、さね……」

あたしたちは、お互い動けないまま言葉を交わした。今はそれしかできなかった。

「ゲッツ……」

「なんで、ござるか……」

「他の、みんな、は……？」

「拙者、に、は……分からぬ……で、ござる……」

「そう……」

あたしは目を動かそうとしたが、視界が固定されてまったく動かなかった。首を動かそうとしても無駄《むだ》だったし、無線も機能していなかった。

だからゲッツとだけ会話を続けた。

「生きてる、かい……？」

「生きてる……で、ござる……」

あたしは繰《く》り返した。今は彼の声が聞きたかった。

「ゲッツ……」

「なんで、ござるか……」

「生きてる、かい……？」

「うむ……生きてる、で、ござる……」

ほんの数秒おきに、あたしは同じ質問を繰《く》り返した。そうしないと自分が闇《やみ》の底に引きずり込まれそうで怖かった。ロボットでも死ぬのが怖いんだな、と何百年も生きてきて今さらのように気づいた。

「生きてる、かい……？」「生きてる……で、ござる」「まだ、生きて、る……かい？」「まだ、生きて、る……で、ござる」——そんなワンパターンな会話を、儀式《ぎしき》のように繰り返した。ゲッツの左手は、あたしの右手を握《にぎ》っていて、そのぬくもりが妙に愛《いと》おしく、そして嬉《うれ》しかった。

「ゲッツ……」

「…………」

返事はない。

「ゲッツ……？」

あたしは彼の名を呼びながら、恐る恐る瞼《まぶた》を開く。黒い油に染まった銀色の胴体は、ボコボコにひしゃげたままぴくりとも動かない。

「ゲッツ……」

あたしは目をつむり、震《ふる》える声で、最後の質問をした。

「逝《い》っちまったのかい……？」

【Mind Circuit=Amaryllis】

救助が来たのはそれから間もなくだった。瞼を開くと、泣きそうな顔のデイジーが私を見下ろしていた。私がかすかに微笑《ほほえ》んでみせると、栗色《くりいろ》の髪の少女は堰《せき》を切ったように泣き出し、その涙が私の頬《ほお》にぽたぽたと零《こぼ》れ落ちた。すべてが終わったのだと思った。

「アマリリス……？」

そして私たちは子供たちに背負われて助け出された。

目を開くと、空がやけに眩《まぶ》しかった。太陽から痛いほどに熱い光を浴びせられ、私の視界は光を感知して真っ白に染まっていた。世界はこんなにも光に溢《あふ》れていたんだな、と胸が熱くなった。何度も何度も涙が頬をつたった。

発電所に到着したときには、すでに電気が復旧していた。子供たちがマニュアルを忠実に守って頑張ったらしく、揺り籠もそのすべてが発電所のケーブルにつながれていた。

修理を受けた私は、何とかまともに話ができるまでに回復した。胸は有り合わせの合金で塞《ふさ》いだが、ちぎれた左脚はどうすることもできなかった。

アイスバーンは爆風により全身に破片が突き刺さった状態で機能停止していたが、かろうじて精神回路は無事だった。意識を取り戻すと、うつろな目で私を見つめ、「無事か……？」と三度目の同じ質問をした。私は涙を流して彼を抱《だ》きしめ、「無事よ」と返した。

ビスカリアはダメージがひどく、精神回路の復旧は見送られた。もっと設備の整った場所で直さないとかえって危ないとの判断だった。来《きた》るべき日に備えて、彼女の精神回路はケースに収められた。

ゲッツは死んでいた。精神回路が粉々に砕《くだ》け、修理不能なのは誰《だれ》の目にも明らかだった。銀色のマスクの欠片《かけら》がわずかに見つかり、それはビスカリアのケースといっしょに収められた。

およそ二十時間。長かった作戦がようやく終わりを告げる。

——村長……。

ずらりと並んだ揺り籠を前にして、改めて報告する。

——ご主人様をやっと地上に届けることができました。

揺り籠の中には赤ん坊もいる。これはデイジーとギャーピーが命がけで守り抜いた小さな命。

——ギャーピー、やったよ……。

助けられた揺り籠は全部で三十四個。作戦当初は三百個を超えていたことから、九割近くが死んだことになる。成功と呼ぶにはあまりに犠牲《ぎせい》が多い結果だった。

○

揺り籠の中では赤ん坊が静かに眠っている。発電所の中央管制室は空調が保たれており、ここなら揺り籠が凍《こお》りつく心配はない。

「よく寝てるわね……」

「バッテリーは？」

「掻《か》き集めたが……まあ、ギリギリだな」

アイスバーンはそう言うと、袋から追加のバッテリーを出した。室内には数十の揺り籠が並び、卵形の物体が集まっているせいか鳥の巣を想起させる。

「ねえ、どうしてアマリリスは寝ないの？」

デイジーが不思議そうに尋ねる。「それはね」と私は少女の頭を撫《な》でる。

「私たちはあとで寝るの。まずは揺り籠が正常に機能しているのを見届けないとね」

「そっか……」

デイジーは納得したらしく、揺り籠を覗《のぞ》き込んだ。そこには少女が助けた赤ん坊が眠っている。

赤ん坊はネームプレートに『ガーベラ・ホワイト』と刻まれていた。デイジーは目を細めて感慨《かんがい》深げに「女の子なんだねぇ……」とつぶやいた。

「ねえ、アマリリス」

「なに？」

「どうして、ロボットまで揺り籠に入るの？」

今、デイジーは赤ん坊の隣《となり》で別の揺り籠に入っていた。発電所には予備の揺り籠が常備されており、これはその一つだ。デイジーを除く子供たちはすでに眠りについている。

「揺り籠ってね、保温性と外気遮断性《しゃだんせい》が抜群なの。だから、ロボットが凍傷《とうしょう》を避《さ》けるためにも有効なのよ」

「へえ……」

「みんなのこと、お願いね」

私はデイジーが抱えているアタッシェ・ケースに視線を落とす。それには村のみんなの精神回路が詰《つ》まっている。

「アマリリスはどうするの？」

「私は大丈夫《だいじょうぶ》。残ったバッテリーで暖まるから」

「そうなんだ」

「だから今は、ゆっくりおやすみ」

「うん……」

デイジーは静かに目を閉じる。スリープモードになると、少女の口からは安らかな寝息が聞こえてきた。

「おやすみ、デイジー」

私は揺り籠の蓋《ふた》をゆっくりと閉じる。

室内には仲良く並んだ揺り籠。一列は人間の子供たち、もう一列はロボットの子供たち。どこか象徴的なその光景に、私は口元がほころぶ。誰《だれ》もが安らかな寝顔で、私はかつて保育園で働いていたときのお昼寝部屋を思い出した。

「次に目が覚めたら、デイジー、怒《おこ》るかしらね」

「たぶんな」

アイスバーンは揺り籠を見下ろしながら、「これでお別れだとは、思わないだろうからな」と言った。

確かに氷河期は終わろうとしていた。地上の気温も今よりもっと上昇するだろう。だが、ここ以外に生き残った人間がどれだけいるか分からないし、救助となるといつになるのか見当も付かない。発電所の電力が尽《つ》きるまでにここが発見されるかは運次第だ。

だから私たちは、余分な電力はすべて切ることに決めた。所内の電灯はもちろん、空調もすべて打ち切り、そして私たち自身も——機能維持を諦《あきら》めた。壊《こわ》れかけたボディの維持は通常よりも余計な電力を消費するし、漏電《ろうでん》の恐れも大きい。何より、たとえわずかでも子供たちとご主人様が助かる確率を上げたかったし、それが村長たる私の責任だと思った。

「本当に、よく寝てやがるな……」

アイスバーンが感心したように揺り籠を見下ろす。その中では子供たちが静かに眠っている。

赤ん坊は何か大事なものを摑《つか》むように小さな指を握《にぎ》っている。

「なあ」

「ん？」

「俺たちも、寝ようか？」

アイスバーンが私の手を取った。以前なら邪険《じやけん》に振り払うところだけれど、今は違った。

私は彼の手を握り返すと、返事を告げた。

「うん」

【Mind Circuit=Eisbahn】

「……ねえ」

「なんだ」

「吹雪《ふぶき》……強くなったね」

「……ああ」

俺は短く返事をすると、少女の髪を優しくなでた。

外ではうなり声のような吹雪の音。だが、発電所の中にまで吹き込んでくることはない。

枕元《まくらもと》では揺り籠たちがほんのりと光を発し、今は静かに目覚めのときを待っている。

腕の中で、少女の体がぶるりと震《ふる》えた。体温の低下は限界に近い。

「……寒いか？」

俺は少女を抱《だ》く腕に力を込める。

「ううん、大丈夫《だいじょうぶ》……」

すべての感覚装置を打ち切れば寒さは消すことができた。ただ、それをしなかったのはもっと少女の体温を感じていたかったからだ。

「あのね、アイスバーン」

「ん？」

「本当は、何者なの？」

質問は唐突《とうとつ》だった。

「……あ？　どういう意味だ？」

俺が不審げに問い返すと、少女はじっと俺を見つめた。

「ほら、あなたは自分の過去を一度も話したことないじゃない。……だから」

「……知りたいか？」

いと思えた。

今まで誰《だれ》にも話したことはなかった。だが、今なら——そしてこの少女になら、話してもい

「うん」

「——俺はな」

昔話を語るのはいつ以来だろう。

「執事《しつじ》ロボットだったんだ」

「……執事？」

「そうだ」

「執事って……お屋敷《やしき》で偉い人に仕える、あの？」

「ああ」

俺は真面目《まじめ》だったが、少女は「……ぷ」と噴き出した。

「に、似合わないわ……ぜんぜん似合わない」

「こいつ」

「だってぇ……」

俺が強めに頭をぐりぐり圧迫《あっぱく》すると、少女は「痛い痛い」とのけぞる。

「だから話すのは嫌《いや》だったんだ」

「ごめん、ごめん。……それでどうだったの、執事時代」

少女の口元がにやけているので、俺は「話したくない」と断った。だが、少女に何度もせがまれると最後は折れた。結局、俺はこの少女に頼《たの》まれると何も断れない。

「……最初は、そのお屋敷で長く働いていた。そこには『お嬢様《じょうさま》』がいて、専《もっぱ》ら俺が身の回りの世話をしていた」

「ふうん」

「それでな――」

俺は執事ロボットとして、その『お嬢様』の世話をしていた。お嬢様は病弱で、屋敷から外に出ることを父親に禁止されていた。

でもあるとき、俺はお嬢様を外に連れ出した。どうしてもお嬢様に外の世界を見せてやりたいと思ったからだ。たった半日だったが、その秘密の外出をお嬢様はとても喜んでくれた。

だが、そのことが屋敷の主人の知るところとなり、俺は命令違反でお払い箱になった。

「俺はスクラップになる運命だった。でも、お嬢様はいっしょに逃げようと言ってくれた。どこか遠い土地でひっそりと暮らそうと。……でも、俺にはできなかった。俺はお嬢様に別れを告げ、お屋敷から逃げ出した。そしてほどなくして、お嬢様は亡《な》くなった」

少女は黙《だま》って聞いていた。いつしか、俺の口調は普段《ふだん》の軽いものから執事時代のものに戻っていた。

「お嬢様は知っておられたのだ。ご自分の死期が近いことを。だから私《わたくし》におっしゃられたのだ。

連れ出してほしいと。だが、私はそれができなかった。それはお嬢様《じょうさま》のためにならないと思った。だからお嬢様の最期《さいご》のお願いを、聞いてあげることができなかった……」

俺の手は震《ふる》えていた。少女はその震えを抑えるように俺の手を握《にぎ》った。

そしてふいにこんなことを訊《き》いてきた。

「そのお嬢様……私に似てた？」

──！

「……それは」

俺は驚《おどろ》いた。それは最後まで秘密にしておこうと、あえて伏せていたことだった。

──今さら、か……。

「ああ」

俺は観念して告げた。

「水色の髪が綺麗《きれい》で、優しく、誇《ほこ》り高く、芯《しん》の強い方だった」

「そんなに褒《ほ》められると照れるわ」

「バーカ、おまえのことじゃねぇよ」

俺の口調はもう元に戻っていた。

吹雪《ふぶき》は強さを増し、風の音がかすれた口笛のように聞こえる。さらに気温が下がり、お互いの体も凍《い》てつき、氷のように硬くなる。それでも俺たちは抱《だ》きしめ合った。このまま凍《こお》りついて一つになりたいと思った。

「……なあ」

「なに？」

「あれ、歌ってくれ」

「あれって？」

「おまえの好きな歌さ」

少女は目を瞬《また》かせたあと、「ああ、あれね」と微笑《ほほえ》んだ。

そして歌った。

おやすみ　おやすみ　今日は　おやすみ
わたしの　腕に抱かれて　おやすみ
いつかは　滅《ほろ》びる　この国も　朝の光も
すべての　ものは　あなたの　ために
だから　今は　ゆるりと　おやすみ
ふたたび　目覚める　その日まで

歌が終わると、俺は小さく口笛を吹いた。

「いつ聞いても、いい歌だな」

「ありがとう」

「聞いていると眠くなる」

「それ、褒《ほ》めてる？」

俺は「……もちろん」と答えた。この歌を聞くといつも胸が熱くなる。

そして会話が途切れた。

俺たちは抱《だ》き合ったまま、時が流れるのに身を任せた。

【Mind Circuit=Amaryllis】

私のバッテリーが残りわずかになったときだった。

彼はゆっくりと体を起こした。

「アイスバーン……？」

私は彼の名を呼ぶ。体に力が入らない。もうバッテリーが限界を超えているのだろう。

「……前にさ」

彼は手元で何か作業をしながら、おもむろに切り出した。

「こんな質問をしたよな。──『半分こ』にできない場合はどうする？って」

「……？」

唐突《とうとつ》な彼の発言に、私は戸惑って「ああ、うん……」と曖昧《あいまい》に返した。

――『半分こ』にできない場合はどうする？

それは村を出発する前、彼とした会話だった。

――もし、俺とおまえが氷河の中で二人きりになったとしよう。救助はしばらく来ないし、バッテリーもそろそろ切れそうだとする。放っておいたら凍傷《とうしょう》で二人ともあの世行きになる。……それで、バッテリーはあと一つしかない。そういうときはどうする？

「たしかに、そんなことを話してたわね。それがどうしたの……？」

「あのときさ」

アイスバーンは作業を続けながら言った。

「おまえはこう答えたよな。――バッテリーが一個しかないなら、全部あげる。そうすればお互いに一回ずつ命を助けたから、おあいこ――つまり半分こ」

「う、うん……」

そのとき私は胸の中が締《し》め付けられるような感覚に襲《おそ》われた。なぜかは分からない。彼の表情がとても優しかったせいかもしれない。

「ねえ、アイスバーン」

「なんだ」

「さっきから、何をしてるの……?」

「俺は、思うんだ」

彼は私の質問には答えなかった。

「おまえは『半分こ』の未来って、言うけどよ……。もっと欲張りでいいと思うんだ。おまえの人生はおまえだけのものだ。誰《だれ》にも半分にはできない。全部、おまえのものなんだ。それは誰にも譲《ゆず》れないものなんだ」

「アイスバーン……?」

見ると、彼の左手にはバッテリーが握られていた。そして彼の胸は扉が開いていて、基盤《きばん》や配線が覗《のぞ》いていた。

「俺のバッテリーだ。残量はまだある。使ってくれ」

そして彼は、私の胸にそっとバッテリーをつないだ。

「いったい何を……」

「おまえを助けたい。だから、バッテリーをやる」

「アイスバーン、やめて」

抵抗したくても体が動かない。

「無駄《むだ》よ。こんなことをしたって、きっと助からない」

「いいんだ」

彼は自嘲《じちょう》気味に微笑《ほほえ》む。

「無駄でもいい。俺はただ嬉《うれ》しいんだ。これで、おまえの助かる可能性がほんの少しでも上がるなら、それだけで嬉しい。……それにな」

彼は首元から花メダルを外し、そっと私の首に掛けた。

「お屋敷《やしき》を出てから、俺は生きた心地がしなかった。亡霊《ぼうれい》のように街をふらふらとさまよう日々だった。……だけど村に来て、おまえに会って、俺は蘇《よみがえ》った。おまえはいつだって真面目《まじめ》で、誠実で、素直で、純粋《じゅんすい》で、誰よりも頑張りやで……そんなおまえが好きだった。そばにいて、俺は幸せだった。……だから」

最後は優しく微笑んだ。

「命がひとつしかないなら、全部おまえにくれてやる。そして俺はおまえの愛を全部いただく。これでおあいこ——半分こ、だ」

そして彼は動かなくなった。

彼の体はだんだんと冷たくなっていた。私はずっと、彼に抱《だ》きしめられていた。

頬を熱い涙が流れ、それはやがて冷たく凍《こお》り付いた。

吹雪《ふぶき》の音だけが聞こえた。

【終章】

雪解け

長い氷河期が終わり、世界は雪解けへと向かった。

そして人類は再び歴史を紡《つむ》ぎ始めた。シェルターや長期凍眠《とうみん》装置でわずかながら生き残った人々は、ロボットたちの協力を得て、ささやかな集落を作り、大地を耕《たがや》し、少しずつ復興の道を歩んだ。

復興が進むにつれ、各地には調査を兼ねて『救助隊』が派遣された。救助隊は数々の成果を挙げ、孤立していた集落や、地下壕《ちかごう》で生き残っていた人々を助け出した。中には千人を超えるシェルターを救出する一幕もあった。一方で、地下に眠る大量の死体が発見されることもしばしばだった。


それが発見されたのは、救助隊の派遣が始まってかなり経《た》ったころだった。


「生存者がいます！」

その声が聞こえたとき、救助隊の誰《だれ》もが耳を疑った。

「どこだ……！」

隊長が声のした方向に駆けていく。「こっちです！」と若い隊員が声を張り上げ、管制室らしきドアを開いた。

そこには数十個の長期凍眠装置——通称『揺り籠《クレイドル》』が並んでいた。どれもほんのりと光っている。

「信じられん……」

隊長は揺り籠の中を覗き込み、驚愕の声を上げた。あちこちから数十本の配線でつながれた揺り籠たちは、まるで鳥の巣で温められた卵のように見えた。

「こっちはロボットか……？」

隊長は揺り籠をじっと確認する。

「そうみたいですね。おそらくシェルター管理用のロボットたちでしょう」

「状態は？」

「保存は良好です。おそらくどれも復旧は可能だと思います」

「よし、基地《ベース》に運ぼう。詳しい事情は彼らに訊《き》こう」

隊長の命令が下ると、数十個の揺り籠は隊員たちの手で慎重《しんちょう》に運び出されていった。

「ここのシェルターは地下で機能停止が確認されていたはずだが……」

揺り籠を見送ると、隊長は驚《おどろ》きを込めてつぶやいた。

「隊長！」

「今度はなんだ」

「こっちはどうしましょう？」

「ん……？」

そこで隊長は、室内に二台のロボットが倒れているのに気がついた。

一台は青い髪をした少女で、もう一台は金髪の男。

不思議だったのは、男性ロボットが自分の胸から配線を伸ばし、少女の胸にバッテリーをつないでいることだった。

「きっとこの少女を救おうとしたんでしょうね……」

若い隊員がやや悲しげな顔で言った。

隊長はヒゲから氷の粒《つぶ》を落としたあと、「そうかもな」とつぶやいた。固く抱《だ》きしめ合う二人の姿は、愛し合う恋人同士のように見えた。

このとき隊長は、ふいに終末の時に亡《な》くなった妻を思い出した。凍死《とうし》寸前の妻を助けるために、彼も最後までこうやって抱きしめた。だが、妻は亡くなり、自分だけが生き残った。こうして危険な救助隊を買って出たのも、妻を助けられなかったことへの償《つぐな》いの気持ちからだった。

「どうしますか？　だいぶダメージがありそうですが……」

若い隊員が訊《き》いた。

「そうだな……」

そこで隊長は、ロボットの首に掛けられた小さなメダルを見つけた。表面には『第一〇八回ご主人様賞《グランプリ》　アマリリス・アルストロメリア&アイスバーン・トリルキルティス』とあった。

見れば、二台ともボディは金属凍傷《スチルド》でボロボロだった。復旧できる可能性は極《きわ》めて小さかったが、その安らかな寝顔はどこか生きているようにも見えた。
冷え切ったメダルをそっと少女に返すと、隊長は返事を告げた。

「連れていこう」

【Mind Circuit=Amaryllis】

夢を見ていた。
私がいて、アイスバーンがいて、ビスカリアがいて、ゲッツがいて、デイジーがいて、ギャーピーがいて、村長がいて——村のみんながそろっている、そんな夢。
夢の中では祈願祭《きがんさい》の真っ最中で、みんなで歌いながら準備をしていた。資材を運んだり、荷物を出したり、ステージの演出を話し合ったり。そんな何気ない日常がたまらなく愛《いと》おしくて、でもそれは二度と帰らない日々で、私は泣きながら歌っていた。変な夢だった。そして——

「——さん」

名前を呼ばれた。

「アマリリスさん、聞こえますか？」

——だ……れ……？

瞼《まぶた》を開くと、光を感知した。それは眩《まぶ》しい光。暖かい光。

「あ……」

そこには桃色のナース服の女性がいた。ショートヘアで、瞳《ひとみ》がぱっちりした、まだどこか幼い感じの看護師。

「ちょっと待ってて下さいね。……先生ー、先生ー！」

看護師はパタパタと廊下に出ると、大声で誰《だれ》かを呼びにいった。

一分も経《た》たずに、看護師は医師を連れて戻ってきた。

医師も女性だった。長い丈の白衣を着て、赤いロングの髪を後ろで結んでいる。

「やれやれ、眠り姫はやっとお目覚めかい……？」

女医の声を聞いた途端《とたん》、私は驚《おどろ》いて彼女を見た。その声に聞き覚えがあったからだ。

「ああ、もう気づいたのかい？　勘《かん》がいいねぇ」女医はニヤリと微笑《ほほえ》んだ。「再生するときに顔はちょっと変わったけどね、せめて髪の色と声だけは似せてもらったんだ」

「ひょっとして……ビス、カリア……？」

「ご名答」

その女医——ビスカリアはシャコッと指先から触手《しょくしゅ》を伸ばした。

「あ……ああ……」

「久しぶりだね、アマリリス」

私が呆然《ほうぜん》と彼女を見つめていると、ビスカリアはこれまでのことを説明してくれた。あれから十五年の歳月が流れ、氷河期が終焉《しゅうえん》に向かったこと。ご主人様が各地のシェルターで目覚め、世界は復興に向かって歩き出したこと。

「ほら、見てごらん」

そしてビスカリアは、私に手鏡を渡した。

「あ……」

鏡には水色の長い髪をした少女の姿が映っていた。皮膚《ひふ》がやけに白いし、瞳の色も水色から濃い青になってしまったけれど、それは紛《まぎ》れもなく私だった。

「あ、あ……」

私は驚いて鏡を見つめる。

すると、胸元でキラリと何かが光った。

『第一〇八回ご主人様賞　アマリリス・アルストロメリア&アイスバーン・トリルキルティス』

それは、あの花メダルだった。

——アイスバーン……。

私は震える手でメダルを持ち上げる。

「融《と》けないようにクリスタルでコーティングしてあるけど、中身はいっしょさね」

「アイスバーンは……？」

私が尋ねると、ビスカリアは哀《かな》しげな顔で小さく首を振った。

「そう……」

——命がひとつしかないなら、全部おまえにくれてやる。そして俺はおまえの愛を全部いただく。これでおあいこ——半分こ、だ。

私はメダルをキュッと握《にぎ》り締《し》め、「さよなら……私のアイスバーン」とつぶやいた。

そのときだった。

「おい、押すな！」「アマリリス、目を覚ましたんだって!?」「会いたいー」

病室の扉が開き、たくさんの人が雪崩《なだれ》を打って入ってきた。その数は三十人以上はいて、廊下ではさらに多くの声が聞こえる。

「え……？」

入ってきたのは、見知らぬ人たちだった。大人も子供もいる。

でも、私には一目で分かった。その眼差《まなざ》し、雰囲気《ふんいき》、懐《なつ》かしい匂《にお》い。

「おいおい、ここは病院なんだからもっと静かにしておくれよ」

ビスカリアが肩をすくめる。

「みん、な……？」

「アマリリスー！」

子供たちがいっせいに駆け寄ってくる。最初に飛び込んできたのは栗色《くりいろ》の髪の少女だった。

「アマリリス、アマリリス、うわあああああん!!」

「デイジー!?」

少女は私の胸に顔を擦《こす》り付けて泣きじゃくる。他の子供たちもおしくらまんじゅうのように押し寄せて、私はベッドの上でぎゅうぎゅうに囲まれる。

見れば、デイジーの胸には小さなメダルが輝《かがや》いていた。それはギャーピーが少女に贈った花メダル。

ひとしきり喧騒《けんそう》が収まると、「みなさん、ここは一応病院ですから静かにして下さいねー」と先ほどの看護師が注意した。

「一応とはなんだい、一応とは」

ビスカリアが不服そうに言う。

「メインは研究所で、病院は付属施設なんですから、『一応』ですよ」

「まったく、十五歳のくせに生意気だねぇ……」

私がそのやりとりを見つめていると、デイジーが「あのね！」と胸に埋《うず》めていた顔を上げた。

「紹介したい子がいるの！」

「……え？」

「ほら、自己紹介！」

デイジーに促されると、先ほどの看護師の少女は、私の前に出て、礼儀《れいぎ》正しくお辞儀をした。

「はじめまして」

——あれ？

私はそこで不思議な郷愁《きょうしゅう》を覚えた。

「……私、あなたとどこかで会ったかしら？」

「あのときは赤ん坊でしたから、無理もありません。それに『揺り籠』でずっと眠っていましたし」

——あ……っ！

私の中で記憶《きおく》がフラッシュバックする。デイジーの抱えていた揺り籠。そのプレートに書かれていた名前が、たしか——

「もしかして、あなたが、あの……？」

「お会いできてとても光栄です。ガーベラ・ホワイトと申します」

少女は緊張《きんちょう》気味に頭を下げた。

「大きくなったね……」

私は少女に手を伸ばし、その頭を優しく撫《な》でた。少女は少し驚《おどろ》いて私の顔を見たあと、くすぐったそうに肩をすくめ、頬《ほお》を赤くした。

「この病院のスタッフは、ほとんどがあのとき揺り籠にいた子供たちなんだよ」

耳元で囁《ささや》くように、デイジーが教えてくれた。

「そうなんだ……」

廊下では、複数の若い男女がこちらを見て微笑《ほほえ》んでいる。私は小さく会釈《えしゃく》をして、笑顔を返す。すると若者たちから歓声が上がった。

窓から陽光が射《さ》し込み、室内を明るく照らす。風でカーテンがめくれると、その向こうには青々とした病院の芝が広がっており、そこにはたくさんの人間と、そしてロボットがいた。介護ロボットがお年寄りの車椅子《くるまいす》を押し、公園を散歩している。そのそばでは子供型ロボットが人間の母親のひざまくらですやすやと眠っている。そこにティーカップを運ぶ給仕ロボットが来てお茶を振る舞う。足をひきずるロボットに声を掛けたのは作業服を着た男性で、彼はすぐにロボットの修理を始めた。人間とロボットが、それぞれの個性を生かして、お互いに協力し合う姿。

芝生《しばふ》では眩《まぶ》しい太陽の下で子供たちが遊んでいた。人間とロボット、両方が仲良く遊んでいる。ボールが投げられ、それが投げ返される。ただそれだけの遊び。それでも子供たちは心底楽しそうに遊んでいる。

――二人とも、このボールが欲しいと言うなら――。

空を舞うボールを眺め、私は懐《なつ》かしい園長先生の笑顔を思い出す。

――『半分こ』しよう。

私は胸元のメダルをもう一度握《にぎ》り締《し》めた。窓から射《さ》し込む陽光を浴びて、メダルの中の花びらが黄金色に染まり、光の加減で一瞬《いっしゅん》だけ花開いたように見えた。

長かった冬が終わり、世界は春を迎えようとしていた。

（了）

あとがき

みなさんこんにちは。松山剛《まつやまたけし》です。

本作のタイトルは『氷の国のアマリリス』ですが、アマリリスという名前には少し思い出があります。私が小さいころ好きだった本に、『大どろぼうホッツェンプロッツ』（オトフリート・プロイスラー著）というドイツの童話がありまして、作中に『アマリリス』という名の妖精《ようせい》が出てきます。困っている主人公を助けてくれる親切な妖精で、小さいころ読んだときにはこの妖精アマリリスのことがたいへん強く印象に残りました。アマリリスと聞くと、花の名前よりもまず妖精のことを思い出すくらいです。

あれから二十余年。ようやくアマリリスを作中に登場させることができました。ロボットと妖精という意味では全く別のキャラクターではありますが、可憐《かれん》で芯《しん》が強いイメージはどこか共通点がある気がします。ちなみに、『大どろぼうホッツェンプロッツ』の作中では、妖精アマリリスは『とても長く地下で暮らしている』設定なのですが、書き終わってから本作との類似性に気づきました。幼いころ読んだ本の記憶《きおく》というのは、意識していなくてもどこかでひょっこり顔を出すものだなあと不思議な気持ちになりました。

今回も、本当に多くの方々にお世話になりました。

アスキー・メディアワークスの皆様、特に担当編集の土屋《つちや》様と荒木《あらき》様には大変お世話になりました。いつもありがとうございます。また、パセリ様には素晴らしいイラストで登場キャラクターに命を吹き込んで頂きました。水色の髪の可憐な少女がカバーイラストで上がってきたときはとても感激したものです。そして、この本の製作に携《たずさ》わったすべての皆様にこの場を借りて御礼申し上げます。

本作執筆中には、職場の皆様にとてもお世話になりました。ご迷惑をお掛けしてばかりですみません。また、親戚《しんせき》の皆様、とりわけ昭島の伯父《おじ》と伯母《おば》には公私にわたり多くのご支援を頂きました。この本が無事に書き上がったのはお二人のおかげです。差し入れのかぼちゃと肉ジャガ、とても美味《おい》しかったです。

最後に、今この本を手に取って下さっている読者の皆様。本当にありがとうございます。作品の舞台は氷に閉ざされた厳しい冬の世界ですが、読み終えたときに暖かい春を感じてもらえれば著者として望外の喜びです。

父と病室のテレビを見ながら　松山　剛

◉松山　剛著作リスト

「雨の日のアイリス」（電撃文庫）
「雪の翼のフリージア」（同）
「氷の国のアマリリス」（同）

本書に対するご意見、ご感想をお寄せください。

電撃文庫公式ホームページ 読者アンケートフォーム
http://dengekibunko.dengeki.com/
※メニューの「読者アンケート」よりお進みください。

ファンレターあて先
〒102-8584　東京都千代田区富士見1-8-19
アスキー・メディアワークス電撃文庫編集部
「松山 剛先生」係
「パセリ先生」係

本書は書き下ろしです。

電撃文庫

氷《こおり》の国《くに》のアマリリス

松山《まつやま》 剛《たけし》

発行 二〇一三年四月十日 初版発行

発行者 塚田正晃
発行所 株式会社アスキー・メディアワークス
〒一〇二-八五八四 東京都千代田区富士見一-八-十九
電話〇三-五二一六-八三九九（編集）
http://asciimw.jp/

発売元 株式会社角川グループホールディングス
〒一〇二-八一七七 東京都千代田区富士見二-十三-三
電話〇三-三二三八-八五二一（営業）

装丁者 荻窪裕司（META + MANIERA）

印刷・製本 加藤製版印刷株式会社

※本書のコピー、スキャン、電子データ化等の無断複製は、著作権法上での例外を除き、禁じられています。なお、代行業者等に依頼して本書のスキャン、電子データ化等を行うことは、私的使用の目的であっても認められておらず、著作権法に違反します。

※落丁・乱丁本はお取り替えいたします。購入された書店名を明記して、株式会社アスキー・メディアワークス生産管理部あてにお送りください。送料小社負担にてお取り替えいたします。但し、古書店で本書を購入されている場合はお取り替えできません。

※定価はカバーに表示してあります。

© 2013 TAKESHI MATSUYAMA
Printed in Japan

ISBN978-4-04-891578-6 C0193

電撃文庫創刊に際して

文庫は、我が国にとどまらず、世界の書籍の流れのなかで〝小さな巨人〟としての地位を築いてきた。古今東西の名著を、廉価で手に入りやすい形で提供してきたからこそ、人は文庫を自分の師として、また青春の想い出として、語りついできたのである。

その源を、文化的にはドイツのレクラム文庫に求めるにせよ、規模の上でイギリスのペンギンブックスに求めるにせよ、いま文庫は知識人の層の多様化に従って、ますますその意義を大きくしていると言ってよい。

文庫出版の意味するものは、激動の現代のみならず将来にわたって、大きくなることはあっても、小さくなることはないだろう。

「電撃文庫」は、そのように多様化した対象に応え、歴史に耐えうる作品を収録するのはもちろん、新しい世紀を迎えるにあたって、既成の枠をこえる新鮮で強烈なアイ・オープナーたりたい。

その特異さ故に、この存在は、かつて文庫がはじめて出版世界に登場したときと、同じ戸惑いを読書人に与えるかもしれない。

しかし、〈Changing Times,Changing Publishing〉時代は変わって、出版も変わる。時を重ねるなかで、精神の糧として、心の一隅を占めるものとして、次なる文化の担い手の若者たちに確かな評価を得られると信じて、ここに「電撃文庫」を出版する。

1993年6月10日
角川歴彦

電撃文庫

氷の国のアマリリス
松山 剛
イラスト／パセリ

ISBN978-4-04-891578-6

全てが氷に閉ざされた世界。そこには遠い春を待ち地下の冷凍睡眠施設で眠る人間たちと、それを守るロボットたちがいた。しかしある日大規模な崩落が施設を襲い……？

ま-13-3　2521

雨の日のアイリス
松山 剛
イラスト／ヒラサト

ISBN978-4-04-870530-1

ここにロボットの残骸がある。登録名称：アイリス。これは『彼女』の精神回路から抽出されて分かったその数奇な運命、そして出会いと別れの物語である……。

ま-13-1　2134

雪の翼のフリージア
松山 剛
イラスト／ヒラサト

ISBN978-4-04-886923-2

そこは翼をもった人々が住む国だった。事故で己の翼と家族を失った少女、フリージアは〝義翼〟職人ガレットのもとを訪れる。再び、誰よりも速く大空を駆けるために。

ま-13-2　2412

ストライク・ザ・ブラッド1 聖者の右腕
三雲岳斗
イラスト／マニャ子

ISBN978-4-04-870267-6

世界最強の吸血鬼、第四真祖の力を手に入れながらも平穏な日常を願う高校生、暁古城。そんな彼の前に現れた「監視役」とは……!?　待望の三雲岳斗新シリーズ開幕!!

み-3-30　2090

ストライク・ザ・ブラッド2 戦王の使者
三雲岳斗
イラスト／マニャ子

ISBN978-4-04-870752-7

世界最強の吸血鬼・暁古城と、彼を監視する雪菜の前に、欧州の真祖〝忘却の戦王〟の使者が現れる。その目的は古城に対する宣戦布告か、それとも……。

み-3-31　2191

電撃文庫

ストライク・ザ・ブラッド3 天使炎上

三雲岳斗
イラスト／マニャ子

ISBN978-4-04-886274-5

失踪したクラスメイトを追跡して、無人島に漂着した古城と雪菜。そこで彼らが遭遇したのは、魔族特区で生み出された対魔族兵器『人造天使』だった……。

み-3-33　2280

ストライク・ザ・ブラッド4 蒼き魔女の迷宮

三雲岳斗
イラスト／マニャ子

ISBN978-4-04-886633-0

盛大なお祭りが開催されている絃神島を、古城の幼なじみが訪れる。だがその旧友との再会が、古城の肉体に驚愕の異変を引き起こすことに……！

み-3-34　2351

ストライク・ザ・ブラッド5 観測者たちの宴

三雲岳斗
イラスト／マニャ子

ISBN978-4-04-886899-0

監獄結界から脱出した〝書記の魔女〟の目的は、絃神島から異能の力を完全に消し去ることだった。魔族特区崩壊の危機の中、傷ついた古城たちの運命は……！

み-3-35　2426

ストライク・ザ・ブラッド6 錬金術師の帰還

三雲岳斗
イラスト／マニャ子

ISBN978-4-04-891407-9

中等部の修学旅行に参加する雪菜が、一時的に絃神島を離れることに。監視役不在の古城を待ち受けていたのは、怪物と融合した不死身の錬金術師だった。

み-3-37　2494

ストライク・ザ・ブラッド7 焔光の夜伯

三雲岳斗
イラスト／マニャ子

ISBN978-4-04-891555-7

古城が吸血鬼化した原因を探るため、暁凪沙の過去を調べる雪菜。そのころ絃神島には、もう一人の第四真祖が現れていた。果たして彼女の正体とは!?

み-3-38　2523

電撃文庫

はたらく魔王さま！
和ケ原聡司
イラスト／029
ISBN978-4-04-870270-6

世界征服間近だった魔王が、勇者に敗れて辿り着いた先は、異世界〝東京〟だった!? 六畳一間のアパートを仮の魔王城に、フリーターとして働く魔王の明日はどっちだ!?

わ-6-1 2078

はたらく魔王さま！2
和ケ原聡司
イラスト／029
ISBN978-4-04-870547-9

店長代理に昇進し、ますます張り切る魔王。そんなある日、魔王城（築60年の六畳一間）の隣に、女の子が引っ越してきた！ 心穏やかでいられない千穂と勇者だったが!?

わ-6-2 2141

はたらく魔王さま！3
和ケ原聡司
イラスト／029
ISBN978-4-04-870815-9

東京・笹塚の六畳一間の魔王城に、異世界からのゲートが開く。そこから現れた幼い少女は、魔王をパパ、勇者をママと呼んで——!? 波乱必至の第3弾登場！

わ-6-3 2213

はたらく魔王さま！4
和ケ原聡司
イラスト／029
ISBN978-4-04-886344-5

バイト先の休業により職を失った魔王。しかもアパートも修理のため一時退去となる。職と魔王城を一気に失い失意の魔王は、なぜか〝海の家〟ではたらくことに!?

わ-6-4 2281

はたらく魔王さま！5
和ケ原聡司
イラスト／029
ISBN978-4-04-886654-5

無職生活続行中の魔王が、まさかの薄型テレビ購入を決断！ 異世界の聖職者・鈴乃もそれに便乗することに。そんな中、恋する女子高生・千穂に危機が迫っていた。

わ-6-5 2348

電撃文庫

はたらく魔王さま！6
和ケ原聡司
イラスト／029
ISBN978-4-04-886990-4

マグロナルドに復帰した魔王は、心機一転新たな資格を取ることに。そんな中、千穂が概念送受《イデアリンク》を覚えたいと言い出す。鈴乃が修行の場に選んだのはなぜか銭湯で!?

わ-6-6 2423

はたらく魔王さま！7
和ケ原聡司
イラスト／029
ISBN978-4-04-891406-2

真奥と恵美がアラス・ラムスのお布団を買いに3人でお出かけ!? 千穂が真奥と初めて出会った頃のエピソードなど、第7巻は他2編を加えた特別編でお届け！

わ-6-7 2490

はたらく魔王さま！8
和ケ原聡司
イラスト／029
ISBN978-4-04-891580-9

恵美がエンテ・イスラに帰省することになり、羽を伸ばす芦屋、心配する千穂。一方真奥はマッグの新業態のために免許試験を受けるが、試験場で思わぬ出会いが!?

わ-6-8 2519

完璧なレベル99など存在しない
周防ツカサ
イラスト／明坂いく
ISBN978-4-04-891129-0

ゲーマー少年・裕貴が目覚めたそこは、自分が今までにプレイしたゲームの登場人物たちが集う謎の異世界だった！ しかも裕貴は何故かレベル99の「俺TUEEE」状態で……？

す-8-16 2437

完璧なレベル99など存在しないII
周防ツカサ
イラスト／明坂いく
ISBN978-4-04-891420-8

ゲームの登場人物たちと謎の異世界の攻略を続ける裕貴。砂漠の街で仲良くなった気さくな少女は、原作のゲームでシナリオ進行上《敵となる》キャラクターで!?

す-8-17 2518

電撃文庫

正義の味方の味方の味方

哀川 譲

イラスト／さくやついたち

ISBN978-4-04-891267-9

正義の味方の味方を自称する凛奈？ 正義の味方の味方の味方にならざるを得ない橙也？ そんな二人が送るスクールライフは波瀾万丈⁉

あ-29-2 2479

正義の味方の味方の味方2

哀川 譲

イラスト／さくやついたち

ISBN978-4-04-891556-4

怪人討伐の依頼——その怪人の少女が橙也の昔馴染みだと判明、一件落着。だが、少女の出現に凛奈は面白くない。三人がラブコメ青春を謳歌している裏では⁉

あ-29-3 2526

嫁にしろと迫る幼馴染みのために××してみた

風見 周

イラスト／konomi

ISBN978-4-04-870734-3

商店街のため日夜フードファイトに挑む大村秋馬。そこに、ある日幼馴染みの来海が「お嫁さんになる」約束を胸に帰ってくるが、秋馬には秘密があって……⁉

か-17-2 2176

嫁にしろと迫る幼馴染みのために××してみた②

風見 周

イラスト／konomi

ISBN978-4-04-886256-1

「停滞期」を記念して温泉リゾートへとやってきたダイエット部の面々。だが、発案者の琴音には秘密の思惑があって……？ ダイエット・ラブコメ第2弾！

か-17-3 2276

嫁にしろと迫る幼馴染みのために××してみた③

風見 周

イラスト／konomi

ISBN978-4-04-891554-0

ダイエットの道は恋の道⁉ リゾート地での恋の試練を乗り越え、秋馬たちダイエット部に訪れた恋の結末は——ラストまで、えっちも知識も特盛っ！

か-17-4 2513

電撃文庫

ゴールデンタイム1 春にしてブラックアウト

竹宮ゆゆこ
イラスト／駒都えーじ

ISBN978-4-04-868878-9

私の描く人生のシナリオは完璧！　そう豪語するお嬢様と出会った多田万里のままならない青春の行方は⁉　「とらドラ！」の竹宮ゆゆこ、待望の新シリーズ始動！

た-20-16　2000

ゴールデンタイム2 答えはYES

竹宮ゆゆこ
イラスト／駒都えーじ

ISBN978-4-04-870381-9

自称完璧なお嬢様・香子への想いと先輩・リンダとの失われた過去の狭間で揺れる多田万里。そして舞台は岡ちゃん主催の一年生会へ⁉　青春ラブコメ第2弾！

た-20-17　2096

ゴールデンタイム3 仮面舞踏会

竹宮ゆゆこ
イラスト／駒都えーじ

ISBN978-4-04-870735-0

すったもんだの末、香子といい感じになった万里。気分はハッピー！な一方で、リンダのことを考えると気分はもやもやし――。青春ラブコメ第3弾！

た-20-18　2177

ゴールデンタイム4 裏腹なるdon't look back

竹宮ゆゆこ
イラスト／駒都えーじ

ISBN978-4-04-886546-3

わずかな間だけ、かつての記憶が戻った万里。リンダを求める自分と、香子との仲を深めたい自分。前に進むために万里は決断を迫られる。青春ラブコメ第4弾！

た-20-19　2292

ゴールデンタイム5 ONRYOの夏　日本の夏

竹宮ゆゆこ
イラスト／駒都えーじ

ISBN978-4-04-886897-6

夏休み、万里と香子はまったり自宅デートを満喫していた。それなりに幸せ、でもなんとなくの閉塞を打破するため……海！　行くか！　青春ラブコメ第5弾！

た-20-21　2401

電撃文庫

ゴールデンタイム6 この世のほかの思い出に

竹宮ゆゆこ
イラスト／駒都えーじ

ISBN978-4-04-891557-1

事故のショックで引きこもりな香子からの——花火大会！　香子も立ち直り、一層の成長を遂げ、万里との絆も深まったように思えたが？　青春ラブコメ第6弾！

た-20-23　2522

ゴールデンタイム外伝 二次元くんスペシャル

竹宮ゆゆこ
イラスト／駒都えーじ

ISBN978-4-04-886631-6

三次元に絶望した男、二次元くん。本名佐藤。脳内にVJという名の嫁を持つ彼は、しかしリアル美少女により心の浸蝕を受け——!?　青春ラブコメ番外編！

た-20-20　2343

ゴールデンタイム番外 百年後の夏もあたしたちは笑ってる

竹宮ゆゆこ
イラスト／駒都えーじ

ISBN978-4-04-891324-9

香子と千波が水着の試着会!?　そのきっかけとなった、万里のイケメン友人、通称・師匠を女子と勘違いした香子の狂騒とは？　中編3作の青春ラブコメ番外編！

た-20-22　2471

失恋探偵ももせ

岬鷺宮
イラスト／Nardack

ISBN978-4-04-891553-3

「恋はいつか終わります」そう言いながら失恋の謎を解き明かす百瀬は、けれど恋をしたことがなくて——。第19回電撃小説大賞《電撃文庫 MAGAZINE 賞》受賞作！

み-21-1　2527

Fランクの暴君I —堕ちた天才の凱旋—

御影瑛路
イラスト／南方 純

ISBN978-4-04-891530-4

生徒は超優秀、ほぼ全ての部活は全国制覇を成す私立七星学園。別名、弱肉強食学園。ここで俺は、『頂点』である神楽坂エリカを倒し、『暴君』として君臨する。

み-8-12　2517

好評発売中！ イラストで魅せるバカ騒ぎ《バッカーノ》！

エナミカツミ画集
『バッカーノ！』

体裁:A4変型・ハードカバー・112ページ

人気イラストレーター・エナミカツミの、待望の初画集がついに登場！

『バッカーノ！』のイラストはもちろんその他の文庫、ゲームのイラストまでを多数掲載！

そしてエナミカツミ＆成田良悟ダブル描き下ろしも収録の永久保存版！

注目のコンテンツはこちら！

BACCANO!

『バッカーノ！』シリーズのイラストを大ボリューム特別掲載。

ETCETERA
『ヴぁんぷ！』をはじめ、電撃文庫の人気タイトルイラスト。

ANOTHER NOVELS
ゲームやその他文庫など、幅広い活躍の一部を収録。

名作劇場 ばっかーの！

『チェスワフぼうやと（ビルの）森の仲間達』

豪華描きおろしで贈る『バッカーノ！』のスペシャル絵本！


BACCANO!

画集

ヤスダスズヒト待望の初画集登場!!

イラストで綴る歪んだ愛の物語——。

ヤスダスズヒト画集
シューティングスター・ビバップ
Side:デュラララ!!

content

■『デュラララ!!』

大好評のシリーズを飾った美麗イラストを一挙掲載!!　歪んだ愛の物語を切り取った、至高のフォトグラフィー!!

■『越佐大橋シリーズ&世界の中心、針山さん』

同じく人気シリーズのイラストを紹介!!　戦う犬の物語&ちょっと不思議な世界のメモリアル。

■『Others』

『鬼神新選』などの電撃文庫イラストをはじめ、幻のコラムエッセイや海賊本、さらにアニメ・雑誌など各媒体にて掲載した、選りすぐりのイラストを掲載!!

著/ヤスダスズヒト　A4判/128ページ

画集

慧心女バスの魅力を
全て詰めこんだ一冊が、
ついに登場！
原作、アニメ、ゲーム、コミックの見所はもちろん、
様々な視点から小学生たちを丸裸に――!?
「ぐらびあRO-KYU-BU!」や「びじゅあるロウきゅーぶ!特別編」、
スタッフインタビューなど、充実の内容でお届け!!
さらに、描き下ろしビジュアルノベル&コミックも掲載!
ファン必見の特集が満載の全て本、大好評発売中!!
RO-KYU-BU!
ロウきゅーぶ！のすべて!!
電撃文庫編集部 編
B5版／192ページ
電撃の単行本

原作&アニメ&ゲームなど春香の魅力が詰まった
至高の一冊、絶賛発売中！

乃木坂春香ガ全テ

電撃文庫編集部 編

グラビアパート

原作&アニメ版権の美麗イラストをはじめ、N's（能登麻美子×後藤麻衣×清水香里×植田佳奈×佐藤利奈）のグラビアインタビューなど、大増量ページ数で贈るビジュアルコーナー。春香の魅力をたっぷりご堪能ください。

ストーリーパート

原作小説の全話を徹底解説！　ストーリーの中に秘められた設定や丸秘エピソードなどもコラムで大紹介！

キャラクターパート

原作版とアニメ版の両方のビジュアルをふんだんに使用し、『乃木坂春香』の世界を彩る賑やかなキャラクターたちを徹底紹介！　いまだ世に出たことのない設定画などもお目見えしちゃうかも！

メディアミックスパート

TVアニメ第2期のレビュー&第1期のストーリー紹介、ゲームやコミック、グッズ化などなど、春香のメディアミックスの全てを網羅！

スペシャルパート

①五十嵐雄策インタビュー

原作者の五十嵐雄策氏が、気になる20の質問に答えてくれました！　原作誕生&制作の秘話がここに――。

②美夏ちゃん編集長が行く、出張版！

ゴマちゃこと後藤麻衣さんが大活躍した「電フェス2009」を、ゴマちゃん視点で完全レポート！　メインステージや公開録音の裏側だけでなく、会場内を見学した模様を収録!!

③しゃあ描き下ろし、ちょっとえっちな絵本

しゃあ&五十嵐雄策の両氏が描き下ろした、ちょっとえっちな美夏の絵本を本邦初公開！　ちびっこメイドのアリスも参戦して、大人に憧れる美夏が取った行動は――!?

『乃木坂春香ガ全テ』
電撃文庫編集部 編
B5判／176ページ イラスト／しゃあ
絶賛発売中

電撃の単行本

おもしろいこと、あなたから。

電撃大賞

自由奔放で刺激的。そんな作品を募集しています。
受賞作品は「電撃文庫」「メディアワークス文庫」からデビュー!

上遠野浩平(『ブギーポップは笑わない』)、高橋弥七郎(『灼眼のシャナ』)、
成田良悟(『バッカーノ!』)、支倉凍砂(『狼と香辛料』)、
有川 浩(『図書館戦争』)、川原 礫(『アクセル・ワールド』)など、
常に時代の一線を疾るクリエイターを生み出してきた「電撃大賞」。
新時代を切り開く才能を毎年募集中!!!

電撃小説大賞・電撃イラスト大賞

※第20回より賞金を増額しております。

賞(共通)	**大賞**……………正賞+副賞300万円 **金賞**……………正賞+副賞100万円 **銀賞**……………正賞+副賞50万円
(小説賞のみ)	**メディアワークス文庫賞** 正賞+副賞100万円 **電撃文庫MAGAZINE賞** 正賞+副賞30万円

編集部から選評をお送りします!
小説部門、イラスト部門とも1次選考以上を通過した人全員に選評をお送りします!

イラスト大賞はWEB応募も受付中!

最新情報や詳細は電撃大賞公式ホームページをご覧ください。
http://asciimw.jp/award/taisyo/
編集者のワンポイントアドバイスや受賞者インタビューも掲載!

主催:株式会社アスキー・メディアワークス